教育部人文社会科学研究青年基金项目
“新世纪词典体小说研究”（项目编号13YJC751025）成果

新世纪
词典体小说研究

李晓禺 著

中国社会科学出版社

图书在版编目(CIP)数据

新世纪词典体小说研究／李晓禺著．—北京：中国社会科学出版社，2021.6
ISBN 978－7－5203－8372－1

Ⅰ．①新…　Ⅱ．①李…　Ⅲ．①小说研究—中国—当代　Ⅳ．①I207.42

中国版本图书馆 CIP 数据核字(2021)第 082793 号

出 版 人　赵剑英
责任编辑　周晓慧
责任校对　刘　念
责任印制　戴　宽

出　　版　中国社会科学出版社
社　　址　北京鼓楼西大街甲 158 号
邮　　编　100720
网　　址　http://www.csspw.cn
发 行 部　010－84083685
门 市 部　010－84029450
经　　销　新华书店及其他书店

印刷装订　三河弘翰印务有限公司
版　　次　2021 年 6 月第 1 版
印　　次　2021 年 6 月第 1 次印刷

开　　本　710×1000　1/16
印　　张　15
插　　页　2
字　　数　210 千字
定　　价　86.00 元

序

本书研究的是一种新的小说现象，即词典体小说创作。对于一般读者来说，词典体小说听起来还很新鲜，而对于研究者来说，词典体小说创作已经构成新的值得专门研究的对象了。著者李晓禺博士对词典体小说的探讨已有多年，他打开了一扇新窗口，让我们领略叙事文学的新景观。

词典体小说的源头在外国，是以 1984 年塞尔维亚作家米洛拉德·帕维奇发表《哈扎尔辞典》为标志的，至今才三十几年；在中国，是以 1996 年韩少功发表《马桥词典》为起点，至今还不到三十年。不管是从世界小说史和还是从中国小说史来看词典体小说都是新生事物，它在中国好像有比较适应的生长环境。继《马桥词典》之后，已有不少同类型作品问世，也有机构组织策划出版和推介，在文坛上产生了一定的影响。词典体小说以新的样态存在并有所发展，自有其理由及价值，这是本书给我们的第一印象和认知。

相对于文学内容随时代的变化而变化，文学的文体变化通常要缓慢得多，小说文体也一样，这或许是一种规律。但是，在特定的时期，文体也会出现比较集中的、重要的变化。文体变化背后有重大社会变革和历史转折引起文化变迁的深层原因，也有文学内容变化对形式变化的需要所产生的内驱力，这也是规律。就近百年中国文学发展来看，“五四”时期就是文学从内容到形式发生重大变化的时期，诗歌、小说、散文、戏剧等文体都弃旧图新，改变了传统的样式，也改变了文学整体面貌和格局，其利弊得失至今还需要研究。新时期是现代以来文学文体又一次发生变化的重要时期，词典体小说因时而生。基于对文体变化规律经验的把握和基本情况的判断，晓禺对词典体小说的研究首先从时代背景和语境切入，这符合常理。于是我们看到作者研究了新世纪文学生态的大背景、人类时空意识变革与情感表达方式变化等等问题。随后从文学期刊、“乌力波”集团与词典体小说的推动和拓展入手，力求还原文学“现场”，厘清这些“外部”因素对于新世纪词典体小说的推动、塑形及拓展作用，以及语词从写作工具到写作对象的变革、小说艺术风貌的学术化转向等等，都做了新的探索。在本课题的研究范围内，本书的新意和达到的深度是显而易见的，它使我们了解了有关词典体小说的方方面面，对于理解新世纪以来小说的发展大有裨益。书中还提出了“亚词典体小说”的概念，说有四种类型，即絮言体小说、重述体小说、新纪传体小说、人类学笔记，这是一些部分拥有词典体小说属性的特殊文本现象，所以叫亚词典体小说。将这种文本放入词典体小说的谱系与范畴当中去研究，目的是窥探新世纪文学的文体形态的复杂性，同时探讨当代作家的文体转向的得失问题。可以看出，这些研究包含了这一命题可能拓展到的范围，其理论视野是开阔的。本书还在理论深度方面有所开掘，比如，从词典体小说的“质疑”历史、超文本转向、民族志转向等特征入手，论述词典体小说的后现代主义转向和人类学转向，认为词典体小说文体是“有意味的形式”，阐释了作为文体的“词典”与小说之间的碰撞组合所可能产生的新的美学意义，读者作为文本生产者、参与者的作用，词典体小说独特形式的本体论意义等。这表明研究者的思路是很清晰的，态度是严肃冷静的。书中关于词典的“大”与“实”和小说的“小”与“虚”之间的张力，文体的散文化倾向和文本内容的边缘书写的同构性等等具体命题的设计和研究既有理论价值，也有方法论的意义，其创新意识很明显。总的来说，本书在这一领域的研究具有前沿性和系统性，其结论是有说服力的，学术价值值得充分肯定。而使我更感兴趣的，或者说具有更大意义的，则是本书命题所引发的问题，它引发我们对中国新时期以来小说文体变化现象做进一步思考。

书中提出的一个值得重视的问题是："成名作家"的文体"焦虑"是词典体小说产生的重要原因之一。这是一个有意思的话题。作家为什么焦虑，是因为表达的内容新颖而找不到与之相适应的表达方式而焦虑，还是因为刻意求新求变不得才出现了焦虑？或者是其他什么原因引起作家的焦虑？逻辑地推论，这种焦虑成为"成名作家"一种"创新"的"动力"，成为词典体小说产生的原因之一。这有道理吗？我认为有，而且值得深究。就韩少功和《马桥词典》的创作来说，是不能简单用"焦虑"来解释的，但是这其中确有焦虑的成分，只是他的焦虑主要是源自"文化寻根"对文体变革的需要，或者说为民族文化而焦虑，是一种积极向度的"焦虑"，而词典体小说样式就是克服焦虑的行动结果。正因如此，这种文体创新才是有价值的，它引起轰动效应说明了小说体式的变化有时比内容的变化更有力量。而我们要进一步思考的是，韩少功和《马桥词典》之外的其他同类现象可以同日而语吗？

新时期以来"成名作家"的文体创新构成了非常显眼的现象，词典体小说只是其中之一。本书作者试图在考察跨文体书写、类型化书写的过程中，将词典体小说作为新世纪文学的一个"标本"来进行系统研究，"小题大做"，以窥新世纪文学之生成机制、现状和趋势，这个预设超出了对象本身而具有举一反三的功能，无疑是明智的。至于这一预设完成的怎么样，读者明鉴，见仁见智，我个人觉得，提出这一问题比得出一个结论更重要。

之所以对"焦虑"与文体变化的关系感兴趣，不仅是因为这触及文体变化背后的作家动机问题，也涉及文学变革的"内部"问题，更重要的是这种由焦虑而思变的心理具有普遍性。焦虑何止小说文体？焦虑何止文学？它甚至是一种社会普遍心理或集体无意识。其实，

“焦虑”是人类心理的一种常态，而焦虑的产生则有多种原因，其中就有因为某些方面的“匮乏”而产生焦虑的现象，而试图克服匮乏和战胜焦虑的努力就会成为创新的动力。然而，焦虑的原因多种多样，有为人类而焦虑，有为民族而焦虑，也有为个人而焦虑，引起的后果也各种各样，甚至大相径庭，焦虑可能引你到“通衢”，也可能引你到“绝地”。回到小说文体变化的原因，我们自然不会简单地说所有文体变化后面都有焦虑的原因，但是，我们也不能否认这种现象不限于词典体小说。将文体变化归因于时代变化是最容易的，而探讨这一现象后面人的主观动机，其发现的内容则可能更加丰富。由此及彼，推及类似的现象，这一问题的研究就有普遍意义了。这是本书的一个重要启迪。

接下来引发的问题，是小说文体的变化有何意义？如何评价？

新时期以来的中国文学，其繁盛程度在文学史上是少见的，其中小说样式的变化是醒目的现象。叙事方法的创新和文体的探索从未停止，结果也很不一样。从先锋文学的实验到寻根文学的创新，以及形形色色的文体探索，成就是明显的，小说创作从单一到多元带来的新气象是应该充分肯定的。由表现内容的需要、作品意蕴创新的需要而引起文体及表达方式的变化，是顺理成章的事。但偏重于形式的标新立异和花样翻新的现象也是存在的，这背后的焦虑就值得反思了。

还有一个问题是词典体小说这种文体与小说特质的关系。小说无疑是区别于散文、诗歌等文体的，它有基本的自然形成的规定性。小说创作有时候为了意蕴的丰厚而需要“格式的特别”，比如鲁迅小说“格式的特别”是由于“忧愤深广”的内容所需。然而，即使像《狂人日记》这样带有表现主义色彩的作品，它依然保留了小说的特点，这就是讲故事，即使是疯子的心理活动，它也是有形象的，有故事逻辑的。而词典体小说比这更加“特别”？也就是它不像传统的小说了。这就提出一个问题，小说文体的变化，是使小说更像小说，还是可以更不像小说而认为还是小说？进一步追问，会引来反问，“从来如此便对么?”小说的那些所谓特质和规定性就那么重要吗?在现代文学史上,源于“狂人”的这一质疑历来被认为是觉悟的表现,是反传统意识的标志。顺着这一逻辑,其实也可以有反问之反问——“从来如此便不对么?”——这样近乎抬杠的反问,不是文字游戏,也不是说词典体小说为反传统而生,而是面对一个关于小说本体的问题:小说确有其从来如此的特质,比如故事情节、人物塑造、环境描写等等。有些必不可少的要素就从来如此,这是小说的基本质素,唯此小说才有存在的理由。现代主义文学兴起以来,小说中的哲学要素和理念显现被抬到很高的地位,甚至到了我行我素的地步,而只要表达得深刻和具有小说的基本特点,批评家大都给予正面的评价。这或许是因为现代主义文学的一些重要人物本身就是哲学家、思想家和政治家,如萨特、略萨等。可以说,现代主义文学的代表作家和经典作品的哲学表达,是哲学对文学表达方式的需求,其变形、象征、夸张、荒诞、吊诡等等都是因为追求“本真”的深度,是内容对形式变化的需求。这正如毕加索从小就具有素描的基础和写实的功力却转向现代主义绘画一样,现代主义文学的大师因为追求深刻也走了同样的路径。需要指出的是,上述现代主义文学代表作家对哲学意蕴的表达,包括小说文体的变化,并没有离开小说基本特征,有哲学的深刻也有文学的魅力,这可以说是成功的文体革新。然而,这是文学艺术的特例,还是文学艺术的未来方向?是过犹不及的矫枉过正,还是发展的必然趋势?《马桥词典》即使不是受其直接影响,也与这种小说文体变化潮流相通。那么,《马桥词典》是一个例外,还是一个典型?词典体小说使问题变得越发复杂,因为它似乎走得很远,不像小说,也不是词典,却兼具小说和词典的质素。

小说文体的变化,文学与哲学关系的变化,实际暗含关于如何评价现代主义和后现代主义文学艺术思潮的问题。现代主义文学艺术引以为荣的就是对人与自我、与社会、与自然的关系的认识达到了哲学的深度和高度,但是,传统文学艺术特质的减弱也是事实。现代主义文学艺术已经走过百年的历程，当年，面对哲学可能遮蔽或者抑制文学艺术的感性特点的问题，曾引起了黑格尔的“焦虑”，这是他意识到的“难题”，而现代主义文学艺术在后来的发展似乎证明了这种担心不是多余的，到后现代主义的兴起似乎也没有进行有效的反拨，所以对如此重大的问题的探索还在路上。词典体小说的出现及其研究，使我们对这些问题的思考更加具体而迫切，晓禺这本书为此做出了新的回应，可喜可贺！这或许是意外收获，或许是我想多了。不过，晓禺的研究是认真的，我的思考也是认真的。作为晓禺的博士生指导教师，我先睹为快，写点体会，是为序。

程金城

2021. 5. 26

摘　要

自塞尔维亚作家米洛拉德·帕维奇《哈扎尔辞典》和中国作家韩少功《马桥词典》等文本发表（翻译）以来，新世纪文坛出现了许多文体特征类似的词典体小说及部分具有词典体小说特征的亚词典体小说，但学界大多以《马桥词典》《地方性知识》等文本为个案进行批评分析，而未对新世纪以来词典体小说进行系统深入研究，词典体小说本身的复杂性、丰富性以及可能具有的“典型性”还没有得到充分的认识。特别是新世纪词典体小说的发生、发展及其表现形态与新世纪文学生态、文学期刊、乌力波集团及批评家的推动之间的复杂关系也还未有学者进行深入、系统的探讨。由于词典体小说兼具新世纪文学的跨文体特征及类型化特征，本书将新世纪词典体小说作为新世纪文学的一个“标本”来研究，将新世纪文学生态的宏阔背景等文学研究的“外部”要素与词典体小说的具体文本分析、词典体小说的类型特征及其人类学转向、后现代主义转向、文体本身的内蕴等结合起来，不仅从宏观层面把握词典体小说的类型、特征、转向等问题，而且从微观层面进行具体的文本分析，做到宏观与微观相结合，分析词典体小说在当代小说创作中所提供的新经验以及利弊得失等问题，并以此探讨新世纪文学的可能途径。

具体章节安排为：绪论部分介绍词典体小说的研究对象及范围、选题的国内外研究现状、本书意义及逻辑框架，这是本书的总纲。

第一章：新世纪文学生态与词典体小说的提出。从新世纪文学生态的宏阔背景与词典体小说之间的内在联系入手，提出将词典体小说作为新世纪文学的一个“标本”进行系统研究。新世纪文学生态的大背景、人类时空意识变革与情感表达方式变化以及成名作家的文体“焦虑”是词典体小说产生的重要原因之一。在跨文体书写、类型化书写的潮流中，将词典体小说作为新世纪文学的一个“标本”进行系统研究，“小题大做”，以窥新世纪文学之生成机制、现状和趋势。

第二章：文学集团与词典体小说的开拓。主要从文学期刊、乌力波集团与词典体小说的推动和拓展入手，在还原文学“现场”的基础上，厘清这些具有文学集团属性的期刊杂志及乌力波集团对于新世纪词典体小说的推动、塑形及拓展作用：它对于非线性叙事的推崇、语词从写作工具到写作对象的变革、小说艺术风貌的学术化转向。

第三章：亚词典体小说的四种类型。主要介绍亚词典体小说的四种类型即絮言体小说、重述体小说、新纪传体小说、人类学笔记，将这些特殊并部分拥有词典体小说属性的文本放入词典体小说的谱系与范畴当中去研究，在文本细读的基础上，从新现象新问题出发，力求发现新观点，并以此窥探新世纪文学的文体形态的复杂性与新的可能等；初步探讨当代作家的文体转向的得失问题。

第四章：词典体小说的两大转向。主要从词典体小说的“质疑”历史、超文本转向、民族志转向等特征入手，论述词典体小说的后现代主义转向和人类学转向。从文体的角度来看，当代文学的人类学转向可分为三个方面：一是叙事结构、视角、意蕴的人类学转向，可看作“隐性”的人类学转向；二是从“常规”文本穿插田野笔记这一现象来探讨这种人类学转向的过渡状态；三是从跨文体写作的民族志转向论述“显性”的人类学转向。

第五章：有意味的形式。主要从形式美学的角度出发，论述作为文体的“词典”与小说之间的碰撞组合所可能产生的新的美学意义，读者作为文本生产者、参与者的作用，词典体小说独特形式的本体论意义等。词典的“大”与“实”和小说的“小”与“虚”之间的张力，是词典体小说文体意义的主要原因之一；文体的散文化倾向和文本内容的边缘书写具有同构性；读者的“展演”是词典体小说文本重构性和再创造性的深层原因。

第六章：文学史视野中的词典体小说。主要从文学史论的角度论述词典体小说在具体的叙事艺术方面所展现的新风貌：人物的消失与故事的没落；词典体小说的命名规律，分析其利弊得失，以此初步探讨文体与文学接受、多媒体时代读者群的转移流动等问题。从文学接受和人类根本性情感需求的角度出发，重估“线性叙事”的价值，对于当下的文学创作、文学研究都有一定的意义。

如果说前三章是文学的社会学研究及类型分析等“外部”研究的话，那么第四、五两章便是从具体的文本分析入手，综合多种研究方法的小说叙事学研究，即文学的内部研究。第六章从史论的角度对这一特殊现象进行分析和探讨。

关键词：新世纪文学生态；词典体小说；后现代主义转向；人类学转向

目　　录

绪　论

一　选题的研究对象与范围

关于词典体小说，我们要先从 20 世纪 90 年代的“马桥风波”谈起。塞尔维亚作家米洛拉德·帕维奇于 1984 年发表了《哈扎尔辞典》，该书影响巨大，曾获得南斯拉夫最佳小说奖，现已译成二十多种文字，在世界文坛享有崇高的声誉。无独有偶，中国作家韩少功也于 1996 年发表了与《哈扎尔辞典》文体结构相似的《马桥词典》。与《哈扎尔辞典》最初在国内的默默无闻相比，《马桥词典》曾在国内引起了巨大的轰动，甚至引起了一场笔墨官司，并引起批评家和读者长久的关注。[①] 关于《马桥词典》是否“模仿”“剽窃”了《哈扎尔辞典》，在今天看来已经不再是一个需要讨论的问题。认真读过两书的读者会发现，两书的共同之处，一是都使用了“词典”（辞典）作为小说的标题，二是都采用了词条式的写作方式（或者说词条式编撰方式）。显然，这些都不是认定作品是否“模仿”“抄袭”的核心“指标”，中国古典诗词里经常出现的互文现象以及固定的诗词格律都是文学的史实和常识。当年各方纷争的立场、态度、观点以及学理性等问题，不是我们今天所要讨论的主要问题。实际上，在一场纷争过后，学界并没有对词典体小说进行深入系统的研

① 参看田原《〈马桥词典〉纷争要览》，《天涯》1997 年第 3 期。

究，只是作为一个文学事件、新闻事件而被传播。今天我们要认真思考如下问题：韩少功的《马桥词典》到底给中国文坛带来了什么？到底什么是词典体小说？这种文体形式本身意味着什么？这种特殊样式的小说到底给我们已有的文学经验带来了哪些新质素？给当下中国文学带来了哪些新变化？我们能否从这场纷争中重新思考新世纪文学生产中文学出版与文学批评、读者接受之间的复杂关系？当然，在回答这些问题之前，我们还要先回到《哈扎尔辞典》上。身为哲学家和语言学博士的米洛拉德·帕维奇在其《哈扎尔辞典》的创作（或者说编写）上体现了一个作家的深厚学养及哲学追求。该书与“常规”小说不同之处在于使用了三教合一的资料汇编形式，即词典体写作的编撰方式。全书主要由“红书”“绿书”“黄书”三部分组成，分别编撰、介绍了基督教、伊斯兰教、古犹太教关于哈扎尔问题的史料，通过不同的史料记载（或者说编撰、讲述），探索哈扎尔这个民族突然消失之谜。文本的特殊之处在于这三卷既可独立成书又有机地结合在一起。如果说有什么像“常规”词典那样对于语词的解释的话，那么，就只有一条是有关语言的词条，即“绿书”里的“库”（哈扎尔语：水果），其余全是人名。其中涉及哈扎尔大论辩史料和传说的只有八个词条。很显然，学术界之所以称这部特殊的小说为词典体小说，并不是因为它书写了多少个语言学、词典学意义上的词条，而在于它用词条式写作所编撰、建构的开放性文本，或者说读者可以按照词典特有的非线性阅读方式来自由阅读。作者（词典编纂者）“编纂”了三大教派的不同文献，用不同的视角和观点探寻着“同一”历史事件，但“同一”历史事件却因叙事视角的不同而创造出了不同的意义空间和阐释空间。千百年来，人类对于这一不解之谜的不懈追求也使这种追求和探索本身具有了哲学层面的意蕴。很显然，这种文体效果及意义阐释空间的增值扩容主要是由该书词条非线性叙事特点来实现的。当然，我们不是形式主义者，小说主要的艺术成就与魅力并不仅仅来自于表面的外在结构——词条式写作，而是词条形式与特殊的叙事策略所形成的非线性阅读特征以及由此而形成的巨大的意义阐释空间。

同时我们也必须承认，上述思维方式主要是将“小说”作为中心词来理解的。其实，词典体小说里面不仅包含“小说”，而且包含“词典”，或者说是包含了“百科全书”，即词典学意义上的“词典”。台湾著名作家董启章1996年出版的《安卓珍尼——一个不存在的物种的进化史》被誉为词典体小说的原型。小说主要描写一位城市女性、知识女性——“我”因不满、不安于做男人传宗接代的工具而到山上独居，并寻找一种叫“安卓珍尼”的动物。但故事发展的趋势与结局，与“我”的“独立”“寻找”恰恰相反，“我”与一个看房园丁产生感情并同居。后来，看房园丁为“我”捕到了安卓珍尼。此时，已怀孕的女学者完成了关于安卓珍尼论文的写作，同时也面临着和丈夫分手的局面。作者将女学者寻找安卓珍尼的过程与“我”寻找“独立”性别的过程合二为一，意在表达对性别问题的思考。从文体结构来看，这部小说并没有多少特殊之处，仍是用一个传统“套路”讲述的“故事”，甚至有些通俗小说的味道，其特殊之处就在于作者在这部小说中穿插了大量关于安卓珍尼的生物学知识，并作为小说的两条线索之一，用“生物志”的方法讨论安卓珍尼的进化过程。这大概是该文本之所以被誉为词典体小说原型的主要原因。试看小说开头：

> 斑尾毛蜥，毛蜥科，毛蜥属。体形中等大小，头身约长十五厘米，连尾共长四十厘米。背腹略扁平。头身棕色，有不规则黄色横间。腹白色。尾较长，易断，横切面圆形，上有蓝色发光细环纹，形态与光泽酷似四线石龙子的尾部。头背面无对称排列的大鳞；体表鳞片多呈覆瓦状排列；腹鳞平滑；体侧鳞小于背鳞；无肛前窝或股窝。背鬣发达，但并非鬣蜥科属的竖立侧扁的鳞片，而是背项中央自颈鳞直线伸延约三厘米的浅棕色细软毛鬣。

眼中等大小，眼睑发达，瞳孔圆形，双眼可分开各自转动。鼓膜裸露，具有喉囊。舌厚，中等长度，前端微缺，舌面上被绒毛状乳突。端生齿，异形。头骨具颞弓及眶后弓。

陆栖品种，但喜爱接近水源或潮湿地区，生活于树林区溪涧附近的石块之间，以树木草叶为掩护。适应海拔四百米至八百米的山区。多作夜出，但间中亦于日间活动。习惯长时间静止不动，遇袭时迅速逃进石隙或草丛，并且自断尾部分散敌人注意。新长出的尾巴不会回复原来的长度和色泽。

主要以蟋蟀、草蜢等昆虫为食，间中兼食植物。①

如果我们以“词典 + 小说”或“词典和小说”的思维方式来思考并对词典体小说进行定义的话，就不免会让人想起卡尔维诺所说的“百科全书式”的小说。卡尔维诺认为：“现代小说是一种百科全书，一种求知方法，尤其是世界上各种事体、人物和事物之间的一种关系网。”② 显然，卡尔维诺主要是将小说作为一种求知方法并以此来认识世界的纷繁与复杂。因此一个优秀的小说家要尽可能地创作一部关于世界的百科全书，而同时采用小说（文学）的形式。如果以此为基点进一步思考，我们有必要在此重申恢复词典体小说的“词典学”意义，不仅是因为词典与百科全书具有同构性，而且是因为就目前的词典体小说而言，大都采用了词条式写作方式，还在一定程度上保留了词典学意义上的词典，或者说至少有这种追求。藿香结的《地方性知识》、贾勤的《现代派文学辞典》、萧相风的《词典：南方工业生活》、戴斌的《打工词典》、格绒追美的《青藏辞典》等文本就是与《马桥词典》具有类似特征并具有语言学价值的词典体小说，而阎连科的《日光流年》《受活》等也书写了大量豫西方言、民俗。但同时

① 董启章：《安卓珍尼》，台湾：联合文学出版社股份有限公司 2010 年版，第 11 页。

② 卡尔维诺：《未来千年备忘录》，杨德友译，辽宁教育出版社 1997 年版，第 73 页。

我们也不否认，“传统的故事、神话和历史具有混合起来并构成百科全书型的集合体的倾向。”① 耿占春也曾指出：“插曲式叙事又是从百科全书这一模式中派生出来的。一部辞典或一部百科全书的最基本的模式就是其辞目的增删的自由。它是一部随时修订和扩展的书。任何插曲都不影响百科全书的结构。”② 在这方面走向极端的大概就是藿香结，自从 2010 年出版《地方性知识》之后，2017 年又推出了《灵的编年史》，该书封面上赫然印着广告语：“一部开放性的百科全书小说”。跟《地方性知识》的“知识”密度、容量、规模相比，这部小说有过之而无不及，涉及儒、释、道，犹太教、基督教、伊斯兰教，炼金术、量子力学、相对论，人工智能……似乎要囊括人类诞生以来的所有精神成果。考虑到我们惯常使用“词典体小说”这一概念的最初指称主要是指非线性阅读的文本，我们在选择词典学意义上的小说文本时兼顾“形式的特别”这一基本要求。有些作品虽然也以“知识”为主要书写内容，像王旭峰的《茶人三部曲》、王安忆的《天香》等作品虽有词典学意义上的“百科全书”的属性，但其结构形式、阅读形式仍是传统的线性阅读，不作为本书的研究对象。新世纪以来，各种类型化写作当中有“密码小说”“侦探小说”“中医小说”“边地小说”“文化小说”等都表现出较强的“百科全书”式的倾向和特征。如沈泓的《收藏》（被誉为第一部展现收藏文化、揭秘收藏内幕的百科全书式的小说）、何马的《藏地密码》（关于西藏的百科全书）、乱之谜的《紫血衣》（关于中医奇术的百科全书）、马伯庸的《古董局中局》（一部关于古董鉴定、收藏、造假、设局的百科全书）、罗萌的《中医不死》（一部讲明白中医原理、经络、治病、养生的百科全书式小说）、蔡黑风的《西域之眼》（一部关于西域的百

① 弗莱：《批评的解剖》，陈慧等译，百花文艺出版社 2006 年版，第 39 页。

② 耿占春：《叙事美学：探索一种百科全书式小说》，郑州大学出版社 2002 年版，第 66 页。

科全书）等，但由于这些文本都不具备“形式的特别”这一要求，从结构特征、阅读特征来看仍是“常规”小说，也不在我们的研究范围之内。但有些文本具有“百科全书”性质如《医案聊斋》《小说中医》等，大都采用中国传统笔记小说的结构方式，兼具非线性阅读的特征，我们也将此类小说作为词典体小说的一个类别来研究。

既然要将词典体小说作为一个特殊的文体类型来研究，而这些小说又显得如此“怪异”，经常就是否属于小说的范畴而引起争议，我们有必要在此对小说、文体等概念做一个基本的界定。本书所使用的小说、文体等概念既充分尊重当下语境又兼及历史源流。我们所使用的小说概念不仅涵盖“虚构叙事文学”等西方理论要旨，又兼及“琐屑”“小道”“说话”之意、之源。文体也是一个歧义较多的概念。一般而言，文体指的是作品的体裁分类以及建立在此基础上的风格和结构特征，依次有四个层次：体制（外在形态）、语体（语言系统）、体式（表现方式）、体性（审美精神）。其中体制的“分辨率”最高，是辨体的出发点和立足点。小说文体首先是指小说与其他文学样式之间的区分，其次是指小说内部的分类，主要从语言特点、结构形态、叙事模式、审美（文化）逻辑几个层次来“辨体”。当然，文体绝不仅仅是形式，也包含内容。中国古典文体学理论从来就没有机械的形式论，直到近代，学者瞿秋白在谈论新体小说时所采用的“体”的概念也主要是指小说内容方面。① 基于以上基本概念，按照上述对词典体小说关于非线性阅读特征的思考和再界定，自韩少功《马桥词典》发表以来，② 当代中国文坛出现了大量词典体小说和部分具有词典体小说特征的亚词典体小说，如张贤亮的《我的菩提树》、

① 管林、钟贤培主编：《中国近代文学发展史》，科学出版社 2009 年版，第 184 页。

② 如果将非线性阅读作为词典体小说的核心特征，张炜的《九月寓言》、张承志的《心灵史》已经有了很明显的词典体小说倾向。张贤亮在 1994 年就出版了典型的词典体小说《我的菩提树》，该书完全采用日记加注释的结构形式，但由于《马桥词典》一直以来的巨大影响力，学术界大多以《马桥词典》作为词典体小说的典范和起点，为了叙述的方便，我们沿用这一说法。

韩少功的《暗示》、柯云路的《黑山堡纲鉴》、李锐的《人间》《太平风物——农具系列小说展览》、藿香结的《地方性知识》《灵的编年史》、恶鸟的《马口铁注》、贾勤的《现代派文学辞典》、曹乃谦的《到黑夜想你没办法——温家窑风景》、李洱的《花腔》、阎连科的《日光流年》《受活》、林白的《万物花开》《妇女闲聊录》、马笑泉的《银行档案》、孙惠芬的《上塘书》《生死十日谈》、潘年英的《木楼人家》、萧相风的《词典：南方工业生活》、梁鸿的《中国在梁庄》《神圣家族》、骆以军的《经验匮乏者笔记》、宁肯的《三个三重奏》、乔叶的《拆楼记》、杨显惠的《夹边沟纪事》《甘南纪事》《定西孤儿院》、李冯的《中国故事》、戴斌的《打工词典》、艾多斯阿曼泰的《艾多斯 舒立凡》、东君的《浮世三记》、沈苇的《新疆词典》、格绒追美的《青藏辞典》、黄青松的《毕兹卡族谱》、半夏的《铅灰暗红》、杨争光的《少年张冲六章》、姜贻斌的《火鲤鱼》、孙且的《有一个地方叫"偏脸子"》、法医秦明的《尸语者》、秦嗣林的《29 张当票》、张大明的《医案聊斋》《小说中医》，等等。

如果我们将上述文本再进行分类的话大致可以分为两大类：一是偏重于词典学意义上的百科全书式写作，如法医秦明的《尸语者》、秦嗣林的《29 张当票》、张大明的《医案聊斋》《小说中医》、藿香结的《地方性知识》《灵的编年史》、贾勤的《现代派文学辞典》、格绒追美的《青藏辞典》等；二是偏重于开放性阅读的非线性叙事文本。如果对开放性阅读的非线性叙事文本进行仔细辨析又可分为三类：一是如同《马桥词典》《上塘书》《地方性知识》《我的菩提树》类的文本，这些文本只是开放式阅读意义上的词典体，但文本故事还是大致固定的，甚至是可以准确描述、复原的。二是类似《花腔》《檀香刑》《少年张冲六章》等的文本，不仅可以任意阅读，而且因其特殊的文体结构而显示出历史本身的复杂性和不确定性，文体结构的开放性与小说精神层面追求的开放性实现了有机统一。三是指表层结构采用词典文体，但似乎为了达到词典释义的目的而采取了图、文等多种释义方式的一种书写体例，最为典型的文本就是李锐的《太平风物——农具系列小说展览》，这类文本有点类似于网络文学中的“超文本”。或是采用传统经书做注的方式如恶鸟的《马口铁注》，用小说来阐释小说，有着极强的元小说特征。当然，我们的分类主要是基于目前这些特殊文本的大致特征，很多小说往往兼具三种特征，这些特殊的文本或主要因形式方面的非线性阅读而独具特色，或以文本内容的百科全书式追求为特点，或兼而有之。为了论述的方便，我们暂且如此分类。“总的说来，我们的类型概念应该倾向‘形式主义’一边，也就是说，倾向于把胡底柏拉斯式八音节诗或十四行诗划为类型，而不是把政治小说或关于工厂工人的小说划为类型，因为我们谈的是‘文学’的种类，而不是那些同样可以运用到非文学上的题材分类法。”①

当然，在新世纪小说丰富庞杂的类型当中，还有一些小说形式较为特殊，部分地具有词典体小说的文体特征，我们暂且将之命名为亚词典体小说。亚词典体小说大致可分为四种类型。第一种往往以“注释”“絮言”等方式对某一语词（多为方言）、民俗和事件进行叙事性解读，具有词条式写作的特征。同时，这类“注释”“絮言”往往独立成篇、成章、有独立叙事的功能和意义单元，与正文互相照应成为文本不可或缺的组成部分，有类似词典的文本结构方式，可看作某一特殊地域的方言词典。这一种代表文本为阎连科的《受活》和宁肯的《三个三重奏》。第二种是文本表层结构与“常规”小说相同，但其内在结构具有非线性阅读的特征，通常是对某一事件（通常是历史、神话、人物）的重述，但有多位叙事人对这一事件做出不同甚至互相矛盾的“重述”，有着明显的“考证”式的行文方式和追求，这一类文本的代表作品为李锐的《人间》。第三种主要指以潘年英人类学笔记为代表的民族志式写作，这类作品介于文学和人类学之间，又

① ［美］韦勒克、沃伦：《文学理论》，刘象愚等译，文化艺术出版社 2011 年版，第 267—268 页。

具有非线性阅读的特征，代表作品为《木楼人家》。非线性不仅是一种写作方式也是一种阅读方式。第四种主要是从词典体小说的非线性阅读特征方面而言的，这类文本各个篇章各自独立、各有中心人物，但各篇章又相互关联，有贯穿始终的叙事人物或叙事空间、主题等，类似长篇小说。代表作品有马笑泉的《银行档案》、曹乃谦的《到黑夜想你没办法——温家窑风景》、梁鸿的《神圣家族》等。这四种亚类型的划分主要以词典体小说的基本特征和新世纪的文学实践为依据，这种划分并没有逻辑上的绝对严密性，主要是对文学实践中这些特殊文本的一种分类划界，并将之纳入词典体小说的谱系中进行重新考察。

需要指出的是，所有的逻辑推演和归纳分类都必然会牺牲个体的独特性。同时，小说类型只是学者对于已有小说实践、特征的一种基本分类，新的小说类型的不断出现也将不断调整、重组小说文体秩序。有学者指出："类型是否一直保持不变呢？大概不是的。随着新作品的增加，我们的种类就会改变。"① 我们研究的词典体小说也发生着变化，正因为此，研究的必要性才显得更为突出，"文学批评的一个特色似乎就是发现和传播一个派别，一种新的类型式样"②。

二　选题的国内外研究现状

由于词典体小说在整个小说"产量"中较小，其本身又具有复杂性、跨学科性等特征，学界尚未对这一特殊类型小说进行深入系统的研究。20 世纪 90 年代以来，国内学者关于词典体小说的研究主要以《马桥词典》等"标准"词典体小说为对象，而这类文本相对于当下庞大的小说生产规模来说数量很小，因此对于词典体小说的研究主要

① ［美］韦勒克、沃伦：《文学理论》，刘象愚等译，文化艺术出版社 2011 年版，第 59 页。

② ［美］韦勒克、沃伦：《文学理论》，刘象愚等译，第 260 页。

集中在个案研究以及在个案研究基础上拓展的词典体小说类型研究。

就个案研究而言，目前的研究成果主要有以下几类：一是从比较文学和世界文学的角度，以《马桥词典》和《哈扎尔辞典》的比较研究来探讨中国当代文学所蕴含的世界性因素，最具代表性的研究成果是陈思和等人的相关论述；[①] 二是以详尽的文本分析对韩少功是否抄袭外国作家米洛拉德·帕维奇给出了否定性答案，并对韩少功的《马桥词典》的独特贡献做出了肯定性评价，最具代表性的成果是南帆等人的相关论述；[②] 三是从文化人类学的角度探讨《马桥词典》《地方性知识》《人间》《名堂经》（《毕兹卡族谱》）《木楼人家》《青藏辞典》等文本对边缘文化、弱势话语的关注与发掘，分析“地方性知识”对既定知识模型的批判性挑战及其对“边缘人”文化身份的重构作用等人类学意蕴，在这方面最具代表性的是叶舒宪等人的思考；[③] 四是从超文本诗学的角度论述《太平风物：农具系列小说展览》等小说的后现代意蕴等，代表性成果有李彦文等人的相关论述；[④] 五是其他研究：方言研究、民俗研究、民间文学研究、叙事学研究、文体学研究、接受美学研究等。

就类型研究而言，一是从文体学的角度探讨词典体小说的共时文本结构、在历时叙事文体中创造共时叙事之可能、假借词典“消解”小说的虚构和想象、词典体写作与后现代阅读方式等词典体小说的本体论意义，其代表性成果是赵宪章的相关论述；[⑤] 二是以《马桥词典》为个案，从当代中国词典体小说的叙事形式方面探讨中国当代小

---

① 陈思和：《〈马桥词典〉：中国当代文学的世界性因素》，《当代作家评论》1997 年第 2 期。

② 南帆：《〈哈扎尔辞典〉与〈马桥词典〉》，《花城》1997 年第 2 期。

③ 叶舒宪：《文学与人类学的相遇——后现代文化研究与〈马桥词典〉的认知价值》，《文艺争鸣》1997 年第 5 期。

④ 李彦文：《形式的意义——评李锐〈太平风物：农具系列小说展览〉》，《文艺争鸣》2007 年第 10 期。

⑤ 赵宪章：《词典体小说形式分析》，《南京大学学报》2002 年第 3 期。

说发展的可能性，如辛颖的《昆德拉与当代中国的“词典”体小说叙事》；[①] 三是就词典体小说的编撰方式与阅读方式探讨词典体小说的特殊性，主要从文体学与接受美学的角度论述其独特性及意义所在，但由于所涉文本较少，因此基本上仍可以看作《马桥词典》的个案研究，其主要成果有《词典体小说的编撰与阅读方式》；[②] 四是将词典体小说作为跨文体写作的一个类型来研究，但其总体思路是“跨界”的原因、背景、特征及其利弊得失，没有将研究深入细化，其代表性成果是赵勇的《反思跨文体》。[③] 除赵宪章的相关论述将词典体小说作为一个整体来进行研究外，其他学者对这一新的小说类型还未有足够的学术敏感性或者说是研究还不够深入、系统。

当然，学术界对于《日光流年》《受活》《三个三重奏》《到黑夜想你没办法——温家窑风景》《银行档案》《花腔》《万物花开》《黑山堡纲鉴》《父亲和她们》《人间》《太平风物——农具系列小学展览》《少年张冲六章》《木楼人家》等大量词典体小说以及亚词典体小说等文本给予了充分的研究，但多数学者都是从叙事学入手，将叙事特色与人物塑造、意义生产联系起来加以论述，还未有学者将这些文本纳入词典体小说的体系中进行研究。总体而言，《马桥词典》《词典：南方工业生活》《花腔》等特殊文本作为一种新的小说类型——词典体小说，还未有学者进行系统研究。

国外学者如美国的罗格·盖德曼、荷兰的林恪、日本的盐旗伸一郎、法国安妮·居里安、韩国的白池云等对韩少功的《马桥词典》给予了较多的关注，但大多停留在对《马桥词典》的译介及个案研究阶段，[④] 对新世纪以来的词典体小说还少有人关注。就具体研究成果而言，也多从跨文体写作、叙事迷宫等角度入手，故有必要继续加以深

① 辛颖：《昆德拉与当代中国的词典体小说叙事》，《平顶山学院学报》2007 年第 3 期。
② 刘海燕：《词典体小说的编撰与阅读方式》，《中州大学学报》1998 年第 4 期。
③ 赵勇：《反思跨文体》，《文艺争鸣》2005 年第 1 期。
④ 参看廖述务编《韩少功研究资料》（增补本），天津人民出版社 2017 年版。

入探讨。而对其他词典体小说的译介和研究以及对新世纪词典体小说的系统研究则尚未见到。

从目前学界的研究思路而言，大多数学者还停留在对个案的批评分析层面，所采用的主要是比较文学、文体学、叙事学、文学人类学的批评方法。但所选择的研究方法与研究对象的契合度需要进一步提高。就学者经常使用的跨文体概念来研究词典体小说而言，大多数学者是以西方文体学理论来“匡正”中国古典文体学理论，并以此来“匡正”词典体小说，而且忽略了词典体小说中古典文体学的因子和要素。即使考虑了“历史谱系”的问题，大多也止步于索引和推演。以文学人类学研究为例，很多学者止步于在《马桥词典》《地方性知识》《毕兹卡族谱》《木楼人家》《太平风物——农具系列小说展览》中“发现”人类学、民俗学的影子，主要采用文化人类学的研究方法，目的似乎在于“还原”和“发现”人类学，还没有将哲学人类学的思维方式和方法运用到具体的文本研究当中，有着典型的“考据学”思路。还有些学者的相关论述停留在“就事论事”的层面，甚至进行盲目的跟风批评，对这些具体文本的研究常常采用几个文学界的热词进行“抬轿子”式的热捧。当然，也有人不分青红皂白地“打棒子”，缺乏对研究对象的文本细读与符合逻辑的文学批评。

在研究方法与学术视野的开拓上还需要进一步拓展，除了陈思和、叶舒宪、赵宪章等人能以个案研究来拓展当代文学批评的思考之外，还未见到将词典体小说作为一种小说类型进行系统研究的成果，也未见到将词典体小说作为新世纪文学中的一个重要现象及文学类型来窥探新世纪文学生产机制的。

总而言之，无论是从研究对象的范围还是从研究方法的契合度，抑或是从学术视野的宽广度以及词典体小说本身的丰富性来看，词典体小说都亟须进行系统、切实的深入研究。在吸收、采纳前人研究成果的基础上，词典体小说研究在如下方面仍有继续向前发展的空间和必要。首先要有整体关照的思维方式。新世纪以来出现的大量的词典体小说是当下文坛上的一个重要的文学现象。“文变染乎世情”，词典体小说的大量出现与新世纪文学生态有着必然的联系。具体而言，我们的探讨将主要集中于新世纪经济、社会、文化中的哪些因素在哪些层面从根本上改变了新世纪文学生态，而且这些因素在何种程度上影响了词典体小说的创作、出版、评价与接受等。作为如此“奇怪”的文体形式，它是通过何种文学生产机制溢出纯文学问题边界的。同时，作为文学活动重要环节的批评家对文学读者的审美趣味进行着强有力的“规训”。而大量词典体小说的“生产流程”恰恰是这种文学生态、生产机制的产物和写照。我们强调的整体思维观不仅要将词典体小说作为一个整体来思考，而且要将词典体小说放置到文学活动的四要素——世界、作者、文本、读者之中进行思考，考察新世纪以来各要素的变化及其间复杂而具体的影响关系。

其次是强烈的文学时空意识。如果说上述文学生态是指具体的物质层面的，那么词典体小说产生的根本原因在于人类时空意识的改变以及随之带来的情感想象、情感表达方式的改变。进入新世纪以来，高科技的迅猛发展、电子媒介的普及不仅为人类提供了超音速的飞行器，也为人类提供了直面视频的工具，甚至有了逼真的接触感。古人所依赖的特定空间的时间观念已经无法适用于现代社会，人们已经十分便捷地利用科技手段生产了反季节蔬菜等各种人工产品甚至克隆人，古老的历法在现代科技面前已经失去了原有的效用和神圣魔力。与此同时，人类的情感世界也发生着巨大的改变。古人所讲的“海内存知己，天涯若比邻”已成为真切的现实。这种高科技手段已不再是人们向往的生活愿景，它已前所未有地渗透到人们的日常生活当中。麦克卢汉曾指出：“速度会取消人类意识中的时间和空间，即使事件一件接一件，也不存在任何延迟的效果。”[①] 人类因此而感叹，也因此而产生时间的无序感，甚至混

---

① ［美］罗杰·费德勒：《媒介形态变化——认识新媒介》，明安香译，华夏出版社2000年版，第81页。

乱感。时间也因此丧失了因生命本身而带来的厚重和意义。为了抵抗这种无序时间、同质空间所带来的“匮乏感”，很多文本开始狂热地追求非线性叙事策略并热衷于“地方性知识”的书写。而词典体小说的重要标志和特征恰恰是知识性和非线性叙事。我们有理由相信，词典体小说在某种意义上恰恰是这种文学时空意识的表征。

再次，在具体研究方法上，力争从文本细读入手，将文本内部研究和外部研究相结合，从多维度探析词典体小说的跨文体特征、人类学意味等，推动词典体小说研究从“跨文体”和“发现人类学”的阶段递进到重视词典体小说作为艺术符号体系与作为意义价值体系之间的内在联系，并以此为基点探讨词典体小说表层现象的丰富性与深层意蕴的多义性之间的关系。从对词典体小说的研究当中初步建立以文学人类学为理论基础、将文学内部研究与外部研究相结合的批评方法，突破目前文学人类学研究重“外部”轻“内部”的趋势和方法。从词典体小说民族志书写的角度探讨文学创作与人类学写作的当代相遇和沟通，探讨“创作层面”的文学人类学和当代小说叙事新的可能。这不仅对于词典体小说研究具有重要意义，对于思考、解决当代小说原创力的匮乏、学者型写作等亦具有重要的参考意义。

最后，从文学生产与文体接受的宏观角度思考词典体小说的利弊得失。具体而言，首先从对词典体小说跨文体书写的研究当中厘清新时期以来跨文体书写的背景、规律、突破及症结所在。在勾勒前人见解的同时，区别对待研究对象，重点对一些薄弱环节进行详尽探讨，如乌力波集团与词典体小说的推动与拓展、词典体小说的叙事视角、叙事手法等叙事学层面的重要内容及其代表文本的详尽分析。其次是在对词典体小说的非线性叙事的研究当中探究、重估“线性叙事”的价值及当代小说“非线性叙事”的可能，并以文学与影视等大众传媒为例初步探讨非线性叙事与文体接受等问题。在宏观与微观结合的基础上，达到对新世纪词典体小说全面的、立体的关照。

三　选题的意义与逻辑架构

20 世纪 90 年代，特别是新世纪以来，文学的逐渐边缘化已成为一个不争的事实和必须面对的“困境”。文学能否在新环境下实现突围？突围的途径在哪里？用跨文体写作博得精英批评家的赞美还是用类型化写作占据市场和读者？也许这些问题是没有标准答案的；也许“困境”“突围”这些说法本身就是有问题的，20 世纪 80 年代文学所享有的“大红大紫”本身就是一个非正常现象。在这种背景下我们看到了如下事实：一方面是跨文体写作的盛行，“泛文体”“无文体”写作日益增多；另一方面是青春小说、玄幻小说、盗墓小说、密码小说、穿越小说、耽美小说等类型化写作日益“泛滥”。1999 年甚至被称为“跨文体年”，关于跨文体写作学术界一直思考、争议不断。就在一批作家、评论家对跨文体现象争论不休的同时，就在我们还未对跨文体写作进行深入系统研究的时候，类型化写作又从网络走向了纸质媒介，成为网络写作与图书市场的主要品类。网络文学、青春小说、盗墓小说、玄幻小说、穿越小说、耽美小说等类型化小说不仅俘获了大量青少年的阅读时间，由这些类型小说改编成的影视剧甚至主宰了各大卫视的黄金播出时段，“而且被文艺生产的各个环节所看重，被改编成影视、动漫、游戏等形式的延伸产品，以‘全媒体’的方式广为流传”①。如果我们承认上述两大趋势是新世纪以来文学发展变化的基本特征的话，那么新世纪以来出现的大量词典体小说显然兼具跨文体特征和类型化特征，同时，其创作者不仅囊括了贾平凹、张贤亮、李锐、韩少功、阎连科、宁肯、林白、李洱、孙惠芬、潘年英等实力派作家，又有马笑泉、藿香结、恶鸟、贾勤等文坛新秀，还有法医秦明这样的网络作家，而有些作家如贾平凹、林白、周大新等又具

① 白烨：《中国文情报告（2011—2012）》，社会科学文献出版社 2012 年版，第 19 页。

有“成名作家的文体转型”的特点，由此，我们可以将词典体小说作为新世纪文学的一个“标本”，在跨文体写作与类型化写作的视野下将词典体小说作为一个切入点，充分考虑词典体小说的内外部因素，“小题大做”，以窥新世纪文学之生成机制、现状和趋势。

本书在词典体小说“形式的特别”的基础上，强调词典体小说的非线性阅读特征，改变了以“作者”“文本”为中心进行概念界定的思维方式，第一次系统梳理了新世纪以来的词典体小说。自《哈扎尔辞典》《马桥词典》等文本发表（翻译出版）以来，新世纪文坛出现了许多文体特征类似的词典体小说及亚词典体小说，但学界大多以《马桥词典》《花腔》《受活》《地方性知识》等文本为个案进行批评分析，并未对词典体小说进行系统深入的研究，词典体小说本身的复杂性、丰富性以及可能具有的“典型性”还没有得到充分的认识。特别是新世纪词典体小说的发生、发展及其表现形态与新世纪文学生态、文学期刊、乌力波集团及批评家的推动之间的复杂关系还未有学者进行深入、系统的探讨。

由于《马桥词典》《地方性知识》《受活》《青藏辞典》等文本较明显地具有地方性知识特征和人类学色彩，很多学者采用文学人类学的理论与方法对词典体小说进行研究，但目前的研究多止步于“发现”人类学阶段。本书力争在文本细读的基础上，通过对新世纪词典体小说进行系统深入的研究，推动词典体小说研究从“跨文体”和“发现人类学”的现状，逐步深入词典体小说作为艺术符号体系与作为意义价值体系之间内在联系的新阶段，并以此为基点探讨词典体小说表层现象的丰富性与深层意蕴的多义性之间的关系。从对词典体小说的研究当中初步建立以文学人类学为理论基础、将文学内部研究与外部研究相结合的批评方法，突破目前文学人类学研究重“外部”轻“内部”的趋势和方法。从词典体小说民族志书写的角度探讨文学创作与人类学写作的当代相遇和沟通，探讨“创作层面”的文学人类学和当代小说叙事新的可能。这不仅对于词典体小说研究具有重要的意义，而且对于思考、解决当代小说原创力的匮乏、学者型写作等亦具有重要的参考意义。从对词典体小说的非线性叙事的研究当中探究、重估“线性叙事”的价值及当代小说“非线性叙事”的可能；并以文学与影视等大众传媒为例初步探讨非线性叙事与文体接受、多媒体时代读者群的转移流动等问题。

对词典体小说关注边缘、底层这一重要特征的研究有助于中华民族“多元一体”文化传统彼此协调、共融而至共荣。对词典体小说所蕴含的本土经验和人类学意义的挖掘也将成为反对新老种族主义、批判和解构殖民主义与西方文化霸权的学术先锋，在彼此碰撞、激发中确立本土文学的意义和价值，增强国家文化软实力。

具体思路是从新世纪文学生态与词典体小说之间的内在联系入手，在人类时空意识变革与情感表达方式变化的双向互动中思考文学变革、文体变革。将词典体小说作为新世纪文学的一个“标本”来进行系统研究，管中窥豹，探究新世纪文学之生成机制、现状和趋势，并就词典体小说的一些重要变化、规律特征等进行深入思考。在文学期刊的变革中还原文体变革的“现场”，以文本细读为基础，将文本内部研究和外部研究相结合，坚持大文化视角，综合运用文学人类学、叙事学、读者接受美学、空间诗学等理论方法，多维度探析词典体小说的跨文体特征、人类学意味等。将文本细读作为研究的出发点，同时充分考虑文学的“外部因素”对词典体小说的推动、拓展作用以及文学批评对词典体小说的界定等。在勾勒前人见解的同时，区别对待研究对象，重点对一些薄弱环节如乌力波集团与词典体小说的推动与拓展，亚词典体小说类型分析，词典体小说的叙事视角、叙事手法等叙事学层面的重要内容及其代表文本进行详尽探讨。在宏观与微观相结合的基础上，达到对新世纪词典体小说的全面关照。

具体章节安排为：绪论部分是本书的总纲，介绍词典体小说的研究对象及范围、选题的国内外研究现状、本书意义及逻辑框架。

第一章：新世纪文学生态与词典体小说的提出。从新世纪文学生态的宏阔背景与词典体小说之间的内在联系入手，在跨文体书写、类型化书写的潮流中，将词典体小说作为新世纪文学的一个“标本”来进行系统研究，“小题大做”，以窥新世纪文学之生成机制、现状和趋势；指出新世纪文学生态的大背景、人类时空意识变革与情感表达方式变化以及成名作家的文体“焦虑”是词典体小说产生的重要原因。

第二章：文学集团与词典体小说的开拓。主要从文学期刊、乌力波集团与词典体小说的推动和拓展入手，在还原文学“现场”的基础上，厘清这些具有文学集团属性的期刊及乌力波集团对于新世纪词典体小说的推动、形塑及拓展作用：它对于非线性叙事的推崇、将语词从写作工具到写作对象的变革、小说艺术风貌的学术化转向。

第三章：亚词典体小说的四种类型。主要介绍亚词典体小说的四种类型即絮言体小说、重述体小说、新纪传体小说、人类学笔记，将这些特殊并部分拥有词典体小说属性的文本放入词典体小说的谱系与范畴当中去研究，在文本细读的基础上，从新现象新问题出发，力求发现新观点，并以此窥探新世纪文学文体形态的复杂性与新的可能性等；初步探讨了当代作家文体转向的得失问题。

第四章：词典体小说的两大转向。主要从词典体小说的“质疑”历史、超文本转向、民族志转向等特征入手，论述词典体小说的后现代主义转向和人类学转向。从文体的角度来看，当代文学的人类学转向可分为三个方面：一是叙事结构、视角、意蕴的人类学转向，可看作“隐性”的人类学转向；二是从“常规”文本穿插田野笔记这一现象来探讨这种人类学转向的过渡状态；三是从跨文体写作的民族志转向论述“显性”的人类学转向。

第五章：有意味的形式。主要从形式美学的角度出发，论述作为文体的“词典”与小说之间的碰撞组合所可能产生的新的美学意义，读者作为文本生产者、参与者的作用，词典体小说的独特形式所具有的本体论意义等。词典的“大”与“实”和小说的“小”与“虚”之间的张力，是词典体小说文体意义产生的主要原因之一；文体的散文化倾向和文本内容的边缘书写具有同构性；读者的“展演”是词典体小说文本重构性和再创造性生成的深层原因。

第六章：文学史视野中的词典体小说。主要从文学史论的角度论述词典体小说在具体的叙事艺术方面所展现出的新风貌：人物的消失与故事的没落；词典体小说的命名规律，分析其利弊得失，以此初步探讨文体与文学接受、多媒体时代读者群的转移流动等问题。从文学接受和人类根本性情感需求的角度出发，重估“线性叙事”的价值，对于当下的文学创作、文学研究都有一定的意义。

如果说前三章是文学的社会学研究及类型分析等“外部”研究的话，那么第四、五两章便是从具体的文本分析入手，综合多种研究方法的小说叙事学研究，即文学的内部研究。第六章从史论的角度对这一特殊现象进行分析和探讨。

第一章　新世纪文学生态与词典体小说的提出

以物理时间或者说政治历史时段来进行文学史分期是较为常见的文学史分期策略和方法，翻看我们的各种文学史著作以及各大报刊的文论，大都以此为文学史书写的基本线索和分期标准。尽管这种分期方法未能将文学自身发展演变的特征、规律作为核心“指标”，可能会产生一些机械、僵化的结论，甚至“错误”的结论，但从一个较长时段来看，文学的发展变化与社会政治历史的重大变革往往存在着某种对应关系。为了叙述的方便，本书仍然采用“新世纪文学”这一广泛流行的概念表述方式。需要特别指出的是，本书所论述的新世纪文学中的“新世纪”不仅仅是一个物理时间概念。新世纪文学的提出虽有物理时间维度的考虑，但绝不是千禧年的钟声所直接催生的。关于新世纪文学的起点、命名、内涵、特征、构成、趋势、意义等已有众多学者贡献了各有启发作用的观点。我们意不在辨析新世纪文学的歧义与争论以及价值与意义等问题，而是就其讨论的问题，为我们所探讨的词典体小说提供一个较为宏阔的背景，或者说在新世纪文学生态的大背景下，探讨一个文学现象：词典体小说。关于新世纪文学的时间起点问题，於可训认为：“它的起点，不应该是新世纪元年，而应该追溯到上个世纪 90 年代初。”① 张未民甚至指出：“新世纪文学正

① 於可训：《新世纪文学研究断想》，《文艺争鸣》2010 年第 2 期。

是从新时期文学中自然而然地蜕变生长出来的，如果你愿意，完全可以将1978年看作一个开启了21世纪的起点。”① 实际上，新世纪文学的提出更多的是从新世纪文学的“新”质而言的。关于新世纪文学生态问题，雷达先生也曾在《影响文学生态的三大因素》② 一文中论述了高科技、网络、图像等因素对新世纪文学生态的影响。本书所指的新世纪文学的时间起点主要依据於可训等人的观点，将其追溯至20世纪90年代，或者说至少将20世纪90年代作为我们论述的背景和参照。具体而言，本书所要探讨的是新世纪文学生态与当前文学图景之间的关系，以及这种宏阔背景与研究对象——词典体小说之间具有哪些内在的联系及值得深入研究的学术增长点。雷达先生的论述主要关注的是由三大因素所改变、塑造的新世纪文学生态以及这种文学生态下的文学现象。我们的探讨将主要集中于新世纪经济、社会、文化、传媒中的哪些因素在哪些层面从根本上改变了新世纪文学生态，且这些因素在何种程度、哪些维度上具体影响了词典体小说的创作、出版、评价与接受等。当然，我们的研究绝不是“文学社会学”的翻版，韦勒克、沃伦早就指出：“倘若研究者只是想当然地把文学单纯当作生活的一面镜子，生活的一种翻版，或把文学当作一种社会文献，这类研究就没有什么价值。只有当我们了解所研究的小说家的艺术手法，并且能够具体地而不是空泛地说明作品中的生活画面与其所反映的社会现实是什么关系，这样的研究才有意义。”③ 在探讨新世纪文学生态的宏阔背景时我们有必要借重艾布拉姆斯的文学四要素说，以此作为思考的起点和逻辑架构。尽管刘若愚、余虹等学者对四要素说进行了不同程度的修正和阐发，但其修正和阐发都是针对四者关系而言的，文学活动四要素本身巨大的学术意义是不可否定的。为了避

---

① 张未民：《新世纪文学的发展特征》，《作家》2006年第3期。

② 雷达：《影响文学生态的三大因素》，《文艺报》2010年3月12日。

③ ［美］韦勒克、沃伦：《文学理论》，刘象愚等译，文化艺术出版社2010年版，第107页。

免出现“大而不当”的“宏论”，我们力争在宏阔背景的阐述与具体文学现象、文本分析中找到内在的契合点，并以此展开论述。

第一节 媒介的后果：距离的消失

人类生存、生活的最基本也是最重要的维度就是时间和空间。时间意识和空间意识的确立使人类生活有了秩序感和意义感。但人类的时间意识与空间意识并非同时形成，有赖于空间意识的确认，时间意识才逐渐确立。“人们总是借空间的某种特征、变化及关系来表示时间。离开空间，时间则无法表示，亦不可捉摸。”[①] 大量的人类学研究资料也证明，人类最初的叙事行为与时间意识、空间意识有着直接的联系。[②] 有学者从“元叙事”与“太阳神话”的角度指出，我们今天用来指代世界上一切具体及抽象事物的“东西”一词与亘古不变的自然现象——日出日落有关。而“天空中的太阳为世间的万物之源与万事之始，地球上一切生命活动都仰仗于万古如斯的阳光照耀，叙事活动既为人类行为之一，它的初始形态、深层结构与基本冲突就必然与这颗星球的辉映有密切关系”[③]。简言之，太阳神话即元叙事。当然，我们所关心、探讨的时间并不是单纯的物理时间或自然地理，而是人类主观的时间观念和空间感受，以及人类时间观念和空间感受改变之后对人类情感想象、情感表达、叙事行为和方式的改变及形成的新特征。在漫长的前现代社会，太阳神话作为人类叙事的“元叙事”一直没有发生太大改变，地球上不同区域的人们生活在一个个相对封闭的社会空间里，根据对自然界循环时间的不同理解创制了各自的历法，

① 刘文英：《中国古代的时空观念》，南开大学出版社 2000 年版，第 144 页。

② 参看叶舒宪《中国神话哲学》，陕西人民出版社 2005 年版；刘文英《中国古代的时空观念》，南开大学出版社 2000 年版；［加］弗莱《批评的解剖》，陈慧等译，百花文艺出版社 2006 年版；［德］卡西尔《人论》，甘阳译，上海世纪出版集团 2003 年版，等等。

③ 傅修延：《元叙事与太阳神话》，傅修延主编：《叙事丛刊》（第四辑），中国社会科学出版社 2012 年版。

这种农事时间是与人类早期的生产实际相一致的，不同地区的人们生活在一个特定的空间和时间观念里。如果就农事时间与文学书写而言，“农事时间与人类生活事件是一个统一体。也就是说，时间和事件、时间和情节是同一的，并且带有循环往复的印记”①。伴随着工业革命的兴起，现代交通工具与通信设备不断出现、更新，人类的时空观念、时空感受也发生着前所未有的巨大改变，甚至可以说遭受着前所未有的挑战，这种统一的叙事模式也逐渐被突破，现代主义文学、后现代主义文学等文学思潮与流派都继续着这种“突破”。

关于时空意识的变革，我们有必要对一些常识性知识进行简单复述。古人对于空间特别是我们所生活的空间的思考，产生了天圆地方说、中心论、四夷说等。从早期宇宙“混沌说”开始，在漫长的前现代社会里占主流的是“天圆地方说”和“中国中心论”。北宋学者石介的《中国论》这样写道：“天处乎上，地处乎下，居天地之中者曰中国，居天地之偏者曰四夷。四夷外也，中国内也。天地为之乎内外，所以限也。”② 其实，人类在认识世界时大都经历过这样的阶段，不仅中国如此，欧洲中心主义对世界的划分也是与此大致相同的思维方式。在相当长的一段时间内，这类观点长盛不衰，用这种知识建构的世界、宇宙模型一直是知识书写和建构的基本依据和想象范围，文学书写也不例外。从世界范围来看，这种观念的变革大致是工业革命以来的事情，就中国而言，这种观念的变革大致是近代以来的事情。戊戌变法期间，湖南《湘报》发表了一首《醒世歌》：若把地球来参详，中国并不在中央，地球本是浑圆物，谁居中央谁四旁？对于今天的人来说，这已是常识，凡受过九年义务教育的人都在课堂上观看过地球仪。但当时的国人要以“醒世”命名，可见其古今差异及其震撼

① 耿占春：《叙事美学——探索一种百科全书式小说》，郑州大学出版社 2002 年版，第 231 页。

② 转引自王一川《中国现代学引论》，北京大学出版社 2009 年版，第 58 页。

程度。胡适在1906年的《地理学》中也阐述了浅显的“地球是圆的”观点：“这是什么缘故呢？因为那地是圆的，所以来的船在那地的低处慢慢行上来，我们看去自然先看见那桅杆顶了。那去的船也是这个道理，不过同这相反罢了。诸君们如果再不相信，可捉一只苍蝇摆在一只苹果上，叫他从下面爬到上面来，可不是先看见他的头然后再看见他的脚么?”[①] 今天，再也没有人争论地球的方圆问题，它已经作为常识而深入人心。今天我们面临的新问题是，地球不是“圆”的，世界是“平”的。美国学者托马斯·弗里德曼写了一本书告诉我们：“世界是平的”。[②] 在20世纪90年代，特别是进入新世纪以来，高科技的迅猛发展、电子媒介的普及不仅为人类提供了超音速的飞行器，而且为人类提供了直接视频的工具，甚至有了逼真的接触感。如果说工业革命时代的飞机、轮船等“跨越”了千山万水，那么后工业时代的电子媒介则“抹平”了千山万水。整体而言，“空间”正朝着被不断压缩的方向走去。

麦克卢汉曾指出：“速度会取消人类意识中的时间和空间，即使事件一件接一件，也不存在任何延迟的效果。”[③] 全球各界精英在狭小的地球村穿梭的同时还要不停地调整时差，时间可以“停止”“倒流”不再是神话，时间甚至可以被“重复”感知和使用，就像高科技所展现的废物再利用的科技神力一样。“逝者如斯夫”的无奈似乎已被人类克服，人类因此而感叹，而兴奋，而歌之咏之，但也因此而产生时间的无序感，甚至混乱感。时间因此丧失了因生命本身所带来的秩序、厚重和意义感。对于即使没有亲身经历过这些事情的普通人来说，他们也在电视、手机、网络等各种电子媒体前观赏着（或者说

---

① 胡适：《胡适文集》（第一卷），北京大学出版社2013年版，第73页。

② ［美］托马斯·弗里德曼：《世界是平的：一部二十一世纪简史》，何帆、肖莹莹、郝正非译，湖南科学技术出版社2006年版。

③ ［美］罗杰·费德勒：《媒介形态变化——认识新媒介》，明安香译，华夏出版社2000年版，第81页。

参与着）此刻正发生的事情。时间不再是一维地线性发展着，其瞬间性、即逝性、无序性、重复性成为电子媒介时代的时间意识和感受的新特征。在新媒介时代，“空间”也随着“媒介时间”的到来而逐渐贬值，甚至消失。就像我们对空间距离的定义和描述一样，现在我们几乎不再使用“公里”“千米”这些概念，而普遍使用多少小时的“车程”。近年来，中国高铁已成了一个响亮的名片，已经走进百姓的日常生活，但我们在观看相关电视直播及其他新闻报道时，听到、看到最多的一句话是从某地可以在几个小时内到达彼地、比原来缩短了几个小时的车程诸如此类的话。时间成了最重要的维度。空间不再强大，“远方”不再神秘，“诗”也不再遥远，不再是神话。甚至“地方性知识”也不再具有神秘性和地方色彩，在电子媒介时代，它们逐渐成为观赏对象，甚至逐渐成为具有普世价值的地方性知识。“地球村”“全球化”等再也不是概念层面的推演和想象，而是实实在在的日常生命体验。距离消失了，这样的时代还需要“情书”（文学）吗？雷达先生讲过一个极端的例子，生活在现代都市里的空姐与古代少女对于和情人一次离别的感受肯定是千差万别的。今天也很难再产生“山无棱，江水为竭。冬雷震震，夏雨雪。天地合，乃敢与君绝”的“情书”了。不要说“情书”，甚至“故事”都不再需要，电子媒体上的各种即时新闻不仅让全球各个角落里的人们共同观看、欣赏，而且让其参与着同一个故事的叙述。与此同时，各跨国企业也不断地推出全球标准，进行着近乎一致的产业布局和营销。都市和农村不仅变得千篇一律，而且变得触手可及，人们“同时”穿着一样的品牌服饰，享受着同一个公司的快餐，观看着同样的美国大片或韩剧，发出大致相同的人生喟叹。汪民安在谈到城市经验与人的内在性时指出，在以效率和功能至上的城市体系中，“僵硬而明快的空间是决定性的。不过，它忽视了人和人的交流，忽视了人同空间的细微体验。由于建筑成了商品机器，建筑中的人同样是被当作标准化的人，这样的空间和建筑思想就完全忽视了人的丰富性和多样性，忽视了人的内在性”①。同时，这些高科技媒介不仅仅改变着世界、人类以及人类的生命体验和情感表达方式，而且正在成为世界图景的重要组成部分。高科技媒介的迅猛发展正改变着我们生活于其中的世界，也改变着我们古老的时空观念。空间正在逐步“同质”化。高科技电子媒介不仅改变了我们的社会、生活状态，而且从某种意义上讲，我们身处其中的社会是一个由传媒塑造的社会，是被各种媒介“叙事”塑造出来的社会。鲍德里亚在论述从生产性（productive）社会秩序向再生产性（reproductive）社会秩序转变的过程时，特别指出技术与信息的新形式占据着核心地位。鲍德里亚认为：“再生产性社会秩序中，由于人们用虚拟、仿真的方式不断扩张地构建世界，因而消解了现实世界与表象世界之间的区别。”② 甚至有学者以美伊战争为例指出，电视的全球直播、转播技术使我们能通过电视同步了解战况，久而久之就会发现这一切越来越像美国大片，我们似乎并非在观看真实的战争，战争本身成了我们欣赏的电视节目或艺术品。而“当美国女兵被营救之时，仿佛前线战争在模仿过时的剧情，我们强烈地感受到了世间之事的某种荒诞：模仿对自身的模仿。”③ 我们生活在一个模仿对自身的模仿的时代，生活在千篇一律的故事里，每天观赏着千篇一律的事件，我们还能面对所谓的现实吗？还能分清什么是现实和虚幻吗？今天的人类还需要“故事”吗？还需要那些远行的人围炉夜话吗？

我们承认，人类对于时间、空间的感受正发生着巨大的甚至是让人难以想象的变化。古人所依赖的特定空间的时间观念已经无法适用于现代社会，人类已经便捷、熟练地利用科技手段生产了反季节蔬菜等各种“反时间”的人工产品。单纯从技术上讲，克隆人也完全可以

---

① 汪民安：《身体、空间与后现代性》，江苏人民出版社 2005 年版，第 128 页。

② ［美］迈克·费瑟斯通：《消费文化与后现代主义》，刘精明译，译林出版社 2005 年版，第 4 页。

③ 许江、吴美纯：《非线性叙事》，中国美术学院出版社 2003 年版，第 5 页。

实现。古老的历法与“天涯海角”在现代科技面前已经失去了原有效用和神圣魔力。在时空意识发生着巨大变革的年代，人类的情感世界也发生着巨大的改变。古人所讲的“海内存知己，天涯若比邻”已成为真切的现实。如果放到今天，估计李白再送孟浩然也不会在江边等着“孤帆远影碧空尽，唯见长江天际流”了，拿着手机就可以一直视频聊天。这种高科技手段所许诺和兑现的生活方式，已经从人们仰望的生活愿景走进并前所未有地渗透到人们的日常生活当中，人类自诞生以来也从未像今天这样深刻地感受到科学的高度发展对传统生活方式所带来的剧烈改变。

金惠敏在论述“趋零距离”与文学的当前危机时详细分析了德里达宣布文学死亡的《明信片》。德里达的“让我远行，以便给您写信”，《包法利夫人》里罗道尔弗为了给爱玛写情书就住到了郊区。距离被压缩甚至“趋零”，于是情书的必要性从根基上就被动摇或颠覆了。同理，文学的根基也被动摇了。“无论是模仿论，还是表现论，都假定了一个被书写的对象，不管它是现实还是观念，或者情感，写作由此而成为一种传达，传达那不是其本身的东西，——传达是往来传达，往来于书写与书写对象之间的距离。”① 当然，德里达等人的思考是从哲学的角度推演文学的未来，实际上，高科技媒介的发展虽是造成时代“趋零化”的主要原因之一，但这个趋势永远都只是“趋”的进行时，而非完成时，也不可能是完成时。即使是完成时，人类仍有表达情感的需求、叙事的需求，由此，我们对于文学的各种死亡论不必大惊失色，其实，在这么多年的死亡论中我们早已习惯了“正在”死亡的文学。如果单从目前从事写作的人数和作品的出版数量来看，我们也许正经历着人类有史以来文学最为繁荣的时期。文学不但没有死亡，而且似乎以前所未有的生命力出现在我们的周围。文学的所谓危机与出路之一正在于如何突破、制造时空的“距离”。“绝对

① 金惠敏：《媒介的后果：文学终结点上的批判理论》，人民出版社 2005 年版，第 13 页。

时空的理论，迫使我们采用一种例如机械性的叙事框架，使我们无法观察世界的一些重要性质，这些性质只有在关联视角中才能显现出来。”① 在新的时空意识里，除了刻意追求“地方性知识”和刻意玩弄穿越叙事、玄幻叙事之外，我们的作家、写手、粉丝是否还有别的途径来“制造距离”？我们的读者和受众还会选择哪些作品或文本？

以上的论述是从媒介与文学书写的根本性变革展开的，显得“理论”有余，而实践不足。就具体的文学实践与文学叙述而言，高科技的迅猛发展所带来的“距离”的消失也是一个实实在在的问题。按照麦克卢汉的媒介理论，由于“空间”“距离”的存在，人类社会经历了部落化、非部落化和重新部落化三个时期。在由新媒介所塑造出来的“重新部落化”时期，以往由于空间阻隔等原因而产生的地方文化、民族文化、民族文学、国别文学以及世界文学等概念都受到了前所未有的挑战，或者说有必要对此进行重新思考，很多学者也对此进行过深刻反思。殷国明在关于世界文学史建构与叙述的反思中指出，世界文学史意识的发生，与“世界”观念的产生与演变紧密相连，是从不断扩展的“世界”中衍生和延展出来的。②

当然，高科技的迅猛发展不仅从根本上改变了人类对于时间、空间的理解，而且随着技术帝国的合围，工具理性和技术主义也随之蔓延。“技术既是文化的一个组成部分，又是文化的产物和条件。”③ 不得不承认，文学也是一个技术活，生活经验、情感体验与文学作品之间的差异也许就是文学技术、文学技巧。至少在当代中国文坛上，中国作家们的技术主义倾向还是比较明显的，甚至可以说中国当代作家从不缺技巧、技术，我们在短短几十年的时间里学习了西方的各种理论、流派、技

---

① 复旦大学文史研究院编：《民族认同与历史意识》，中华书局 2013 年版，第 1 页。

② 参看殷国明《“通而不同”：关于世界文学史建构与叙述的叩问与思考》，《励耘学刊》2017 年第 1 期。

③ ［法］R. 舍普等：《技术帝国》，刘莉译，生活·读书·新知三联书店 1999 年版，第 98 页。

术。无疑，这些都深刻地影响了中国当代文坛。当年所谓的“马桥风波”实际上就隐含着对于“文学技艺”的不同理解，我们所要讨论的词典体小说与文学技艺之间也存在着诸多需要讨论的话题。

第二节　新的分化：作家群和读者群

20 世纪 80 年代以来，随着改革开放的继续深入，高度集中的计划经济体制日益被打破，市场经济的逐步确立、推行逐渐渗透并影响着人们生活的方方面面，中国社会在没有“革命”的情况下发生了前所未有的深刻变化。对一个经济文化发展极不平衡、处于转型期的中国来说，目前的中国社会在没有形成大量的中产阶级之前出现了新的社会阶层的流动、重组和调整。原来固有的农民阶级、工人阶级等概念似乎被打破，作家梁晓声在《中国社会各阶层分析》（文化艺术出版社 2011 年版）一书中把中国当代社会划分为当代资产阶级、当代“买办者”阶层、当代中产者阶层、当代知识分子、城市平民和贫民、农民、农民工、中国当代“黑社会”、中国“灰社会”九大阶层。这种划分有其合理性，也有其明显的不足。当然，本书的目的不在于分析、评论梁晓声的划分是否具有学理性、适合度等问题，而在于提示、强调中国社会各阶层正在发生的日益严重的分化现象。当然，近年来所谓的“阶层固化”问题的热议，本身就证明着各个阶层的“重组”以及新的社会阶层模式的“坚固性”。我们虽然不能肯定贾府的焦大一定不会爱上林妹妹，但不同的社会阶层会形成不同的审美趣味却是一定的，古今中外的文学实践也证明了这一点。在社会阶层不断重组、调整的大背景下，作家群和读者群（受众）的审美趣味也都悄悄地发生着改变、分化和重组。

纵观中国 20 世纪文学史，中国作家队伍的分化和重组大多是因文学观念和政治诉求的不同而发生的。五四时期的文学社团以及 20 世纪 30 年代具有较强政治意味的文学组织即是典型的例案。有些作家因此而大红大紫如浩然等，有些作家也因此而销声匿迹如张爱玲、沈从文等。除去文学观念的分歧之外，在中国20世纪作家队伍的分化与重组过程当中，政治因素是影响作家身份和创作的第一要素，但对政治的“拥抱”并非都是主动选择的结果，有些作家的“站队”与“离队”是被迫的。但进入20世纪90年代，特别是新世纪以来，在一个较为宽松的政治、文化环境当中，作家队伍的分化和重组除却文学观念的分歧之外，往往是因经济利益、媒介选择、审美趣味的不同而进行“主动”选择的结果。新世纪以来，新的文学环境和文学生产机制使得中国作家队伍（写手）发生了巨大的变化，这不仅仅是指因媒介不同而划分的传统作家与网络作家以及按照作者身份划分的职业作家与非职业作家等。这样的划分模式可以任意选择一个划分的标准而进行无限制的命名和推演，就像“80后”作家、“90后”作家、“00后”作家的命名方式一样。这种命名的产生大多是为文学研究和文学批评叙述的方便而进行的临时命名，实属权宜之计，而且多以文学的“外部”因素作为划界的标准。我们要思考的是，作家群在新的变革时代到底发生了哪些变化？抛开那些无法“考证”的作家自白与作品体性之间的对应或错位关系，如果从文学生产的流程来看，以往的文学生产流程可以表示为“作家—作品—读者—市场”，那么，随着市场经济的全面发展和文化事业单位的全面转企，“读者—市场—作家—作品”的出版策划模式逐渐形成。以往文学活动中处于末端位置的“读者”被前所未有地提到前面，甚至处于这个链条中的第一位。特别是在网络文学一片“繁荣”的今天，各种题材的类型小说，各种技术型的“超文本小说”“接龙小说”“互动小说”等已成为网络文学的重要组成部分，粉丝打赏与传统供养制、工资制、稿费制有了极大的区别。有学者提出了“粉丝经济”一词。美国大众文化理论家约翰·费斯克认为，粉丝的生产力不只局限于新的文本生产，还参与到原始文本的建构之中。“粉丝经济”最大的特点是生产—消费一体化，粉丝不仅是“过度的消费者”，而且是积极的意义生产者。传统的“作家”概念已经彻底瓦解，而作家、写手在文学活动序列中的地位在下降，此时即所谓“作家死了”。现在已经没有几个作家会宣扬自己的写作只是为了兴趣或所谓的纯粹文学理想。“甚至最不妥协的先锋派作家，也不能长久地维持不想为人阅读的姿态。”① 无论先锋作家怎样“自白”，丧失读者的忧虑是先锋“转型”“续航”的重要原因之一。新世纪以来，不仅仅出现了很多网络作家与网络写手等受聘于某网站，一些传统作家也开始受聘于出版机构、图书策划公司等，高校系统也有住校作家制度。在这个新的文学生产模式、文学生产活动中，“灵感”“思想”“创作冲动”似乎已不再是文艺创作的第一缘由和出发点。“策划”制度在一定程度上颠覆了“灵感论”“天才论”等传统观念，更大的潜忧是，文学创作似乎走进了现代工厂的“生产流水线”。策划是文学出版经营的第一道工序，图书策划者要求作者（写手）把每个选题都当作一个“项目”、一个“工程”来经营，作家（写手）成了图书生产流水线上的一个产业工人、一个环节而已，项目经营者甚至会对“施工方”即作家提出具体的硬性要求。著名出版人安波舜在策划“布老虎丛书”时就要求：“第一，必须写现代城市生活；第二，必须有一个好读、耐读的故事；第三，要有一定的理想主义色彩。”② 尽管这套丛书很成功，但其“策划”性质也很明显。

我们要充分考虑政治、经济、制度等外部因素对文学的影响，但研究的基点应是文学观念和文学实践的变化，这在传统作家内部的变化将比较明显。与传统的文学观念不同，以往被作家津津乐道的“作家是人类灵魂的工程师”等标语式宣言已羞于提及，文学似乎不再言志、不再载道。“玩文学”“痞子文学”“游戏文学”的说法甚至盛行于文坛内外。特别是由智能手机、电视、网络、微信等电子媒介作为

① ［美］韦恩·布斯：《小说修辞学》，华明、周宪等译，北京大学出版社 1987 年版，第 116 页。

② 张胜友、安波舜、阿正：《畅销书的内涵与运作》（上），《出版广角》1999 年第 2 期。

传播媒介的文学，更突出了文学的娱乐性、消遣性，在现代消费观念的影响下，作为“商品”的文学，其消费性更加突出。文学主动向影视、游戏、动漫等大众文化靠拢，翻检一下当代文学创作，主动向影视“称臣”的作家似乎不是个例，余华的小说《活着》与张艺谋的电影《活着》之间的复杂关系似乎更能说明这个问题。有学者曾结合电影史料及小说版本进行异文综合考证后得知，余华作为编剧参与张艺谋电影《活着》剧本的生产历程，其实就是小说《活着》的不断修改过程。小说《活着》版本的多次变化正是余华多次吸收、采纳导演张艺谋建议的结果，并遵循着电影叙事思路与逻辑进行文本修改。在某种程度上可以说是张艺谋和余华共同创作了小说《活着》。[①] 如果说这位学者的研究在面对小说与电影时的态度还算中立的话，李建军就曾严厉批评说刘震云的《手机》把“小说变成影视文化屁股后面言恭貌谨的小跟班”[②]。甚至有些作家创作的目的就是要改编成影视作品。在具体的文学叙事上，作家的分化主要表现为对“叙事”的“再理解”。自 1942 年 5 月毛泽东《在延安文艺座谈会上的讲话》发表以来，社会主义现实主义法则就占据了中国主流文坛。现实主义、典型人物、时代精神等成了作家创作的指导原则、创作方法，甚至是最高追求。这种现实主义神话在当代小说文体特征上的最大影响是线性因果律的情节结构模式，而主流意识形态所要求反映的“时代精神”和“当代先进典型”又使小说叙述时间和故事时间的距离被压缩到最小。20 世纪 80 年代以来，无论是作家还是读者，都已对社会主义现实主义等传统产生了“审美疲劳”，小说作为一种“有意味的形式”成为大家的基本共识之一，文体成了作家必须面对和思考的问题。一批作家开始逐渐打破这种束缚，努力寻找属于自己的“形式”。

---

① 罗先海：《跨媒介叙事的互动与裂隙——以〈活着〉的电影改编、小说修改为考察中心》，《文学评论》2020 年第 4 期。

② 李建军：《是大象，还是甲虫——莫言及当代中国作家作品析疑》，山西出版集团 2013 年版，第 71 页。

20 世纪 90 年代以来的先锋文学对于“叙事”本身的追求和迷恋就是最好的例证。有学者认为，先锋作家在新世纪的转向是对这种追求的放弃。其实不然，新世纪以来大行其道的跨文体写作的盛行可以说是先锋文学的另一种延续，而且这一次的“先锋”具有隐蔽色彩，不易被人觉察。在过去的 20 世纪，我们已经经历了太多的“文学革命”，如小说界革命、诗界革命、五四文学革命，等等，但这些所谓的文学革命要么是政治革命、社会革命、思想革命的一部分，要么就是假文学而进行的政治革命、社会革命、思想革命。直到 20 世纪 90 年代以来的先锋文学的叙事革命才可以被称为真正的文学革命。这一次的文学变革可以说是较为独立的“文学”的变革，尽管其中也不乏文学出版界与批评家的“共谋”因素，甚至是以“非政治”的姿态而成为另一种主流意识形态话语。甚至也不排除靠标新立异而博取读者和经济利益的作家，但大体上看这一次文学变革属于一次文学内部的变革。中国作家从未放弃对文学形式的追求。

与所谓精英作家刻意追求叙述的圈套、经营跨文体写作同时，类型化写作已在网络媒介上悄然兴起，青春小说、盗墓小说、玄幻小说、穿越小说、宫斗小说、官场笔记、耽美小说等类型化小说不仅俘获了大量青少年的阅读时间，甚至主宰了各大卫视的黄金播出时段。调查显示，早在十年前，2008 年出版的类型小说占全年所有文学图书总量的 45.1%。权威的北京开卷信息技术有限公司所提供的“2008 年文学图书畅销排行”表明，在 2008 年度销售排行前 20 名的文学图书中，以青春、玄幻、职场、时政等小说为主的类型化文学创作占据其中的半数以上。[①] 葛红兵提出：“小说创作的类型化趋势不仅仅是作家队伍的重组和文坛的结构性变化，更是市场经济深入发展的结果。经济市场化的深入发展带来了社会的阶层化，社会的阶层化导致了文

① 转引自白烨《中国文情报告（2008—2009）》，社会科学文献出版社 2009 年版，第 7 页。

学审美趣味的阶层化，而审美趣味的阶层化是小说创作类型化的内在动力。”① 不同的文学审美趣味阶层即不同的读者群、粉丝群体滋养、培育了不同类型的小说。从文学经典化的过程来看，普通的个体读者在具体的历史时刻的阅读行为对文学活动所产生的影响微乎其微。作为具体的个人无论是出于何种目的而进行的文学阅读活动对现实生活中的文学出版、文学创作与文学评论等都缺乏直接行动的能力。

稍微有些文学史常识的人都知道，现代中国文化语境中的“读者”一词主要包含了“知音”和“铁屋子里”的“被启蒙者”两大类。进入20世纪90年代，特别是新世纪以来，“读者”群体出现了前所未有的分化。一边是“知音难求”的牢骚不绝于耳，另一边是拒绝启蒙的、以消遣娱乐为主要目的的文学消费者越来越多。“读者—市场—作家—作品”的出版策划模式逐渐形成不仅告诉我们作家在文学生产活动中的地位有所下降，而且“读者”以前所未有的高度站在了文学生产活动的前列。自从产生文学活动以来，读者从来没有像今天这样对文学具有如此大的影响力。作为曾经最为强势的第一“读者”——出版社正面临着市场效应与文学价值的夹缝困难。但出版社作为第一读者在传统文学生产模式中仍有着至高无上的地位。由于印刷技术的限制以及文学观念的不同，古时的文学传播主要靠文人间的酬唱、应答，几乎没有人在生前就刻印文集，文学出版对其文学影响力很小，缺乏决定性作用。而今天的出版社可以说是文本的第一读者。新时期特别是新世纪以来，很多作品的创作直接受制于出版社，比如轰动一时的“布老虎丛书”等，主编就文本内容和叙事方式都给予了明确的限制和“指导”。具体到我们的研究对象——词典体小说，“乌力波集团”也曾对其成员的作品提出了很多修改建议，② 此待后

① 葛红兵：《小说类型学的基础理论问题》，上海大学出版社2012年版，第2页。

② 本人与乌力波集团成员、新世界出版社“木铎文库”的主编蝼冢先生就《名堂经》与《马桥词典》的区别等问题进行过探讨，蝼冢先生表示，为了避免与《马桥词典》过多的相似性，曾要求作者多次修改，后来该书以《毕兹卡族谱》出版。

文详述。

第三节　特殊的读者——批评家

在上文我们已经论及了“读者”在文学活动中的地位和作用的改变，但在文学活动中还有一类特殊的读者——职业批评家（当然，也包括文学评奖机制、靠流量计算的文学排行榜等）。由于其在文学活动特别是文学评价、文学史书写的“权力”中具有的特殊的甚至是绝对的权利，本节专门论述新世纪以来文学批评家及专业的文学批评者在当下文学活动中的地位和作用。美国著名学者、《批评探索》杂志主编 W. J. T. 米彻尔在 20 世纪 80 年代来华讲学时，曾概括西方新文论的七个特点。在此我们仅就其中与我们探讨话题密切相关的部分观点予以重述。第一，20 世纪末叶文学表现的主导方式不是诗歌小说、电影戏剧，而是批评和理论。第二，批评的黄金时代是以高等学府为中心的学术现象。第三，批评的黄金时代植根于一种新型刊物，即批评和理论期刊。第四，当代批评晦涩神秘、学院气重。[①] 这与我们所要探讨的新世纪词典体小说有着类似的文学批评环境和特征。20 世纪是一个批评的世纪。在中国文论和批评全面西化的今天（目前已有所改变），这句话同样适用于中国当代文坛。其实，这句话的含义并不仅仅是指 20 世纪出现了流派繁多、影响重大的批评流派，它还有一层含义，即文学批评作为文学活动中的一极处于前所未有的重要地位。

上文我们已经讲过在新的历史条件下作家群和读者群的分化现象，在这里我们要专门论述的特殊读者是指影响文学生产活动的“精英批评家”。在漫长的时间里，作为个体的读者对文学活动的影响微乎其微。今天，尽管接受美学一直强调“读者”在文学活动中的地位

① W. J. T. 米彻尔：《论批评的黄金时代》，杨国斌译，《外国文学》1989 年第 2 期。

和作用，但姚斯等人关于接受美学的理论主要是强调读者在文学意义生产方面的重要作用。作为普通个体读者对文学生产、文学评价、文学秩序仍是没有发言权的。但文学活动中有一类极为特殊的读者——批评家，他们对文学作品的评价、传播以及整个文学活动有着重要的影响力甚至是决定性作用。在古代，没有职业作家，也没有专业的批评家，尽管金圣叹、李卓吾等批评家甚至对文学作品有了"删改"权，但从一个较长的时段来看，在前现代社会，文学批评对文学作品、文学活动的影响不大。新中国成立后，在一个特殊的时期里，文学批评被抬到一个非正常的高位。在众所周知的特殊年代，文学创作和文学批评基本上是为了体现执政党的统治意志，几可看作政治意识形态的工具。当时的批评家主要是管理文艺工作的官员、作协领导等，像周扬、冯雪峰、茅盾等人，一直到李希凡等，甚至是党和国家的最高领袖毛泽东也会亲自撰写文学评论文章。自从改革开放以来，文学批评地位已经从一个不正常的高位下跌，但这与文学本身的边缘化趋势也不无关系。在目前文坛这个"狭小"的圈子里，文学批评仍有很高的话语权。尽管当下的文学批评弊端很多，尽管对普通读者没有太大的影响，很多时候确是"自娱自乐"。与此前批评家可以影响一部作品，甚至影响、改变一个作家的命运相比，文学批评在文学活动中的地位似乎越来越不足称道。普通读者主要还是根据自己的兴趣爱好和作家的知名度选择读书范围。

> 今天的文学批评在价值评判方面似乎也走向了两个极端，不断产生"杰作"和"垃圾"遍地的声音不绝于耳。其实，问题的背后是对文学常识的漠视和背离。第一个被漠视的常识是写什么和怎么写的问题。显然，写什么并不能决定文学价值的高低和艺术水准的优劣，怎么写才是判断文学价值高低、艺术水准优劣的一个重要标准。写什么，写出了什么，这些社会学、历史学、哲学、人类学、政治学等层面的内容在今天已经有相应的学科、

专业给人类做出了更专业、更大的成就和贡献；而怎么写，才是文学批评、文学研究应关注的重点。①

在笔者看来，文艺创作从来没有什么伟大的题材，只有伟大的艺术，伟大的思想。

我们前文论及的文学批评的特殊性是在一个非正常年代的非正常表现。当下中国文坛的批评现状似乎再次印证着米歇尔的论述。以“跨文体”写作为例，当《大家》《中华文学选刊》《花城》《莽原》等刊物推出“凸凹文本”“跨文体”写作时，李敬泽、吴义勤、王一川、谢有顺等批评家给予其理论上的大力支持。王一川曾撰文《我所期待的跨文体文学》，对《大家》等杂志社策划的跨文体写作给予了极大的支持，并提出：“这基于我近年的一贯主张：中国现有的文学文体发展到世纪末的今天，已经耗竭其原初美学能量，纷然散落为碎片，需要来一次真正意义的文体革命——这就是跨文体革命。”② 他从文体演变及文学革命的高度给予跨文体写作以极大的支持和肯定。《花城》不仅重新刊发了《哈扎尔辞典》，并加了编者按等，还对《马桥词典》与《哈扎尔辞典》进行详细的文本分析，支持南帆等理论家和批评家对于《马桥词典》的肯定性评论。尽管有不少读者和学者对韩少功《暗示》的小说属性提出质疑并予以批判，但这并没有改变《暗示》获得2002年度华语文学传媒年度小说家大奖的事实。而“实力”相对较弱的乌力波集团中国成员主编的《乌力波》以及在新世界出版社推出《地方性知识》《现代派文学辞典》《村庄疾病史》等“怪异”文本后，在其博客上组织、发表了大量褒扬、肯定性的评论。以跨文体写作为例，对几乎没有读者群的跨文体文本虽有一些批

① 李晓禺：《文学批评理应回归“文学”的批评》，《中国社会科学报》2015年4月11日。

② 王一川：《我所期待的跨文体文学》，《大家》1999年第2期。

评家给予了严厉的批判，但也获得了很多批评家极高的赞誉。总之，缺少了读者的文本却受到了批评界极大的关注。与跨文体写作引起了主流批评家的热切关注，甚至是焦虑相比，庞大的类型化写作却处于无人问津的状态。精英批评家甚至对此不屑一顾，偶尔的提及也是将其作为精英文学正在堕落的标志而大加批判。类型化写作的繁盛与批评界的“无语”“不语”形成极大的反差。批评家正在文学内部行使着至高的权力。以词典体小说为例，精英文学批评家的热捧与普通读者的冷淡反应是正好相反的。词典体小说在中国的发展与精英批评家的推波助澜有着密不可分的联系。《马桥词典》在文学界引发的“马桥风波”，波及社会公众舆论，其规模和激烈程度为当代文学史上所罕见，一个原本单纯的文学事件给了我们一次观察20世纪90年代文化思潮、文学批评、文人风气、大众传播及公众读解行为的机会。

不可否认的是，在所有的“读者”当中，由职业批评家组成的各类评奖委员会、文学奖项的设置是当下最具文学“判断力”和“裁决力”的。至少在某一个特定的时段内，裁定文学水准的标尺已由千万读者的整体力量变更为专业批评家（各类文学奖项评价体制）的专业“批评”。在这样一种文学生态中，有作家选择为文学理想而写作，有作家选择为读者市场而写作，也有作家选择为批评家而写作。有作家感叹说：“你们这些批评家权力太大了，如今的作家第一为读者写作、为市场写作，第二，是为二十几个批评家写作。”[①] 显然，在这个场域中，文学评奖无疑是极具现实效力的文学批评。文学评奖不仅在为文学划界，而且进行着文学秩序的“重组”“奖惩”。不同奖项的评奖理念与标准也在对小说文体的合法性给予引导和控制。我们所要探讨的具有词典体小说特征的作品如韩少功的《暗示》、史铁生的《我的丁一之旅》、阎连科的《日光流年》、藿香结的《地方性知识》等都曾入围各大文学奖项，甚至是茅盾文学奖，但也出现了首轮“淘

① 李敬泽：《为文学申辩》，作家出版社2009年版，第252页。

汰”“零票”等现象，文学奖项对小说文体的规训亦是我们探讨的维度之一。

第四节　作为“标本”的词典体小说

20世纪90年代，特别是新世纪以来，文学的逐渐边缘化已成为一个不争的事实和必须面对的“困境”。文学能否在新环境下实现突围？突围的途径在哪里？用跨文体写作博得精英批评家的赞美还是用类型化写作占据市场和读者？也许上述问题是没有标准答案的。在这种背景下我们看到了如下事实：一方面是跨文体写作的盛行，“泛文体”“无文体”写作日益增多；另一方面是青春小说、玄幻小说、盗墓小说、密码小说、穿越小说、宫斗小说、官场笔记、耽美小说等类型化写作日益“泛滥”。1999年甚至被称为“跨文体年”，跨文体写作一直是学术界思考、争议的焦点之一。就在一批作家、评论家对跨文体现象争论不休的同时，就在我们还未对跨文体写作进行深入系统研究的时候，类型化写作又从网络走向了纸质媒介，成为网络写作与图书市场的主要品类。网络文学青春小说、玄幻小说、盗墓小说、密码小说、穿越小说、宫斗小说、官场笔记、耽美小说等类型化小说不仅俘获了大量的青少年的阅读时间，由这些类型小说改编成的影视剧甚至主宰了各大卫视的黄金播出时段，“而且被文艺生产的各个环节所看重，被改编成影视、动漫、游戏等形式的延伸产品，以‘全媒体’的方式广为流传”①。

进入新世纪以来的文学实践似乎表明当代文学的困境并没有得到明显的改观，虽然莫言获得的诺奖给了当代中国文学和读者一定的鼓励、肯定和信心，但是，随之而来的是一些严肃文学作品受到瞬间热捧又随即冷寂的现实。被媒体炒作的诺奖事件大多是利益各方争取读

① 白烨：《中国文情报告（2011—2012）》，社会科学文献出版社2012年版，第19页。

者和点击率的手段，莫言获奖并没有从根本上改变当下文学生态的现状。於可训在论述新世纪文学的困境与蜕变时指出，当代文学遭遇的最大困境是文学边缘化趋势的加剧、作家价值立场的混乱、文学文体的泛化；并特别指出，随着当代文学艺术变革的不断深入发展，文学各文体已逐渐打破了固有的边界。在20世纪80年代尽管已经出现文体互渗、泛化等现象和趋势，但从总体上说，基本上还处在“技巧”层面，尚未触及文学的本体等问题。但新世纪文学“文学文体的变化，已不仅仅停留在形式和技巧的层面，而是进一步从根本上触及文学的本体问题，即文学与非文学的阈限问题。这虽然依旧是一个老问题，但在现实的层面，却很少像现在这样给文学带来如此的困扰”①。於可训同时指出，新世纪文学也发生着艰难的蜕变，蜕变主要表现在先锋作家的转向上：向民间文化、文史典籍、传统诗文和方言土语寻求艺术创新的文体资源和语言资源。雷达也在论述当代文学原创力匮乏问题时指出，目前每年几千部长篇小说出版，但精品少，类型化写作盛行：“每一题材类型都有一套故事框架准备在那儿，所谓削平深度，消费故事，而且大同小异，万变不离其宗。”② 同时，又缺乏文体的自律。

按照雷达、於可训等学者的观点，文体的泛化现象是当下文学遭遇困境的主要表现和原因之一。我们暂且不论这种观点正确与否，但不可否认的事实是：当代文学文体（主要是小说创作）正面临着五四新文学以来最严重的泛化现象。我们面对这些真切的文学事实应该做出怎样的回应？是不是需要所谓的“突围”？需要的话，是走跨越之路还是走类型化之路？是否还有第三种道路？或其他的途径？也许比较理性的态度应该是思考跨文体写作及类型化写作产生的背景、原因以及这些文本给我们的文学审美经验带来了哪些新

① 於可训：《新世纪文学的困境和蜕变》，《江汉论坛》2009年第9期。

② 雷达：《原创力的匮乏、焦虑，以及拯救》，《文艺争鸣》2008年第10期。

的可供借鉴的经验，同时要思考这种跨文体写作和类型化写作的利弊得失。就现状而言，跨文体研究和类型化研究似乎是各立门户，甚至是互相警戒的。

有学者把目前学术界的跨文体研究分为三大类。一是文类“陪衬”观，是指一种文类兼具另一种文类的特征但又不是那种文类。这类现象如小说的散文化、诗化和诗的散文化、戏剧化等。二是文备众体观。这种观点认为跨文类写作就是指在作品整体性归属某种文类的前提下，文本内部还兼容了其他文类，《红楼梦》等大批古代章回体小说即属此类。三是复数归类观。这种观点从作品归类角度认为作品在整体而非局部策略上同时可以归属不同文类，即构成跨文类写作。[①] 以上三种观点可以说是较为全面地把握了目前跨文体现象的现状。但通过以上三类观点我们就能发现学者们在使用“文体”“文类”概念时的一个不证自明的逻辑前提：文体是自足的，文体是界限分明的。无论是陪衬观还是文备众体观和复数归类观都是以一个固定的标准化的文体概念作为论述的基点。其实，中外文学的实践无奈地表明，文体本身就是一个临时性概念，一个家族相似概念。很多文体的命名仅仅是由于编辑、出版甚至是商业利益的考虑。郭绍虞在《中国文学批评史》中早就指出：“文体分类的开始，由于结集的需要。”[②] 西方学者姚斯也指出：

> 以一种合适的历史的方式来把握文类，亦即在文类的形成过程中来理解它，而不是以规范的或者描述性方式来定义，这意味着我们不应该在文学“文类”上赋予任何普遍性……而是让它在一个历史的过程中展示自身。因此，文类不是一个逻辑上的分类，而是一个“群体”或者“历史谱系”，我们无法通过推演或

① 陈军：《“跨文类写作”现象批判》，《江苏社会科学》2008 年第 3 期。

② 郭绍虞：《中国文学批评史》，上海古籍出版社 1979 年版，第 63 页。

定义而获得，而必须历史地来推定、界定或描述。[①]

就目前的具体研究而言，大多数学者是以西方文体学理论来匡正中国古典文体学理论的，而且忽略了当代跨文体写作实践当中的古典文体学的因子和要素，忽略了人类文学的通约性。即使考虑了“历史谱系”的问题，但大多止步于索引和推演。既然研究的逻辑前提出现了问题，那么我们研究的思路就应该回到这样一个方面：虽然对于文体学做一个系统的论述的能力有限，但我们在进行研究时不能忽视以下几个问题。第一，跨文体概念的提出。中外文学史表明，跨文体写作由来已久，在汉魏文章盛唐气象的年代，跨文体写作并没有成为过多探讨的话题，反而在文学逐渐边缘甚至面临消亡的年代才成为学界的热点？第二，跨文体写作文体的命名。既然文体的界限并没有严格规定，那么，谁有权利给文体划界？划界背后的原因、动力何在？“跨文体”一直是一个饱受争议的词，无论是赞美之声还是批评之音，大都是从文体的“辩体”和“破体”入手，但这个问题的背后有一个大问题被忽略了，即以何体为基础？为何以此文体为基础？跨文体写作的命名是批评家主导的概念还是出版商的炒作？是作家创作的需要还是读者的经验总结？第三，当文学的跨界超越了传统文类的文学观念时，是否还可以被看作文学作品？跨文体写作的文学性问题需要重新思考，不能因为有些文本溢出了传统文体的规范就否认其文学性，也不能因为出版商用了“先锋”等字眼就不假思索地认定其跨越的合理性。第四，词典体小说“跨越”之后的独特文体形式给我们的审美经验和生命体验带来了哪些新特质、新内涵？跨文体写作价值重估问题是不可忽视的一个重点。

而学界对于类型化写作的研究还远远不够。与类型化写作日益繁

① 转引自张丽华《现代中国“短篇小说”的兴起》，北京大学出版社 2011 年版，第16 页。

盛的现实相反，常有一批学者抱着传统的精英文学、大众文学的观念对大量类型化写作不屑一顾。有学者提及类型小说理论还不够深入，大多数学者都是以文学“写什么”作为划定类型的依据的。比如现在常用的青春小说、玄幻小说、盗墓小说、穿越小说等概念。韦勒克等曾深刻地指出，我们谈论的是“文学”的种类，“而不是那些同样可以运用到非文学上的题材分类法”①。其实，小说类型是一个古老的课题，它不仅关乎“写什么”，更关注“怎么写”。葛红兵提出：“小说创作的类型化趋势不仅仅是作家队伍的重组和文坛的结构性变化，更是市场经济深入发展的结果。经济市场化的深入发展带来了社会的阶层化，社会的阶层化导致了文学审美趣味的阶层化，而审美趣味的阶层化是小说创作类型化的内在动力。”② 但目前的纸质媒体显然没有敏锐地捕捉到因社会分层而导致的审美趣味的分层和由此而形成的特定读者群。葛红兵等人在理论层面极大地提高了类型化写作的审美价值和学术价值，也在一定程度上匡正和弥合了传统的精英文学与通俗文学的鸿沟，但从他们所选择的研究对象来看，仍然没有把青春小说、玄幻小说、盗墓小说、密码小说、穿越小说等不被主流学者所关注的文学类型作为研究的重点，只不过是换了一种视野——以小说类型理论来重新研究当代中国文学经典。

据相关统计，现在每年出版的长篇小说数以万计，再加上海量的网络文学作品，至少在“量”的层面，我们正处于一个文学最为繁荣的时代。但今天社会各界对当代文学的评价几乎达成了共识：没有经典，甚至流传着“垃圾论”的说法。很多学者撰文论述当代文学的危机问题也是从“经典”的角度出发的。其实，这种心态不仅仅是急功近利的市场经济意识在文学活动中的投射和反映，也是没有耐心等待

---

① ［美］韦勒克、沃伦：《文学理论》，刘象愚等译，文化艺术出版社 2011 年版，第 268 页。

② 葛红兵：《小说类型学的基本理论问题》，上海大学出版社 2012 年版，第 2 页。

经典化过程中所需要的“时间差”的表现。经典的产生首先是时间累积、量的累积的过程。我们要承认的是，文学的边缘化趋势已经成为不争的事实和必须面对的“困境”。这种边缘化趋势一方面是由于文学在社会结构中的地位逐渐边缘化，另一方面是在“文艺圈”内文学遭受了影视文学等新媒体艺术的围攻，读图时代的到来甚至人工智能文艺“创作”的出现必然会带来这些问题。在感叹文学边缘化的同时，我们要思考，文学是否应该中心化这一问题。如果把文学放到整个社会结构中来看，它也许正处于有史以来最为正常的阶段。但被批评家和媒体操控的话语一直在告诉我们，文学遇到了“困境”，文学要“突围”，如何走出困境？如何突围？也许正确的思路是要看新世纪文学到底发生了什么？给我们带来了什么？如此再讨论“突围”才会有的放矢。

在数以万计的作品当中，我们选择词典体小说作为研究对象有何“代表性”“典型性”呢？首先，词典体小说在一定程度上集中代表了新世纪以来跨文体写作和类型化写作两大趋势。词典体小说可以说是跨文体写作的极端化书写，而这种极端化书写又走向了它自己设定的批评对象的一面，走向了极端的类型化。词典体小说经常使用的非线性叙事策略、非线性阅读特征以及“反故事”倾向既是对现实世界的表征，也是对现实世界有意制造的“距离”。这不仅与新的历史时空下人类时空意识的转变不无关系，而且从文学生产过程以及文学效应的结果来看，从某种意义上讲也是出版社、作者、批评家“合谋”的结果。而《马桥词典》引起的“马桥风波”以及其他特殊文本所引起的争议和讨论也是观察新世纪以来文学批评机制与文坛风貌的机会。对词典体小说作为一种新的小说类型，学界还未有足够的认识。在这样一种背景和思考下，我们选择词典体小说作为一个切入点，在跨文体与类型化的视野下进行系统研究，词典体小说也因此具有了“标本”的意义。

其次，从作家构成来看，词典体小说的创作队伍中既有贾平凹、韩少功、李锐、张贤亮、阎连科、宁肯、李洱、周大新、杨争光、董启章、孙惠芬、雷平阳、林白、乔叶、李冯、柯云路、沈苇等实力派作家，又有马笑泉、东君、艾多斯、格绒追美、藿香结、贾勤、恶鸟等新生代作家，同时也有古官、法医秦明这样的网络作家，以及张大明这样的非专业作家。从作家的地域分布来看，创作词典体小说的还有董启章、骆以军、秦嗣林等港台作家。从某种意义上讲词典体小说能大致代表当代中国文坛的现状和水平。词典体小说在泛化文体、跨越文体的同时又表现出明显的类型化趋势，在当代文坛打破与重构文体的过程中具有“典型意义”，因此对词典体小说的研究不仅具有个案的特殊意义，还会因其本身的丰富性、复杂性、代表性而获得一种“普遍意义”。

再次，词典体小说本身具有的词条式写作特征等复杂性呈现出与网络文学类似的超文本诗学特征，研究词典体小说能在一定程度上弥合目前所谓精英文学与网络文学之间的鸿沟。通过采用小说类型化理论进行分析，有助于“破除当前小说研究支离破碎、相互隔阂的局面，建立古今通融、中西兼备、内外结合的小说研究新范式”。“类型视角不仅可以超越视角、空间对小说的分割，也可以超越内容和形式的二分法”“为具体类型小说的文本解读提供基本理论框架和标准，为小说批评提供新方法”①。这不仅对词典体小说的研究具有明显的拓展性，增加了新的学术增长点，显然对当下文学研究也具有整合作用和推动力。

最后，在众多跨文体写作和类型化文本当中，词典体小说的成就较高、影响较大，韩少功的《马桥词典》甚至引起了一场笔墨官司。大多数作家作品都曾获得或入围重要奖项，莫言、贾平凹、李洱等人不仅获得了国内文学最高奖，莫言还获得了诺贝尔文学奖。有些作家虽未获得茅盾文学奖，但阎连科的《日光流年》、孙惠芬的《上塘

① 葛红兵：《小说类型学的基本理论问题》，上海大学出版社2012年版，第6页。

书》、藿香结的《地方性知识》等都曾入围茅盾文学奖，董启章的《安卓珍尼——一个不存在的物种进化史》曾获得台湾联合文学小说新人奖，梁鸿的《中国在梁庄》、萧相风的《词典：南方工业生活》都获得了人民文学奖，李锐的《人间》的出版不仅是作家思考的成果，在一定程度上也可以说是国际合作的结果。曹乃谦的《到黑夜想你没办法——温家窑风景》一直受到著名学者、诺贝尔文学奖评委马悦然的盛赞，而法医秦明的《尸语者》先是在网络走红，后出版纸质作品。这不仅是当今网络文学发展中的一个重要趋势，也是观察新世纪文学现貌的一个窗口。这些作品里不仅有名家名篇，还有一个很重要的现象就是成名作家的文体转向问题，林白、阎连科、李锐、李洱、孙惠芬等作家在其文体转向问题上有着大致相同的“词典体”倾向。而这些词典体小说又兼具跨文体特征和类型化特征。同时，这些作家又都具有“成名作家的文体转型”这一特征，由此，我们可以将词典体小说作为新世纪文学的一个“标本”，“小题大做”，以窥新世纪文学之生成机制、复杂现状和可能之趋势。

当然，选择词典体小说衡量新世纪文学肯定不是一个具有统计学意义的最佳标本。我们对词典体小说的研究既不是为了给跨文体一个明确的概念或者给类型化写作一个地位的提高，而在于考察词典体小说背后的文化、政治、经济、媒介等各种因素对于词典体小说或者说新世纪文学的影响和塑造，以及词典体小说所折射的当代文坛缩影；更不是为了提出一个宏大的概念来吸引读者的眼球，我们已经被太多宏大的“概念”所包围，这些宏大概念虽有利于我们从整体上对一个文学事件进行宏观描述，但也在一定程度上遮蔽了丰富的文学实践，更为可怕的是宏大概念的提出让更多的文学研究者和批评家丧失了文本细读的能力和基础——这恰恰是文学批评的核心。我们的目标是通过新的研究方法和思路来窥探、揭示新世纪以来中国文学独特的生成机制，并由此形成我们自己的研究方法和思路，以此探究词典体小说在哪些层面给我们带来了文学的哪些新变化和新元素及其利弊得失等问题。同时，为中国小说史研究提供新的向度，提高文学史的阐释功能。[①] 以某种意义上讲，将词典体小说作为跨文体写作的新小说类型研究的一个标本，“是要把小说看作社会总体结构性变化的表征，‘一种小说类型代表了一种社会结构与关系’的建立，是要把小说研究提升到民族志、地方志的水平，是要让小说研究真正成为一门科学”[②]。

① 葛红兵：《小说类型学的基本理论问题》，上海大学出版社 2012 年版，第 6—7 页。
② 葛红兵：《小说类型学的基本理论问题》，第 50 页。

第二章　文学集团与词典体小说的开拓

文学创作既是一种极具个性化色彩的个体行为，同时又具有很强的群体性特征。古今中外的文学史无不表明，即使是历史上最伟大、最富个性的天才型作家，也不是孤立的个体，在具体的时空条件下，很多作家不可避免地会受到所处环境、风尚甚至是具体制度、利益的羁绊和影响。具体到我们研究的课题，是哪些“外部因素”影响了词典体小说的形成、发展及其特色？我们耳熟能详的是“种族”“时代”“文化”“环境”等宏大概念。我们要辨析的是，这些宏大概念的哪些因素在哪些具体层面、在何种程度上塑造和改写了特定时段内文学的群体性特征和个人化特征。在形式论与文化批评各自走向极端的年代，我们的思考力图突破“形式”与“意义”的简单链接。在文体变革“自主”与当代社会“他律”之间，文学体制有着极其重要甚至是直接的作用。从文学体制这一层面还原“文学现场”，探索某一时段、某一文体变革的“发生学”要素，力争客观呈现史料，并在此基础上探讨“变革”背后可能存在的“启示”与“规律”，是一个比较合适的研究路径。词典体小说这一概念的提出与新世纪文学生态的关系已经在第一章中有所论述。本章所要探讨的是更为细致的一个支点，即文学集团与词典体小说文体的开拓，具体探讨具有文学集团属性的文学期刊、出版社以及乌力波集团在何种层面、何种程度上影响、拓展甚至塑造了词典体小说。

所谓文学集团，“就是主要从事文学活动的社会团体，这种团体要有一定数量的、按照一定形式组织起来的文学家，经常或定期举行一些文学活动，有共同的理论纲领，有相当数量的风格相近的文学作品，并在当时和以后形成比较大的影响”①。按照今天的较为狭隘的文学观念来看，一般认为魏晋以前文学没有独立，自然也不会出现独立的文学集团和文学文体意义上的“辩体”“破体”之争、之论。随着文学自觉时代的到来，文学集团与文学之间的关系越来越密切，随便翻阅一下文学史就能看到如下事实：建安七子与建安风骨、上官体与初唐诗风、西昆体与宋初诗风、前后七子的复古潮流，等等，这些无不说明了文学集团与文体、文学风貌之间有着密切的关系。郭英德曾在《中国古代文人集团与文学风貌》一书中细致考察了文人集团与文学风貌之间的关系，并做了较为详尽的论述。但自从 1949 年中华人民共和国成立以后的很长一段时间内，想公开发表作品的作家只能生存在“作协”这一特定体制之内，所谓的“文学集团”“文人集团”似乎也已经消失，不符合作协体制规范要求的作家是没有公开发表作品的权利和可能性的。

自 20 世纪 90 年代特别是新世纪以来，随着文学的逐步边缘化，文学集团似乎更为边缘化，甚至很少有人再用这样的称谓来进行当代文学研究。究其原因有三：其一，在新的历史条件下，文学集团已经发生了极大的变化，它既不是家族宗法性质的组织，也不再是政治性的附庸等，与此前的文学集团的宗法性、政治性特征相比，新的历史条件下具有文学集团“属性”或“特征”的文学期刊、出版机构等主要是现代商业的一环，其“商业集团”属性明显，“文学集团”性不够显著。当然，这并不排除仍存在大量“纯”文学集团，民间兴起的大量诗歌团体、打工文学组织等便是例证。其二，由于新的社会经济结构的调整和作家队伍的重组，以及读者群的分化等原因，已经很

① 沈意：《南朝文学集团与南朝文学》，博士学位论文，陕西师范大学，2007 年。

少有哪位作家、哪部作品能引起大多数读者的集体关注，即便是诺贝尔文学奖获奖作品、茅盾文学奖获奖作品也大都在几年时间内就无人问津。不同的作者、作品有着各自相对稳固的读者群体，而彼此之间又很少有“通吃者”。这样看来，在纷繁复杂的文学现象面前，似乎没有多少文学现象和文人集团有着直接的关系，目前所产生的重要作品（如茅盾文学奖获奖作品）与文学集团似乎更找不到生拉硬扯的理由和线索了。其三，除大量兴起的民间文学社团外，其他真正在文坛上有影响力的文学社团、研究会等组织都是经相关政府部门批准的社团机构。而这些官方机构在某种程度上代表着国家意志。当然，这并不是说文学集团真的消失了，只不过它们以其他形式出现在文学活动当中，并发挥着作用。其实，具有“文学集团”属性和性质的文学期刊、文学出版机构与词典体小说又有着直接甚至决定性的联系。这在词典体小说的研究领域还未有人系统论述过。本章所要论述的重点就是文学期刊、乌力波集团对词典体小说的推动、塑形及拓展。中外文学的实践无奈地表明，文体本身就是一个临时性概念，一个家族相似概念。很多文体的命名仅仅是由于编辑、出版甚至是商业利益的考虑。王瑶在《中古文学史论》中指出：“文论发展的时代恰好和集部成立的时代相吻合，实在是因为适应集部在分类编目时事实上的需要。”[①] 郭绍虞在《中国文学批评史》中指出：“文体分类的开始，由于结集的需要。”[②] 我们现在使用的文体四分法主要来自于五四时期对西方文体观念的移植。虽有钱锺书、梅光迪等学者对胡适、周作人的文学、文体观念进行批驳和辨析，但在一个“革命”的时代，很少有人理会一个似乎“反革命”的论调。在五四新文体观念逐步确立的过程中，以往的学者往往忽略了一个重要的文学事件，即《中国新文学大系》的编辑出版发行。《中国新文学大系》的编辑、发行不仅是对

① 王瑶：《中古文学史论》，商务印书馆 2011 年版，第 94 页。

② 郭绍虞：《中国文学批评史》，上海古籍出版社 1979 年版，第 63 页。

五四以来新文学实绩的一次集中展示和推广，不仅仅对现代文学经典化的过程起到了巨大的推动作用，从现代文学文体来看，更为重要的是，该书的编辑、出版、发行为各种文体观念起到了“定型”作用。那么反过来思考，新世纪文学期刊在“规训”文体规范时，是否也催生并推广了新的文体形式呢？当然，这并非意味着所有的词典体小说都与文学期刊、文学出版机构的外界推力有关，而是提示这么一种动向和目前研究当中被忽略的一个重要方面。

第一节　文学期刊、出版与词典体小说

报纸、期刊不仅仅是文学的一个载体和媒介，在特定语境中，甚至能影响、决定文学的题材、内容、形式等。特别是进入工业社会以来，报纸、期刊等媒介与文学的关系更为密切和复杂。在现代文学时期众多的文学社团、文学期刊与作家的文学创作、文学传播之间的紧密关系已是文学史的常识。陈平原曾指出，20 世纪绝大部分的文学作品都是先在报纸、杂志上发表，然后结集出版的。作家多多少少都跟报纸、杂志等有联系，甚至很多作者直接介入了报刊的编辑业务。报纸、杂志往往成为集结队伍、组织社团以交流思想的主要阵地，并成为推动学术潮流和文学潮流的重要力量。① 如果从传统印刷文学的“生产流程”来看，新世纪文学亦是如此。从文学期刊、文学出版机构在文学活动中所处的位置来看，它们显然具有文学集团的一些属性，尽管很多“集团”的主要目标是经济利益。20 世纪 90 年代以来，社会主义市场经济体制逐步确立，文学出版在新的体制转轨中开始了市场化转型，面对着经济和体制的双重压力。当然，这种新的历史条件也是对文学期刊、出版机构的一次大洗牌，有的期刊在这场转型当中被迫改版、重新塑形甚至停刊；也有期刊在这场转型当中迅速

① 陈平原：《文学的周边》，新世界出版社 2004 年版，第 100 页。

调整方向，适应新的时代要求，找到自己的定位。国家新闻出版总署早在2010年12月30日就宣布，除已经完成转企的出版社和保留事业性质的公益性出版社外，包括地方出版社、高校出版社、中央各部门各单位出版社在内的全国所有经营性出版社已全部完成转企，成为市场主体的中国出版业从此进入一个崭新的时代。[①] 其实，这种“崭新的时代”与文学的边缘化趋势几乎是同步的。在计划经济体制下，文学期刊、文学出版机构是公益性的事业单位，无论其服务对象还是办刊宗旨及定位都是将其作为文学事业中的一个构成部分，甚至其刊发、出版作品的题材、内容、作家身份等级都有严格的限制。进入“崭新时代”“策划时代”之后，文学出版就不仅仅是文学活动中一个无关紧要的中介了。新世纪的文学出版明显地表现出对文学生产、传播和接受的形塑作用。

我们要论述的文学期刊与词典体小说之间的关系，并不仅仅是指某个具体的文学期刊发表了哪些词典体小说文本或引起了文学的论争等，如《哈扎尔辞典》与《外国文艺》《花城》之间的关系、“词典公案”与《花城》之间的关系、韩少功主政《天涯》时的文体变革与《马桥词典》的写作问题，或是某个具体文本的文体形式受到了某家文学期刊、出版机构的“规约”，如韩东的《扎根》中“《扎根》小词典”的去留问题。[②] 我们要论述的是文学期刊在哪些层面推动、影响了词典体小说的发展，甚至影响了当代文学变革的一些基本问题。

20世纪末，经济改革进程逐步加快和深入，随着经济意识的强化和凸显，意识形态热点问题逐渐淡出人们的视野，作者群与读者群持续分化，文学呈现出前所未有的“自由”状态。但是，文学挣脱了政

---

① 张贺：《中国出版，站在新起点》，《人民日报》2011年1月11日。

② 韩东在小说最后还专门做了“附录：《扎根》小词典”。作者后来接受责编王干的建议，增加了该附录。（参看曾念长《“断裂”诗人韩东“扎根”》，《南方日报》2003年8月22日。）

治的束缚之后，又再次面临着市场经济的挤压和体制的改革以及影视文学等新媒体艺术的“围攻”。最先感受到这种“焦虑”和“挤压”的是文学期刊——文学与读者的中介。文学、文学期刊不仅面临着前所未有的边缘化状态，甚至出现了难以维持的局面。很多人认为这是文学的“困境”，直到今天亦是此认识。暂且不论“困境”说是否成立，我们今天回过头来重新梳理如何走出困境的“招数”，也许能发现这些文学期刊的文学观念变革与文体创新的潜在逻辑和具体路径。几乎同时，《大家》《莽原》《中华文学选刊》《花城》等杂志相继提出了“凸凹文本”“跨文体”“无文体写作”“实验文本”等口号，“文体”似乎成为最后的稻草。《大家》的主编李巍指出：“在中国和世界文化急剧变化、深层交融的今天，一种（或多种）具有高度边缘性和包容性的文体，不仅是可能的，而且是呼之欲出了！”“凸凹文本”是一个“文学怪物”，它打破诗歌、散文、小说、戏剧之间的人为界限。“让人写小说时也能吸取散文的随意结构，诗歌的诗性语言，评论的理性思辨；同样让人写散文时也不回避吸纳小说的结构方式。”“我们希望，在文体的表述方式上能以一种文体为主体，旁及其他文体的优长，陌生一切，破坏一切，混沌一切。”[①]《莽原》的主编张宇认为，跨文体写作兴起的主要原因是业已形成的文体规范给作家带来的限制和束缚。“文体像牢笼一样局限和阻碍着写作的自由”“文体的繁复和腐朽伤害和围困着写作的激情和灵性”[②]。《中华文学选刊》的匡文立也强调：“我们的‘无文体写作’，试图回避命名，只注视某种写作现实。我们选择的标准也很简单：当一篇文字颇值得一读，却又无法妥帖地安放进任何现有的‘文体’，那就是我们张弓以待的‘大雁’了。”[③] 其实，无论这些杂志高调宣扬了多少关于文学的“独

① 李巍：《凸凹：文学的怪物》，《文学自由谈》1999 年第 2 期。
② 张宇：《理性的康乃馨——“〈莽原〉周末”散记之一》，《莽原》1999 年第 1 期。
③ 匡文立：《〈无文体写作〉开栏语》，《中华文学选刊》2000 年第 1 期。

特”看法和宏论，“凸凹文本”“跨文体”写作等口号的提出，首先是文学期刊的一种自救行为，以改变求生存。但不可否认的是，这种改变确实变革着文学、催生着新的文学样式，这其中也包含着我们论述的对象——词典体小说。

当我们回过头来重新翻检当时这些刊物的求新策略时会明显地发现，无论是“凸凹文本”还是“无文体写作”等，其“跨越”或“超越”或“打碎”的是小说、散文、诗歌、戏剧这种文体四分法（其实这种四分法也并非古已有之，而是与五四时期的文体观念移植以及《中国新文学大系》等文学编辑行为对现代文学的文体规范、经典化过程密不可分）。尽管这些作品大都以“跨越”“超越”自居，但从各杂志实际推出的文本来看，主要是以小说为主导文体，借助其他文体的表现形式，大部分文本的主导文体基本上可看作小说。以“凸凹文本”为例，文体的变革首先是文体的跨界，海男的《女人传》被看作散文或随笔似乎无可无不可，蒋志的《雪儿》在小说与戏剧之间、《星期影子》亦在日记体中穿插独白、对话、杂语和引语等。各杂志推出的“怪异文体”“怪异文本”大都具有此类特征，在此不必赘言。但奇怪的现象是，当这些特殊文本在杂志上刊发之后，会直接以“小说”，甚至是“长篇小说”的名义出版（关于这一问题，本书第六章将详细论述）。其次，文体的跨界必然带来文本体制（外在形态）、语体（语言系统）、体式（表现方式）、体性（审美精神）的跨界和混合，但每种文体都有着相对坚实、厚重的传统，无论就其表现题材、表现方式还是其审美精神而言，都有极大的差别，诗歌的“高贵”和小说的“琐屑”等是否能完美结合？这种结合是否产生了新的审美范式等，这些都是值得深入探讨的话题（详细讨论见本书第四章）。最后，这些“宣言”都不可避免地存在一个悖论，虽然这些刊物一再表明“跨越”“超越文体”“无文体”，以表明其独特存在和独特的文学追求，但这种口号本身恰恰证明了对文体的极端关注，把“跨文体”推到了极端。出版人和作家甚至要极度偏执地寻求形式方面的以及观念方面的个人跨越路径。这种文体变革的思维方式有意无意地暴露着文体的本位主义与技术主义。当然，我们不能以今天的“后见之明”来要求“改革者”的完美与纯粹，就这一场由文学期刊、新生写手和青年批评家共同推动的文体变革来讲，无论是对当时的文坛还是作家的个人成长以及之后的文学实践都有一定的推动作用。如果从深层次上看，这些变革慢慢改变着当代小说精神与小说创作。

一 非线性叙事

如果说上述“跨界”特征可以通过“表层”现象的归纳、总结而得出，那么，从深层次上看，我们认为，这些文学期刊所标榜的跨文体、超越文体“运动”最大的跨越或超越是，打碎了现代以来（特别是新中国成立以来）小说叙事所形成的线性叙事模式的主导地位。所谓线性叙事，其内在属性和基本尺度之一就是一维的线性时间，以故事性、情节性、因果性等为基本叙事特征，并力求曲折性和传奇性的一种叙事方式。传统小说大多以此为结构小说的基本方式。当然，在线性叙事中，并不排除某些非线性叙事手法的植入和运用，但从整体而言，这种变化是局部的、细小的，它并不影响叙事整体的线性发展进程和特征。20 世纪 80 年代先锋文学在非线性叙事方面有着极大的推动作用，甚至一时间成为文学界的“时尚”。但先锋文学的“叙述圈套”、非线性叙事等主要是由作家“主观”方面的原因所推动的，而这些文学期刊、文学出版机构所推出的跨文体写作等则起了“助推”甚至“决定”作用，作家们则是“被迫”迎合或主动选择了刊物和出版社的要求，并且表现出了与此前先锋文学不同的文学特质。

以《大家》刊发的雷平阳的《乡村案件——一个乡村的札记》（《大家》1999 年第 1 期）为例，该文本书写了 15 个乡村案件，15 个案件之间各自独立，但又有人、事上的关联。文本以片断的形式对乡土中国的残忍、恐怖进行极端、集中的书写。在雷平阳的书写中，乡土所呈现的既不是田园风光、“希腊小庙”，也不是所谓要被启蒙的“愚昧”，在这里被简化为凶杀。就“凸凹”文本的策划来看，作为编辑——文学活动组织者、策划者雷平阳写出了这么一个怪异的文本，从词典体小说的非线性叙事和阅读来看，该文本是一个典型的关于乡村案例的词典体小说。从雷平阳的创作实践来看，这样一种创作方式绝不是一时技痒，时隔多年，雷平阳又推出了《三甲村氏族》（《边疆文学》2011 年第 7 期），虽不是在《大家》杂志上发表的，但我们能从《三甲村氏族》里看到《乡村案件——一个乡村的札记》的影子，并将《乡村案件——一个乡村的札记》所尝试的非线性叙事推向了新的高度。该小说分别以十二个姓氏为结构单元，在每个姓氏单元里面，按照固定体例、结构介绍姓氏属地、来源及相关人物的故事。十二个单元可以独立成篇，但又相互联系，每一个单元都有独立的人、事、物，而所有的单元又有一种总体结构感，类似于中国传统笔记小说。小说利用非线性叙事使文本保持着一种独特的开放和自由，同时又因这种总体的结构感和意蕴指向而使小说具有坚固的空间感。从文体上讲，这些独特的小说并无批评家给予的独特的命名，而顶着“凸凹文本”的帽子游走于文学期刊。如果从词典体小说的几个特征来看，这是典型的词典体小说文本。雷平阳身为《大家》的编辑，身体力行，我们不能肯定雷平阳的词典体小说创作方式是直接受到了《大家》“凸凹文本”的影响，还是“凸凹”的宣言里已有雷平阳的声音，但不可否认的是，作者其后的创作延续并发展了“凸凹”风格。还有海男的《女人传》——一部女人从童年到死亡的精神史。海男显然放弃了人物塑造，也没有沿用传统小说所使用的事件或情节来结构作品，人物模糊了，事件消失了。“凸凹文本”对于文本形式的刻意追求，对于语词的极端重视，在一定程度上催生了这些“怪异”的文本，当然也有一部分文本可以划入词典体小说的范畴。

《花城》于 2000 年第 6 期推出的柯云路的政治历史小说《黑山堡

纲鉴》（后出了单行本）。该书借鉴使用了《资治通鉴》这类史书的文体模式，其非线性叙事特征主要体现在小说体例方面。在小说正文前，作者设置了“编著说明”“凡例”等阅读指南。作者在序言中写道：“《纲目》是又一种体例的编年纪事，纲举目张，纲为渔网总绳，目为渔网上的一个个孔眼；纲是历史的提纲，目是纲的详细记叙。明清用这种体例写历史的不乏其人，往往都称为《纲鉴》。”[①] 作者就借鉴《纲鉴》的形式记录黑山堡的历史。对于读者的阅读目的，作者也给出了不同的阅读顺序建议。如果只想了解黑山堡历史的主要梗概，那么，仅读全书的一条条“纲”即可。而若想详细了解黑山堡历史，就需要连“目”一起阅读。如果还想从黑山堡的历史中读出更多的哲学、历史学、社会学、人类学的思考，那么就需要细读括弧内的批注性文字。[②] 这种文体结构方式不仅具有“注释”的性质，还使文本具有了多重线索和繁简不同的故事内容，在一定程度上使作者的创作意图得以实现，以一个村庄的历史来映衬人类历史。后来该杂志又于2003 年第 2 期刊登了韩东的第一部长篇小说《扎根》。有学者指出，该长篇乃“复写之书”，有其早期短篇小说的“影子”。“甚至是几乎全部的情节，都已经出现在他过去的短篇小说中。”[③] 笔者认为，该小说最大的“重复”不在于“故事”层面，而在于小说附录部分的小词典对于整个文本的“复写”。如果从题材内容而言，该小说是“常规”的知青题材，似乎并无特殊之处。小说写的是“我们”一行五人由城市下放到某公社，开始人生“变形记”。较为特殊的书写是，“知识”青年回城，其重点又未必全是“城”，“城”只不过是一个符号。文本的特殊之处在于，小说末尾特意附加了“《扎根》小词典”。这个小词典对小说中讲到的“扎根”“下放”“再教育”“插队”“上

① 柯云路：《黑山堡纲鉴》，《花城》2000 年第 6 期。
② 柯云路：《黑山堡纲鉴》，《花城》2000 年第 6 期。
③ 汪跃华：《复写之书：韩东〈扎根〉论》，《文学评论》2004 年第 3 期。

山下乡”“社员”“靠边站”“走资派”“造反派”等特殊时期所生成的特殊语词进行了注释性解读。在“故事”已经结束时，通过对特殊语词的解读，“重述”知青历史。

李洱曾在《大家》上刊发了《遗忘》，这是一个独特的“凸凹文本”。《遗忘》显示出文体（或者说艺术）整合的努力，甚至是文体的“狂欢化”姿态。神话传说、艺术图片、史学资料等都融于冯蒙博士论文的书写、求证过程中。“求证”的过程一方面似乎是求真的过程，另一方面又是自我否定的过程。《遗忘》的独特之处不仅在于当时所流行的跨文体尝试，而且是在小说叙事中创造性地应用了内在的“考证式”的叙事模式，通过“考证”来拒绝遗忘，已有词典体小说“考证”特征。《遗忘》的“考证”有：对远古神话的考证、对神话人物及之间关系的考证，并以“考证”的循环来拓展小说的叙事空间。从词典体小说的叙事特征来看，《遗忘》已部分具备了词典体小说的核心要素之一：考证、注释。解读《遗忘》显然是有难度的，陈晓明曾言：“试图阐释《遗忘》的主题，或者说搞清楚它在说什么，显然是一件吃力不讨好的事情。也许它就是一次纯粹的文本实验，运用转换的技巧，看看人物和主题，特别是那些不可逾越的人伦道德概念，是否可能任意转换和颠覆。”① 也许是作者的生活体验、创作意图还未能在“狂欢化”的文体实验当中获得统摄各文体的力量，文本似乎过于“凸凹”。但李洱的《花腔》（《花城》2001 年第 6 期）则是将这种考证发挥到了极致，文体也获得了自足与自信。《花腔》的叙事模式与《哈扎尔辞典》有着外在形式与内在追求的同构性。故事的核心是寻找一个叫葛任的人。作者设置了白圣韬、赵耀庆、范继槐三位叙事人，同时也是历史见证人。三位叙事人以亲历者的身份讲述亲历的历史，从表面上看，他们的叙述似乎实现了对历史“真实”的再现，再加上作者在文本中使用的各种史料的验证、补充，甚至是专业

① 陈晓明：《后历史的焦虑——李洱的〈遗忘〉解读》，《大家》1999 年第 4 期。

学术论文，“真相”似乎触手可及。实际上，三位叙述者的叙述不仅各不相同，因而不能“互证”，反而是相互解构的。他们在证明自己的“真实”的同时，恰恰就是远离了“历史”的真相，似乎从另外一个角度证明着历史叙述的“花腔”本质只是历史的一种叙事方式而已。我们认为，李洱的《花腔》在非线性叙事方面达到了一个新的高度。以前推出的各种“跨文体”大都是以牺牲秩序、牺牲故事甚至牺牲逻辑为代价的，似乎是一种刻意的追求，是为“文体”而“文体”。但李洱的《花腔》不但没有牺牲故事的逻辑性，反而因逻辑本身制造了历史的迷雾，同时又保留了传统小说的故事性、趣味性。

一向被认为是“国刊”的《人民文学》“非虚构”栏目曾推出或“定制”了一些文本，这些文本也具有这种非线性叙事特征。梁鸿的《中国在梁庄》无疑可以看作关于梁庄的民族志书写。如果从词典体小说的叙事特征来看，乔叶的《拆楼记》无疑更具有代表性。《拆楼记》显然是在直面当下重大的社会问题：拆迁。但如此题材的非虚构，很容易走向传统的新闻报道和纪实文学。作者在处理这个问题时，使用了“注释”这一策略。李敬泽在《拆楼记》的序言中写道：“文学必须把自己化作一种更全面的感受形式和思想形式，它必须反对戏剧化，必须超越于各种概念和命题，必须尽可能中直地回到全面的人生和经验……《拆楼记》由此成为庞大社会戏剧的一个脚注，一种边缘的思想和争辩。”① 实际上，《拆楼记》在表层的文本策略方面也使用了大量的注释。几乎每一小节都有注释，注释已不仅仅是方言俗语的解释，而是更多地使用着“互文本”，将新闻报道、“我写过的作文”、管委会通告、《中华人民共和国森林法实施条例》、百度资料、王小波随笔、雷平阳的诗歌等都纳入其中。“《拆楼记》本身就有很多注释。这些注释或许应该删掉，因为它们增加了阅读的难度……但不能删掉……人生的真正秘密，或许不在正文，而在那些被

① 乔叶：《拆楼记》，河南文艺出版社2012年版，第4页。

删掉的注释里。”①

整体而言，上述文本在非线性叙事方面已不满足于具体的叙事技巧，比如意识流手法，也不仅仅是非线性历史意识的书写，而是在结构上利用了非线性方式，大多具有线性叙事加注释的特征，也催生了词典体小说的不同变体。

> 小说不同于科学性的叙述（包括历史叙述等），它完全不必加脚注，编辑加的技术性脚注，也是类文本，不属于叙述文本的一部分。但有时，脚注被利用来作为一种叙述干预手段……这些脚注实际上是叙述文本的一部分，但它仍具有超文本的假象，假象被利用来作为一种特殊的干预手段，以增加文本的逼真感。②

二　作为写作对象的“语词”

文学是语言的艺术，这句话“金科玉律”般一直盘踞于各大文学理论教材和各种权威论述中。但要特别注意的是，语言不是中性的，语言是有“等级”的，这种等级的划分也并非“终身制”，通常处于不断调整变化过程当中。中国传统小说一直有文言和白话两个传统。白话小说与文言小说不只是在语体上不同，它们在叙事内容、叙事方式、审美精神等各方面都有比较明显的差异。

相较而言，文言传统显然是尊贵的、高等级的，白话则是通俗的、低等的。当然，文言与白话也并非泾渭分明，相互渗透的趋势也是显而易见的。自从五四文学革命以来，“胡适们”在借西方思想来启蒙中国人时把从民间拿来的“白话”当成了“工具”。和文言文与

---

① 乔叶：《拆楼记》，河南文艺出版社 2012 年版，第 4 页。

② 赵毅衡：《当说者被说的时候：比较叙述学导论》，四川文艺出版社 2013 年版，第 39 页。

文人彻底地同化，彻底的“文”“人”合一不同，这个从民间匆忙借来的“白话”只是工具，只是“开通民智”和“创造文学”的工具，只是临时为了应急而拿在手上的代用品。① 白话文不仅剔除了文言文在小说领域（可以说整个文学领域）的地位，而且作为一种主流意识形态而推行全国。新中国成立后，由于政府对普通话的大力推广，方言也被作为“低端”语言而被有意无意地排斥在文学创作之外。尽管在新文学史上赵树理等人一直在这方面有所尝试和突破，但方言始终是一种点缀和工具。当然，关于这一问题不少学者、作家一直在探索与思考。有作家感叹道：

> “工具”日臻完善，使用也日趋成熟，我们操着这“工具”，借鉴和模仿了一次又一次的新潮；表达了一个又一个深刻的主题和思想，描述了一个又一个的“典型人物”；但是，“工具”还是“工具”，我们从来也没有把自己的语言上升为主体，上升为与人并重的“本体”。②

纵观新文学走过的百年历史，这是我们必须要面对和解决的问题。我们早已习惯了“文学是语言的艺术”的文学理论教条，而语言本身似乎从未成为主要的写作对象和资源。这种倾向在词典体小说里得到了最大限度的更正和发挥，尽管还未真正上升到“主体”的位置。

> 如果仅仅视语言为世界之外偶尔拾来包裹世界的工具，则无论如何经营锻造，都无法消除先验的迷误。这种语言观不从根本上揭示语言的渊源所自，一味在修辞平面“完善”语言，恰如把

---

① 李锐：《万里无云 · 后记》，人民文学出版社 2008 年版。
② 李锐：《万里无云 · 后记》，人民文学出版社 2008 年版。

游鱼拉出水面，逼它在岸上游出各自花样，非但不能“完善”语言，反而会日益扩大语言和世界的鸿沟。①

在文学期刊倡导跨文体写作的推动当中，有一批杂志特别关注“语词”。《大家》在抛出“凸凹文本”时，对“语词”有着别样的追求。如马莉的《六个词》等文本，虽未刊发在“凸凹文本”栏目，但其对语词的关注可见一斑。该杂志于2000年新辟了《语词魔方》栏目，关注那些“消亡的语词”“流行语词”等，并在约稿启事中这样写道：伴随着又一个世纪的过去，一些语词消亡了，一些语词诞生了。时间和历史就如此这般把玩着语词。当然，构建文字的基本要素语词，也同时被“魔方”着，现代派也就在如此这般生长着。本刊2000年新辟《语词魔方》特向您约稿：一、凡是消亡的语词，如“大串联”、“又红又专”，一词条一篇散文。以作家头脑中与该词有关的个人记忆为素材。二、是凡生长着的流行语词，也一条语词一篇散文。三、每篇字数不限。四、与该词相关的图片，也可随稿件一同邮来，并注明出处。不仅《大家》关注“语词”，《中华文学选刊》的“无文体写作”栏也相继推出了《100年的23个关键词》（2000年第3期）、《实话实说：社会流行语》（2000年第6期）都是词语解读类的跨文体作品。青年作家贾勤不仅在《延安文学》杂志上连载了《陕北方言录》《现代派文学辞典》②，而且后来更是直接以“小说”的名义出版了《现代派文学辞典》③。虽然不能说这些词典体文本的出现和当年《大家》《莽原》《中华文学选刊》有着直接的联系，但至少是一个可以探讨的类似现象，并以此作为观测文学期刊与文体塑形、词典体小说类型关系的一个观测点。《花城》于2003年第2期刊登了韩东

① 郜元宝：《汉语别史》，山东教育出版社2010年版，第299页。

② 贾勤：《陕北方言录》，《延安文学》2003年第1、2、3、4期；《现代派文学辞典》，《延安文学》2009年第1、2、3、4、5、6期。

③ 贾勤：《现代派文学辞典》，新世界出版社2010年版。

的第一部长篇小说《扎根》。小说写的是“我们”一行五人由城市下放到某公社，开始人生“变形记”。文本的特殊之处在于，小说末尾特意附加了“《扎根》小词典”。这个小词典对小说中讲到的“扎根”“下放”“再教育”“插队”“上山下乡”“社员”“靠边站”“走资派”“造反派”等特殊时期所生成的特殊语词进行了注释性解读。

很多学者都认为，词典体小说就是要以“词条”的形式进行文本组织构架。其实，这只是词典体小说的类型之一。韩少功的《马桥词典》是这方面的典范，已有不少学者关注到了韩少功对于《哈扎尔辞典》的借鉴，对于边缘文化、文体形式的开拓，对于小说美学精神的更新，等等，但此类小说对于文学写作对象有何深层次影响还没有得到充分讨论。今天再来看当年这些杂志的宣言，对语词的关注是其核心命题之一。

目前有不少学者认为《马桥词典》《词典：南方工业生活》等文本是方言词典，是用方言写作的文本。我们认为，这是用小说写方言（语言）的词典。无论后人对《马桥词典》等作品的评价如何，从写作对象的选择和小说美学追求来看，韩少功、黄青松、萧相风等人的“语词”写作都给我们带来了极大的启发和示范作用。《人民文学》推出的“非虚构写作”不仅有《中国在梁庄》《梁庄在中国》《生死十日谈》《词典：南方工业生活》等这样的词典体文本，而且其《词典：南方工业生活》更是关注“语词”，关注那些正在“生长着”的语词。萧相风《词典：南方工业生活》（原载《人民文学》2010 年第 10 期，后于 2011 年在花城出版社出版单行本）是一部颇有创意的非虚构作品。作者以词典为叙事结构，从 A（爱情）始，至 Z（走柜）结束，通过白话、摆地摊、仓管、出粮、打工皇帝、倒班、出租屋、打卡、QC、集体宿舍、暂住证……这些带有时代印记的词条书写了南中国工业时代的外来打工者的生活。当然，作者并非仅仅借鉴了词条式写作的外在结构，其创作意图仍有囊括人类、世界的雄心。萧相风本人曾指出：“词典也同样具有消化系统、排泄系统，词典也有独立的精神世界。在符号之间，它们已经织成一张蛛网，抽取任何一个词，发现每个词语千丝万缕牵连并吸附着现实，我选择词典进入南方，恰在于词语与现实发生着有趣的关系。”①

韩少功在主持《天涯》时做了许多改革，其中不得不提的栏目有“民间语文”“作家立场”等。“民间语文”倡导“大写作、小文学”的写作理念，并宣称：“在我们看来，一则精彩的启事，可以比一部乏味的长篇小说更具艺术的力量。一句流行的习语，也可以比一百本矫饰的散文更能成为人们认识社会的入口。”“作为在人类生存实践中每时每刻都发生着的语文行为（前面已经论述过，‘民间语文’被定义为‘小语文’），它的自发性属于实用品格……它最能揭示传统的滞积，又最能传感创新的搏动。它常常比文人写作更直接更灵敏更鲜明地标示出一个民族特定的文化定位。”② 1996 年第 1 期的《中国九十年代都市流行词语集解》（一共做了十辑），都市流行语、不同地域的方言俗语、新生行业新生词语、网络用语、民歌民谣等，被汇集成“文学”。不仅关注语词，而且从文本结构方式来看，大都采用碎片式、片断式的结构方式，以“狂欢”的姿态，对“权威”“主流”进行着戏谑式的解构。正如刊物所倡导的，韩少功策划的“民间语文”和“作家立场”栏目，使刊物的供稿者范围扩大到作家之外的所有老百姓，让他们的日常语言作品，包括日记、书信、民谣等都登上大雅之堂，不仅记录民间语言，读取各种社会、人生的信息，也可对当代中国有更深入的语言勘察。同时，也把一切动笔写作之人都纳入“作家”的范围。很多学者有了会师《天涯》的机会，《天涯》也可能会从大批三流文学来稿中突围出来，得以开发和吸纳文学家之外的广阔文化资源。③ 显然，韩少功的期刊编辑理念与文学创作理念是

① 萧相风：《词典：南方工业生活》，花城出版社 2011 年版，第 250 页。

② 参看《天涯》1996 年第 1 期，“民间语文”栏目编辑室编者按。

③ 参看孔见《韩少功评传》，河南文艺出版社 2008 年版，第 120—121 页。

合二为一的。

如果说从写作对象、题材的角度来看，词典体小说对当代文学至少有一大重要贡献，就是把文学理论教科书里的“写作工具”变成了重要的“写作对象”。其实，语词本身就是世界的象征和概括。语词成为写作对象本身意味着什么？从审美或者说写作对象来看，从志人志怪到历史传奇到国家英雄再到乡土和都市，文学书写的对象越来越关注自身，越来越关注“人”——普通人。有学者在论述当代小说的精神视域与终极关怀问题时谈到，终极关怀即“叙事者对人生最基本的存在价值和意义的关切，对生死、爱、虚无、时间、语言等意义的追问，对信仰和理想的求索，对有限和无限的探询”。而如果作者试图在个体关怀的深层表达中抵达终极关怀的目的，必然要触及生、死、爱、意义等这些涉及人生极致和边缘的问题。但“终极关怀的另一种形式，表现在对语言本身的追问和探讨上。意义、虚无、信仰等，是通过语言来认识的，并通过语言的追问呈现的”①。当然，对“语词”特别是“方言”的关注本身也有意识形态的意味。巴赫金认为：

> 语言在其形成过程的每一时刻里，都不仅仅分解为严格意义上的语言学里的方言；对我们更重要的，是还分解为不同社会意识的语言，即社会集团的语言、“职业语言”、“体裁语言”、几代人的语言，如此等等。从这个角度看，规范语本身也是杂语中的一种，而且它自身又可分解为不同的语言（不同体裁、不同思潮的语言等）。这种实际上的分解和杂语现象，不仅仅是语言生活的静态状况，也是它的动态状况，因为语言只要生存着发展着，分解和杂语现象就会扩大、加深。与向心力同时，还有一股离心力在不断起作用；与话语思想的结合和集中的同时，还有一

① 曲春景、耿占春：《叙事与价值》，学林出版社 2005 年版，第 18 页。

个四散和分离的过程在进行。[①]

对语言的关注，特别是对方言的关注，意味着反观、审视语言本身所携带的文化密码，在对语言的“勘探”中寻找、重述历史，探寻有可能已被普通话、主流话语所遮蔽的世界，这本身也是对主流意识形态的一种疏离和反抗。

三 文体风貌：学术化倾向

当叙事、结构方式和写作对象都发生极大的改变之后，文学精神与文学风貌也悄然改变着。其中一个直接结果是跨文体文本的学术化倾向。非线性叙事和写作对象词语化都使这些跨文体写作具有了极大的自由性和开放度。但是，这种文本结构方式有极大的风险，在追求自由、开放、无中心甚至是无序的同时，又以词语为写作对象，它极有可能导致文本结构、秩序的凌乱和文体的坍塌。哪些因素在保证非线性叙事自由的同时又树立了文体的整体感呢？或者说，这些文本在“抛弃”了线性故事和人物、故事之后转向了哪里呢？就目前所看到的这些“怪异”文本而言，大多是采用议论抒情，甚至是学术化的考证和注释，或者直接以学术体呈现出来。当然，在这方面又极容易走上极端。从这些杂志所刊发的作品，我们能看到一种文体风貌的学术化趋势。就文本的大体形态而言，它类似散文随笔，探讨的话题往往又是学术性的，甚至是非常专业的，而具体行文又是反学术的，以一种抒情的笔调来描述概念和事物的特征、形态以及本质。以《大家》的“凸凹文本”为例，张锐锋、庞培等人的文体都带有“注”的性质，而“注”和“传”正是我国古代最常见的文体，中国文人常借助“注”来表达自己的学识、思想和经验，大多有学术化的倾向和性

① 巴赫金：《巴赫金全集》（第三卷），白春仁、晓河译，河北教育出版社2009年版，第49页。

质。钱锺书的《管锥编》也是用“注”的文体。比如张锐锋的《世界的形象——古老汉字的昨日及猜想续》等作品具有明显的“注”的性质。贾勤在论述中国词典体写作的四个传统时就指出，第四种辞典类似中国写作传统中的读书笔记。在现代中国，这种读书笔记式写作的最高成就是钱锺书的《管锥编》[①]。贾勤本人的《陕北方言录》也具有重要的语言学研究价值，将其当作学术著作似乎无可无不可，而雷平阳的《三甲村氏族》也至少在表层文体结构上给人以学术化的文体印象。这些实验文本在充分展示其艺术个性（或者说技术个性）和审美趣味的同时，也大都表现出了对于哲理的“顽固”追求。海男的《女人传》以“粉色”“蓝色”“紫色”“黑色”“白色”五种颜色对女性精神、心理及肉体的诸多隐秘进行了哲学化书写。吴义勤认为，《女人传》的哲学热情具体到文体则为三个声部的复调：“一是文本的现实叙述声音，它涵盖了女人的历史、现实与未来，贯穿了文本的始终；二是镶嵌在文本中的各种‘名人语录’和‘前文本’对女人的另一重意义上的阐释；三是各种插图绘画对文本的图解。”[②] 李洱《遗忘》的“考证”功夫，至少在叙事表层显示出对于“哲理”“真理”的固执追求。李洱在谈到《遗忘》的创作时曾言：“在将近四个月的时间里，我埋首于各种典籍、注释之中，犹如承受着一种酷刑，最后形成了一个七万字左右的文本《遗忘》。”[③] 这种写作姿态与写作资源无疑使文本具有了较强的学术化特征。前文所提及的《100 年的 23 个关键词》《实话实说：社会流行语》《陕北方言录》《现代派文学辞典》等作品，仅从其标题即可见其学术化特征。

关于小说的学术化问题，或者说这一问题的提出，是现代以来文学审美主义蔓延的结果：情感、虚构、想象成了文学（特别是小说）

---

① 张诚若：《语词的篝火——贾勤〈现代派文学辞典〉》，《上海文化》2011 年第 3 期。

② 吴义勤：《可疑的文体》，《大家》1999 年第 2 期。

③ 李洱：《光与影——李洱文学作品自选集》，华东师范大学出版社 2009 年版，第 193 页。

的核心要素。中国古代文化体系中对于此并没有太严格的区分。今天，小说与学术似乎水火不容，至少在很多作家、读者眼中是泾渭分明的。其实，“把理论与文学截然分开是欧洲理想主义的产物，并不是什么天经地义的东西，中国的散文传统就长期在这个规则之外，《圣经》《古兰经》也在这个规则之外。但跨文体只是文体的一种。叙事方式从来就是多种多样的。”[①] 韩少功还认为：“一种心理活动是思想还是感觉，全看我们的知能是否聚焦。聚焦区之内的，想清楚了，可以言传了，可以合逻辑了，差不多就是思想。聚焦区之外的，还不太清楚，不可以言传，不大合逻辑，就可归之于感觉。”[②] 如果我们以今天的眼光来看，韩少功显然继续并实践了这一思考。《暗示》里提到的古代典籍就有《二程遗书》《淮南子》《论语》《孟子》《荀子》《墨子》《礼记》《左传》《世说新语》《易》《六祖坛经》等多种，其学术“含量”可见一斑。

小说学术化带来的必然结果几乎就是故事的丧失与人物的模糊化。传统小说，无论是志人志怪还是传奇演义，大都以人物、故事为核心，我们耳熟能详的文学批评标准就有“人物塑造”“时代人物画廊”“典型人物”等概念。但在这场期刊推动的文体变革当中，传统小说的这些核心要素似乎有坍塌的危险。前文所提及的贾勤的《现代派文学辞典》、萧相风的《词典：南方工业生活》等文本，无不具有较强的学术化特征，特别是《现代派文学辞典》，仅从书名来看，类似一部典型的文学辞典，而“缺乏”的正是故事和人物。当然，这并不是说这些文本中已经没有人物和故事，而是说这些文本在进行哲学化思考、知识写作的时候，人物和故事已不再是小说的核心和重心。自周作人提倡“人的文学”以来，我们似乎又走入另一个狭窄的巷道：文学书写人，文学是人学。这些新的文学现象都强有力地提出一

① 韩少功：《大题小作》，人民文学出版社 2008 年版，第 291 页。

② 韩少功：《大题小作》，第 147 页。

些“质疑”：文学能否书写物？能否书写知识？这些疑问本身也许比所谓“成就”更有价值。韩少功对这一问题有着深刻的思考：

> 叙事单元其实可以大于“人物”，比方说叙事人群之事：王安忆在《长恨歌》的前几章写到“王琦瑶们”，把一群人当成一个角色，有点社会学和民族志的笔法。叙事单元也可以小于“人物”，比方说叙说琐屑细节之事：我在《暗示》中讲过一个动作或者一顶帽子的故事，至于“人物”则暂时搁置。这正像牛顿的世界是以米为测量单元的，是一个肉眼所及的常规物质世界。当更加宏观和更加微观的科学体系诞生时，光年和纳米同样成为重要的测量单元，我们的世界就不仅仅是牛顿眼中的世界了。①

其实，小说与故事、学术（知识）之间的纠缠与矛盾一直是现代小说理论争论的焦点之一，余岱宗认为：“现代小说文体不再以单一的叙事路径贯彻文本始终，而是不断延伸出种种话题，让小说创作的‘故事’成为吸纳多学科话语的载体，而不是让多学科话语成为‘故事’的附庸。”②

在这里要特别指出的是，这并非说当时这些跨文体作者都写出了词典体小说文本，也有不少作家虽未在当时创作词典体小说，但在以后的创作中强化了跨文体趋势，或发表了词典体小说。比如李洱后来在《花城》刊发的影响较大的《花腔》。《青年文学》发表了邱华栋的《私人笔记本》和安顿的“口述实录”。曾经在《花城》推出跨文体文本《枕黄记》的林白，后来则又在《花城》刊发了影响很大的具有“口述实录”性质的词典体小说《妇女闲聊录》。讨论这些文学

① 韩少功：《大题小作》，人民文学出版社 2008 年版，第 292 页。

② 余岱宗：《百科辞典式的创作意识与现代小说的文体变革》，《福建师范大学学报》2019 年第 6 期。

期刊与词典体小说之间关系的核心不是哪些具体杂志、具体栏目催生、塑造了哪些具体的词典体小说文本。从长远或者事后的眼光来看，我们更关注的是刊物变革的方式、形态、结果等，以及它提出并讨论的问题。因为这些问题本身已经说明了文学与同时代的政治、文化、审美之间有何种关系以及时代对于文体的“塑形”作用。同时，我们也必须承认，“变革”中的隐忧也逐渐显现出来。陈晓明曾就“凸凹文本”的形式主义问题指出：

> “凸凹文本”并不是一个单纯的形式主义概念，作为一个矫枉过正的口号，“凸凹文本”具有它的必要性和迫切性，它反映了当代中国文学急于摆脱目前疲软状态的愿望，以及急于制造热点的努力。形式主义不可能支持文学持续发展，形式主义只是变革或转折的一个必要过渡，它同时也是新的思想和生活经验突然冲破旧有模式束缚的必然结果。①

实际上，这一断语即可用于当时轰轰烈烈的“跨文体”事件。在一个急于创新，似乎创新和成就画等号的年代，我们似乎忘记了一个文学的基本常识：跨文体、打破文体的目的是什么？结果怎么样？新的文体是否树立起了自己的美学特征？是否真正有效书写、传递了时代经验？也许更为重要的是，读者是否会接受？尽管普通读者在专业批评家面前似乎没有什么话语权，但从长远来看，普通读者的审美趣味和判断会影响甚至决定新文体的成功与否。但我们也必须承认，无论是从当时的理论倡导和实践，还是今后人的“后见之明”来看，这些文学期刊、杂志所发动的“文学事件”对于之后词典体小说的发展都具有积极的探索意义。

---

① 陈晓明：《无边的挑战——中国先锋文学的后现代性》（修订版），中国人民大学出版社 2015 年版，第 372 页。

词典体小说处在看似“自主”的变革中，文学期刊也在某种程度上影响、拓展了其文体形态及多种可能。从各杂志实际推出的文本来看，主要是以小说为主导文体，借助其他文体的表现形式，大部分文本的主导文体基本上可看作小说。但每种文体有着相对坚实、厚重的传统，无论其表现题材、表现方式还是其审美精神都有极大的差别，这种跨界是否能完美结合？能否产生新的审美范式？等等，这些都是值得深入探讨的话题。现在看来，这种文体变革的思维方式有意无意地暴露着文体的本位主义与技术主义倾向。这也是值得警惕的现象。

第二节　“乌力波”与词典体小说的开拓

一　关于“乌力波”

“乌力波”对于国内学术界来说是一个稍显陌生的词。目前国内学术界对于“乌力波”的系统介绍还不够充分，较为集中地介绍“乌力波”的相关论著有著名学者余先中先生的《OULIPO 的文学实验》一文（《读书》2001 年第 4 期）和新世界出版社于 2011 年、2014 年相继出版的《乌力波Ⅰ》《乌力波Ⅱ》两书。1960 年 9 月，在一次专门讨论雷蒙·格诺的研讨会上宣告了一个团体的成立，潜在文学工厂（Ouvroir de Littérature Potentielle）于 1960 年 11 月 24 日，即第一次正式会议召开的那天成立。这是一个打破文本界限的松散的国际写作团体，其成员至今仍活跃于世界文坛。乌力波成员来自多个学科领域，包括作家、数学家、大学教授和心理分析师等。著名作家卡尔维诺即是乌力波成员。法国学者沃伦·莫特教授在编纂美国版《乌力波初阶》时写了一篇导论《乌力波缘起——乌力波辞典之美学原理宗系》，全面介绍了乌力波的缘起、创建及其美学思想。尽管乌力波成员来自各个专业领域，有着独特的思维方式和写作习惯，乌力波的许多成员单独出版了许多在很大程度上受团体工作激发而创作的文本。它首先以先锋的文本实验姿态示人，不再将文本局限于狭隘的文学领域，而是拓展到其他学科如哲学、医学、历史学、人类学、数学、地质学、建筑学等领域，它的思考对象是宇宙所有存在的或存在过的事物（包含一切虚构的、想象的、符号的、真实的对象）。

乌力波的首席精神领袖是雷蒙·格诺，他最早总结并提出了乌力波的理论思考，潜在文学目标是“对可为作家以任何他们看来合适的方式所用的新的形式和结构的探索”。弗朗索瓦·勒利奥内进一步补充道：“乌力波的目标是发现新的结构并为每个结构提供一些例子。”[①] 格诺本人的《百万亿首诗》其实只有十首十四行诗，但是每首诗的每一行都有同样的押韵。在具体的版面设计上，作者（或者说是出版商）刻意选择单面排印，每一行沿实线剪开，一直到书页的右边。这样，把书页进行任意折叠之后，每一首诗的第一行，与任何其他一首的第二行，再与任何一首的第三行，再与任何一首的第四行，一直到与任何其他一首的第十四行，都可以构成一首新诗。[②] 同数学运算或魔术师一般，由十首诗可以置换生成新的十四行诗。按照格诺本人的计算，如果一个人每分钟读一首十四行诗，每天读八小时，每年读两百天的话，要读完这个文本需要 100 多万个世纪。“在不深入与此文本文学价值相关问题的情况下，我们至少可以得出一个坚实的结论：《百万亿首诗》，就它的概念和它的完成而言，代表着乌力波事业第一流的典范。”[③]

关于乌力波集团的文学精神，他们的宣言是：

> 我们最初的劳动指出了把乌力波写入历史的欲望。乌力波没有宣称要不惜一切代价求创新。最初的文章处理的是古代的作

---

① 乌力波中国编：《乌力波》，新世界出版社 2011 年版，第 3 页。

② 余中先：《OULIPO 的文学实验》，《读书》2001 年第 4 期。

③ 乌力波中国编：《乌力波》，第 3 页。

> 品，那些作品对我们想要着手创作的作品来说起到了祖先的作用——如果说不是模范的话。这使我们相应地在我们朝一种HLE，或实验文学史方向的努力上思考了许多。这里，我们看到实验或练习的观念再次出现了；同时，我们并非处在某个绝对的起点上，而毋宁说我们属于一个传统，乌力波决定为一种实验文学的集合而把文本集中起来。①

文学实验是其核心追求。

关于乌力波集团的文学追求和美学趣味，我们也许可以从他们招募团队成员的启事中感受一二。其招募启事这样写道：

> 1. 我们不关心你的出身，更加不关心你的学科专业，只关心你的思维是否够乌力波；2. 如果你已经有符合的乌力波式文本，将会在第一期就隆重推荐；3. 如果你懂法语，而且对文学和文学之外的一切感兴趣，非常欢迎你加入乌力波；4. 如果你只是青春期骚动，或者有点胡思乱想，请千万不要参加乌力波，那只能让你走火入魔；5. 如果你只是生活压抑，想发泄或一吐为快，也请不要参加乌力波，那只会打击你的智商。②

这则招募启事的语体方式有点后现代主义的戏谑，但其表露出的开放性和精英意识也较为明显。

乌力波主张创新甚至是颠覆传统。同时，乌力波亦宣布无限尊重文学传统中的实验趋向。③

很显然，这虽然是一个看似松散、完全对外开放的文学社团，甚

---

① 乌力波中国编：《乌力波》，第7页。

② http：//blog. sina. com. cn/s/blog_ 6abccb730100p65a. html。

③ 乌力波中国编：《乌力波》，新世界出版社2011年版，第4页。

至有着明显的“草根”倾向，但其对自己文学精神的追求极其执着，甚至有着偏执的“精英”化倾向，有着极其严格的“乌力波”标准。从乌力波整体成员的写作和直接、间接地受过乌力波思想影响的创作来看，乌力波亦是一种具有精神同质趋向的文学思维方式。“乌力波的目标乃是探索发现一个全新的结构形式，并就每一种结构形式给出一些实例。”①

乌力波中国成员主要有亚伯拉罕·蝼冢、藿香结、刘恪、骆以军、贾勤、恶鸟等人。

二　乌力波集团与词典体小说的开拓

乌力波集团的理论宣言是否得到了兑现？乌力波中国成员有哪些创作实绩？这些文本与我们所要探讨的词典体小说有何内在的联系？他们是否拓展了词典体小说的类型与边界？这种拓展有哪些值得借鉴的经验以及“失败”的案例？

乌力波中国成员先后推出了《国王与王后》《阿味：俄堡申论学院毕业论文集序》《地方性知识》《马尔罗的生活》《梦与诗：A 部》《经验匮乏者笔记》《文之悦集注》《去落山岗》《盖世无双》《天官书：一部天书所达到的量和能》《死亡童话》《镜中史》《安南故事集》《生成艺术：从机器作家到数码文学》《一首诗的物理分析》等，还有受乌力波集团影响而写出的风格相近的作品如《村庄疾病史》《马口铁注》等。按照我们前文所述词典体小说的界定要素，这些文本当中有不少就是典型的词典体小说。当然，乌力波集团对于词典体小说的最大影响还在于其倡导的“百科全书式的小说和词典”似的思维方式和写作模式。乌力波认为：“文学是一种已知的能量，但也是组合学的。词典和百科全书的制作者在定义猴子的时候展示了某种程度的胆怯；我们很难责备他们无趣的不严密”，因为感到“文体具有

① 中国乌力波：《乌力波 2》，新世界出版社 2014 年版，第 5 页。

组合本性的传统数学家绝少介入对解决它们的方法的系统和独立的研究。”[①] 本节选择最具特色的几个文本来论述乌力波集团对于词典体小说书写方式的开拓。

（一）方志体的民族志词典

方志体小说早已有之，甚至有学者提出，小说这种文体本身就具有地方志的性质。[②] 就当代文学而言，著名女作家孙惠芬于2004年推出了方志体小说《上塘书》，并入围第七届茅盾文学奖。该书与作者之前的作品相比，最大的特点就是文体形式的转换。该书的真正“人物”是名叫“上塘”的村庄。该书除了引子外，共有九章，分别为：上塘的地理、上塘的政治、上塘的交通、上塘的通讯、上塘的教育、上塘的贸易、上塘的文化、上塘的婚姻、上塘的历史，作者以地方志的体例为逻辑架构，以民族志文化寻根的笔法，写了一本几可看作词典体的民族志小说。如果从结构来看，《上塘书》的表层结构其实并不新鲜，并没有多少乌力波所宣称的“实验”，而是来自中国的方志传统、史传传统。这种书写方式会让人想起莫言的高密东北乡或韩少功的马桥，或者我们耳熟能详的那些中外文学史上的“文学的故乡”。但这样的故乡并不存在于地图上，作者自言：“上塘地图上没有，地图上挤满了密密麻麻的名字，就是没有上塘。”一般而言，作者力求书写出“真实感”，更不要说具有“科学”属性的方志作品了。作者为何这样急不可耐地自我解构？但这不存在的故乡又提醒着读者：这不是方志。这是小说吗？这是作者故弄玄虚还是别有深意？李敬泽曾敏锐地指出：“孙惠芬写《上塘书》时面临的问题来自中国乡土的历史命运和美学命运，乡土已经处于城市的绝对主宰之下，它已经失去了经济上、伦理上和美学上的自足。”[③] 小说家重绘世界地图的雄心在

---

① 乌力波中国编：《乌力波》，新世界出版社2011年版，第12页。

② 葛红兵：《小说类型学的基本理论问题》，上海大学出版社2012年版，第128—130页。

③ 李敬泽：《致理想读者》，中国人民大学出版社2014年版，第129—130页。

此意义上已告终结。“这就是城市对乡土的‘编纂’，这就是‘中心’的丧失，我宁愿相信孙惠芬是有意为之：意识到这种‘编纂’已经主宰那‘温暖’的乡土，她才有了写《上塘书》的绝对理由。”① 尽管该文本试图用一种特殊的文体形式来为这个“理由”选择一种解答的途径，但文本仍保留了传统小说的人物、故事、情节等基本特征，只不过主角变成了“上塘”。

然而，乌力波中国成员藿香结却在这方面走得更远，推出了极端化书写的作品《地方性知识》。该书由2010年新世界出版社出版，并入围第八届茅盾文学奖。稍微有点人类学常识的人都知道，这与人类学家格尔茨的一部代表作同名。作者以人类学家的宏大视野和学术素养在田野调查和学术研究的基础上，描述、记录了越城岭山脉下岭南文化和湘楚文化交界地带的一个叫作汤厝（铜座）的村落。该书共36万字，七卷，另有说明、凡例、后记，前后各有一幅地图，作者有意采用了方志体，其体例结构为凡例、疆域、语言、风俗研究、虞衡志、列传、艺文志（一）、艺文志（二）八个部分。该书详细甚至是科学地记录了汤厝的地产物产地貌、语言习惯、婚丧嫁娶、民间信仰等。按照传统文学虚构的观点，该书唯一“像”文学的只有“艺文志”部分，但也是“采风”，而非“创作”。这一部分有关于汤厝的神话传说、民间歌谣等所谓“虚构性”描述。作者声称该书的参引主要是田野考察所得，其他资料来源主要有“我”的爷爷李维先生提供的第一手资料、费明德于17世纪留下的资料，还有作者的合作者谢秉勋先生提供的资料。从其写作素材的来源上看，也几乎是“田野资料”和“历史史料”，都是“真实”的材料，而非虚构。在具体的语体选择上，“《地方性知识》基本由两类语体构成：一是真理性质的教义、公式语体，二是夹叙夹议的田野调查笔记”②。按照马林诺夫斯

① 李敬泽：《致理想读者》，第132页。

② 藿香结：《地方性知识》，新世界出版社2011年版，第2页。

基的观点，该文本包含了标准民族志的一切基本要素，可看作一部标准的民族志著作。如果从文学文体，特别是小说文体的几个层次来看，无论是外在的形状外貌、构架，语体的语言修辞风格，还是具体的表现方式和内在的审美追求，该文本都可以看作民族志文本的极端化书写，与“常规”小说相距甚远。但作者却认为这是一部小说，而且是“人类学小说”的开山之作。这种观点虽不无偏颇之处，但不可否认的是，其提到的关于小说的一些看法值得我们深思。作者认为：“那种纯粹想依靠讲故事获得小说成就的时代已经一去不复返了。”① “小说和学术一样，开始走向实证性，这意味着小说的根本精神在发生改变，小说写作者必须有足够的精力和定力去学习新的东西，做田野考察。”② 无论这种说法有多少偏颇之处，无论这种“学术化”小说能否代表或指引未来小说的发展方向，我们都不得不承认这些作品正悄悄地改变着文坛的格局。如果我们暂且同意作者的观点，认为这是一部典型的方志体的词典体小说，那么，乌力波集团的文体实验也丰富着词典体小说的类型和风貌。

（二）词条式的文学词典

同样是乌力波成员，青年作家贾勤于 2011 年出版了《现代派文学辞典》。如果在书店里，这本书很有可能被归置于工具书序列，相信很多读者看到书名时会以为这是文学词典之类的学术著作，类似于高行健的《现代派小说技巧初探》等。该书名为“辞典”，但出版社却是按照“小说”来出版和发行的。如果把词典本身当作一种文体，这种文体本身就有概括、提炼世界、人类的雄心与姿态。如芬雷所言：“似乎除辞典之外，没有其他的结构可以容纳‘人类’！‘一切’！这样的概念，辞典从其诞生起，就有着一种不可能的热望，即筹划人

① 藿香结：《地方性知识》，新世界出版社 2011 年版，第 1 页。

② 藿香结：《地方性知识》，第 482 页。

类的轮廓。”① 贾勤的《现代派文学辞典》是否也有这样的雄心和姿态呢？从作者选择的叙述策略和结构安排来看，作者采用了“from A to Z”的结构方式，共写了 190 个词条。在英文里这是一个习语，意思是“彻底地，从头至尾，详尽地”。我们似乎可以断定，这是一部有雄心的、完整的“现代派文学辞典”，但我们认真研读文本会发现，书中既没有对“现代派”做出解释，也不是关于“文学”的词典。大多数词条是叙述者的自我沉思，是札记式的、片段化的、非建构性的，当然，也是非叙事性的。尽管有些词条如“恋爱”“贾勤”等具有传统小说叙事的成分，有故事，甚至很像传统意义上的小说，有故事，有情节，但从整个词典的体系结构来看却是以思考的形式呈现的。有论者曾论及词典体写作有四个传统。首先是作为世界象征的词典。这种词典试图通过独特的符号创造性地囊括整个世界，《周易》就是完美的典范。其次是作为一种思想形式的词典。如施勒格尔的《断片集》、拉罗什富科的《箴言集》等。再次是作为一种叙事策略的词典。一是关乎外在小世界的建构，如《马桥词典》和《哈扎尔辞典》。二是关乎自身，但不信任过于连贯的描述，都是由一个个碎片和细节构成。《米沃什词典》即属于此种。最后是类似中国写作传统中的读书笔记。在现代中国，这种读书笔记式写作的最高成就是钱锺书的《管锥编》。② 无论用何种归类方式，我们都难以将《现代派文学辞典》划入“常规”小说的行列。为大家所熟知的《米沃什词典》，从 ABAMOWICZ（阿巴莫维奇）始，到 ZAN（詹）终，以对诸多词汇的敷衍试图“替代一部长篇小说、一部关于整个 20 世纪的文章、一部回忆录”。而富恩特斯的《我相信》一书，则从 Amistad（友谊）始到 Zurich（苏黎世）终，通过对 41 个词的阐释，进行着作家对人生、艺术、历史等母题的沉思。罗兰·巴特的《文之悦》一书，

---

① 芬雷：《辞典写作的筹划》，《延河》2010 年第 12 期。

② 张诚若：《语词的篝火——贾勤〈现代派文学辞典〉》，《上海文化》2011 年第 3 期。

则始于词“Affirmation（肯定）”，终于词“Voix（声音）”，用对46个词的想象构建，“以表面的有序示演潜在的无序，拟现语言的本质”[①]。其实，中国作家萧相风的《词典：南方工业生活》也采用了从A到Z的结构形式。词典体小说似乎都有囊括世界的雄心。那么，《现代派文学辞典》在何种意义上有着“小说”的指向和追求？它的加入给庞大的词典体写作体系带来了哪些新元素？当我们还在为这种写作方式感到困惑之时，贾勤又推出了《文之悦集注》。《文之悦》是法国著名作家罗兰·巴特的一部格言体散文，共分四十六个片段，循字母顺序排列，逐次谈论了欲望、身体、战争、虚无主义、蒙昧主义、俄狄浦斯等。其实在《现代派文学辞典》发表之前，贾勤已经在《延河》上连载了《陕北方言录》等类似作品。最近，贾勤推出了《虎变：辞典的准备》（作家出版社2019年版），又是一本辞典，与《现代派文学辞典》类似，结构方式为从A到Z，力图拓展“长篇小说”乃至“小说”的疆域与抵达能力。打开文本，这些词条大概类似我们通常所说的随笔，何以称之为小说？何以称之为长篇小说？这里需要进行深入的探讨，答案也许不重要，而是这个现象、问题本身更为重要。我们在此不做具体的文本批评，也不进行理论层面的关于文学、关于小说的宏大概念的探讨，只是想指出乌力波集团成员对词典体小说这一形式（或者说是文学形式）的创造性发挥。具体怎么判断其是不是文学、是不是小说，甚至是不是长篇小说，本书将在第六章予以详细论述。对此，我们先搁置关于“小说”和“长篇小说”的问题。

（三）注释体的元小说

简单来讲，元小说就是关于小说的小说，又被称为“自我意识小说”“自生小说”以及“超小说”等。它是小说家们以小说的形式对小说本身进行自我反思的一种艺术形式，是西方20世纪后半叶一个

---

① http：//blog. sina. com. cn/s/blog_ 4c6277230100nt2f. html。

不可忽视的文学现象，象征着一次发生在小说传统内部的范式转变。与现实主义美学观念相比，主题、矛盾、命运、性格等不再是文本的核心要素，当代元小说常将“技巧”作为文本的根本和追求。当然，这种现象也并非欧美独有，20世纪80年代中期中国作家马原、洪峰、孙甘露、叶兆言等人的笔下也出现了用元小说技法写成的小说文本。其常用技法是“暴露”作者、对前文本的戏仿等。熟悉中国当代文学的人，已经熟悉并习惯了小说中出现一个“我就是那个叫马原的汉人”。这种叙事策略意在通过暴露叙事技巧，进而消解这些叙事模式和规范背后的意识形态权威。“用语言学的术语来说，在现实主义阅读模式中，意义的产生主要依赖于横组合原则；在现代主义阅读模式中，意义的产生主要遵循纵聚合的原则；而在一部分当代元小说作品中，主题诠释式的意义解读不再是阅读的终极目的。一些作者将互相矛盾的词语放置在一起，通过拼贴的方式将在语言横竖轴上可能进行的词语选择过程前景化。”[①] 在现代主义文学运动中元叙述发展着，但没有独领风骚，例如《尤利西斯》这部现代主义的代表著作中的元叙述：其一，尤利西斯是对史诗《奥德修斯》的二度叙述。其二，小说中保留着大量注释性元叙述。在文本中使用括号，在篇章之后采用尾注。其三，对不同文体的戏仿，使各种文体错杂存在达到相互成文。[②]

在马原的《冈底斯的诱惑》中已经出现了叙事学词典的追求，在小说第十五节中，作者以犯小说之大忌的方式即议论来直接谈论甚至是论述了该小说的叙事结构、叙事线索等叙事学层面的术语，只不过马原的“破坏”在比重和功能上还不足以改变一部作品的文体。乌力波中国成员恶鸟推出的《马口铁注》显然有着叙事学词典的追求，同样采用暴露作者的常用技法等。当然，恶鸟的《马口铁注》与藿香结的《地方性知识》、贾勤的《现代派文学辞典》等作品一样，都是新

① 洪罡：《元小说、现实主义与现代主义小说传统》，《学术月刊》2012年第6期。

② 刘恪：《先锋小说技巧讲堂》（增订版），百花文艺出版社2012年版，第152页。

世界出版社以“小说前沿文库”的形式出版的。这是一部“怪”小说，传统小说要么写人、要么写故事，而这是一部写理论的小说，或者说这是一部关于小说的小说。文本可以分为两大部分。第一部分为“马口铁”，一个一万多字的短篇小说，讲述了一个有点后现代意味的故事，一个无厘头的故事。最重要的一部分也即小说的主体部分包括近十万字，是对这个一万多字的小说做的一个庞大的注释，因此叫《马口铁注》。“注”是一种古老的文体，与传、笺、正义、诠等并列。本义是用水灌注。水道堵塞，用水灌注才能疏通。引申为对古籍中难懂的字、句加以解释、疏通。我们较为熟悉的“注”体著作有《水经注》《礼记注》等。小说注释部分的开头即借意大利著名作家翁贝托·埃科《玫瑰的名字注》的前言，指出这是一部关于“马口铁”的注，虽然作者非常赞同“一个叙事者不应该为他的作品提供阐释，否则就没必要写小说，更何况小说正是生产阐释的绝妙机器”①。但作者在此之后的文字恰恰是在阐释小说的写作过程。作者相继拉扯出了普鲁斯特、塞尚、艾柯、莫兰迪等名家，而探讨的似乎是一些理论问题如叙事学所讲的写作动机、文本发生器、散点透视、文本预设、文本疏离、文本意外、暗示忽略法、萨尔加里式圈套、叠置、迭代、并置、文本隐迹、模范读者、隐含读者、模仿读者、叙事道德等，而作者在文本第一部分设置的“马口铁”只不过起到了一个“论据”的作用。显然，作者的目的不在阐释小说《马口铁注》的创作过程，而是以《马口铁注》作为例证来阐述作者对叙事学的理解，其内在结构和文体倾向完全可以看作一部叙事学的理论词典。但恰恰是这种特点，又使文本有了“元小说”的性质。表层叙事是一个巨大的“注释”，而内在的结构是一个关于“叙事学”的理论式的小说。

当然，除了上述几种特殊文体外，乌力波集团成员还推出了极具个性的词典体小说文本。台湾著名作家骆以军的《经验匮乏者笔记》

---

① 恶鸟：《马口铁注》，新世界出版社 2011 年版，第 25 页。

在《延河》杂志上发表过，后又收入《乌力波Ⅰ》一书。《乌力波Ⅱ》收录了彭健的《死亡童话》（最后的章节）。该文本分五个部分，每个部分又分若干个小节。当然，它具有“注释”性和非线性阅读的特征。第一部分即死亡童话的定义，其论证方式是：1. 死亡；2. 童话；3. 死亡童话，一篇看似逻辑严密的学术论文。第二部分：死亡童话之从出生到入死（用68个小节虚构了一个人的一生，追求真实感，小说的叙述手法，从相应的字数上注重事件的重要性和人生的曲折期）（存目）。第三部分：死亡童话之人类之神与魔（1. 他们；2. 神与魔；3. 广义的神与魔；4. 人与广义神魔的本质区别；5. 人类的本质；6. 人类在神魔作用下的成长；7. 神魔与童话，死亡）（存目）。第四部分：死亡童话之宇宙的真实与幻象（用12个小节和19个相关定义从本质上探讨存在、死亡、物质、能量、引力等）。第五部分：最高层次的死亡童话及死亡童话的破灭。整个文本似乎是在一种“论证”的过程中完成的。《乌力波Ⅱ》收录的《安南故事集》也充满了大量的注释与案语，对于相关材料来源做了极为详细的考证。由于这些文本与传统中国散文或笔记体小说有较大的相似性，虽然可看作词典体小说的一个类型，但由于缺少文体意义上的“拓展性”，在此不再展开论述。

总的来看，中国乌力波式的创作更多的是一种实验姿态，甚至是一种反抗姿态，其文学观念有着明显的靶向性。乌力波中国成员亚伯拉罕·蝼冢认为：

> 它们所开出的乌力波传统不同于法国乌力波……中国作家的这种转变实际上有两点特别值得指出，一个是作家学者化，一个是作家百科全书化。在艺术上具体地表现为告别简单的“乡土”、简单的“人性”与简单的“讲故事”。……本土作家“卖萌”的时代似乎已经遭遇终结，莫言或许就是这样一个终结者，尽管他不能代表他那一代人的总体成就。中国文学本身的内涵和创造性

发生着质的变化。其中的一部分实验我们把它叫作 COULIPO（中国乌力波）。[1]

就目前所见到文本而言，乌力波所倡导的百科全书式小说在中国成员笔下呈现出了新样式：方志体小说、词条式的文学词典、注释体元小说。当然，对于一个极力主张“实验”的文学社团而言，我们很难想象他们在明天会推出什么样“怪异”的文本。无论是从乌力波的主张还是其文学实践来看，其高扬的实验性、先锋性、包容性、知识化等对当下小说创作及研究不无启发性。我们不敢、不能判断未来小说的走向，但《地方性知识》《现代派文学辞典》《马口铁注》等文本显然缺乏传统意义上的“人物”“故事”“情节”，这到底意味着什么？是像他们所宣称的那样代表中国小说的走向吗？其文本能不能给当下小说创作提供新经验、新思考，这是我们必须认真面对和思考的问题。本书结语部分将对之进行详述。

① 中国乌力波：《乌力波Ⅱ》，新世界出版社 2014 年版，第 3 页。

第三章　亚词典体小说的四种类型

我们在本书第二章“文学集团与词典体小说的开拓”中已初步探讨了新世纪文学期刊变革以及乌力波集团对于词典体小说的推动和开拓作用，但上述所提及的部分词典体小说文本并非“标准”的词典体小说，更不能全部囊括新世纪词典体小说的各种类型和新变体。新世纪以来出现的各种词典体小说以及部分具有词典体小说属性的“怪异”文本正丰富着这一小说类型。关于文学类型，韦勒克、沃伦早就指出：“文学类型的理论是一个关于秩序的原理，它把文学和文学史加以分类时，不是以时间或地域（如时代或民族语言等）为标准，而是以特殊的文学上的组织或结构类型为标准。”① 但类型也并非一成不变的，某种文学类型会随着新成员的不断增多和新变体而不断改变其内涵和外延。本书所要论述的就是这样一些特殊文本，它们有类似于词典体小说的文体特征，但又只是部分地拥有词典体小说的属性，大体来看仍是所谓的“常规”小说，我们暂且将之命名为亚词典体小说。

第一节　亚词典体小说的提出

词典体写作不是一个新问题。我们前文已引用过相关学者对词典

① ［美］韦勒克、沃伦：《文学理论》，刘象愚等译，文化艺术出版社 2010 年版，第 259 页。

体写作四个传统的分类和论述。[①] 其分类标准主要依据词条式写作、非线性写作以及宏阔的写作理想等做出。其实，这种分类并非绝对精准的，也不能涵盖当下丰富的文学创作实践。仅就“词条式”写作而言，不仅中国古代大量笔记体小说可以被定义为词典体写作，近现代中国文学史上的很多作品也可以被看作词典体小说，或者说具有词典体小说非线性阅读的特征。比如我们所熟知的谴责小说：吴敬梓的《儒林外史》、吴趼人的《二十年目睹之怪现状》、李伯元的《官场现形记》，还有鲁迅的《阿Q正传》、萧红的《呼兰河传》、穆时英的《夜总会里的五个人》等文本均部分地具有非线性阅读和词条写作的特征。也许五四作家正处于现代文学文体的奠基时期，除了用“格式的特别”来研究鲁迅文体的特殊性之处，很少有学者对鲁迅作品的文学性或小说性有过学术上的怀疑，并一直将其奉为中国现代文学的开创者和奠基者。但现代中国文学经过近百年的文体发展与“塑形”，我们似乎已经忘了今天这些所谓的特殊的文体特征其实早已存在，本不是问题的问题，却因我们自身的迷惘而成了今天我们必须要讨论的问题。我们无意在此探讨词典体写作到底有四个传统还是五个传统，也不打算深入探讨为何在20世纪末学界会提出跨文体写作的文学性问题。本书的重点是分析、探讨词典体写作背后的共同因素、特征及其原因，并以此作为提出亚词典体小说这一概念的理论依据和基础。可以肯定的是，词典体写作不仅仅是一个形式的问题或小说现象，其背后更是一种思维方式支配下的书写行为与表述方式。从人类文明的实践来看，人类早期时代流传下来的经典作品基本上都是碎片式、词条式的写作，当然，这也与早期的书写载体、写作难度、传播条件有关系。就中国而言，从孔门弟子始直至今天，这种词条式写作方式从来都没有中断过。

其实，前文所引学者论述的所谓四种传统的共同特征是：宏阔的写作理想与“并置”式的非线性书写方式。人类在面对世界万物的广

① 张诚若：《语词的篝火——贾勤〈现代派文学辞典〉》，《上海文化》2011年第3期。

博、宏阔之时并没有因为自身的渺小而丧失探索的勇气，如何用最经济、节约、简洁的方式来表达人类对世界的认知呢？中国古人起初用最简单的阴、阳来指称与划分世界万物，后来发展为各种符号体系。在具体的文字书写当中，古人亦选择了“词典”这一特殊的文体形式。正如芬雷所言：“似乎除辞典之外，没有其他的结构可以容纳‘人类’！‘一切’！这样的概念，辞典从其诞生起，就有着一种不可能的热望，即筹划人类的轮廓。”[①] 同时，如果从人类思维方式来看，人类思维方式可分为线性与非线性两种。线性思维方式的“直线”“单向”等特征有助于刨根问底式的追问，更多地强调因果逻辑关系，但易形成本质主义思维方式。而非线性思维方式的发散性特征有助于拓展思路，更容易看到事物间的普遍联系，从人、事、物的关系入手，能更方便地把握宏阔的世界。人类学家伊万·布莱迪曾以《格列佛游记》和《爱丽丝梦游奇境》等经典作品中出现的微型世界，以及我们孩童时代建造的小人、小汽车、小房子等现象为例指出，微缩模型是一种统治、控制和整合的形而上学。

> 微缩景象体现了人类在想象的过程中重新定义空间的能力。而微缩与放大是相互依赖的。同时作者还指出，人类想象的同时性是一种同时想象并置若干意象的能力，同时性又包含了非线性的意识，同时性阻止、冻结和中止时间的有次序展开，它改变了我们日常生活中正常的时间结构。[②]

非线性思维不仅是人类固有的思维方式，中国人用来思维的媒介之一——汉字本身也具有“非线性”的特征。按照象形、指事、会

① 芬雷：《辞典写作的筹划》，《延河》2010 年第 12 期。

② ［美］伊万·布莱迪：《人类学诗学》，徐鲁亚等译，中国人民大学出版社 2010 年版，第 80—92 页。

意、形声原则（转注与假借应属于用字法）而创造的伟大汉字体系本身就具有“图”“事”“易”“声”等特点。汉字本身所具有的象形、指事与表意性等特征决定了它是空间性的视觉符号。孟华曾指出：“汉字是中国学术的基本问题。空间语法不仅仅是汉语同时也是汉语古典文学基本的书写或美学原则。”“中国文化的基本问题应该是汉字性或空间语法或图式思维的问题。”[①] 汪曾祺在谈及汉语和汉字的区别时也指出：“汉语和汉字不是一回事。中国识字的人，与其说是用汉语思维，不如说是用汉字思维。”[②] 很显然，中国人的思维方式及文化文学传统里一直有非线性思维和写作的传统，如果我们再机械地套用西方艺术理论所讲的“长篇小说是时间的艺术”来理解中国文学、中国小说就有很大的问题了。在此背景下，我们再来思考关于词典体写作传统背后的共同特征给我们带来的启发，或者说，对于当代文学实践的研究是否有着启示性意义。我们目前所使用的“词典体小说”这一说法主要源于米洛拉德·帕维奇的《哈扎尔辞典》以及中国作家韩少功的《马桥词典》。面对这一“新颖”的文体，当年陈思和先生在论述《马桥词典》和《哈扎尔辞典》的异同时曾经讲到：“我无法想象，在《马桥词典》出版以后不久会出现一批诸如《牛桥词典》《高家庄词典》等模仿作品。”[③] 陈思和先生的“无法想象”在新世纪文坛上得到了肯定性回答。

其实，早在 1994 年张贤亮就出版了词典体小说《我的菩提树》（该文本以日记加注释的方式结构，我们把该类型列为词典体小说的一种亚型），新世纪以来更是涌现出韩少功的《暗示》、李洱的《花腔》、林白的《妇女闲聊录》、曹乃谦的《到黑夜想你没办法——温家窑风景》、孙惠芬的《上塘书》《生死十日谈》、萧相风的《词典：

---

① 孟华：《汉字：汉语和华夏文明的内在形式》，中国社会科学出版社 2004 年版，第 273 页。

② 汪曾祺：《认识到的和没有认识的自己》，《北京文学》1989 年第 1 期。

③ 陈思和：《中国文学中的世界性因素》，复旦大学出版社 2011 年版，第 225 页。

南方工业社会》、戴斌的《打工词典》、杨争光的《少年张冲六章》、黄青松的《毕兹卡族谱》、贾勤的《现代派文学辞典》、藿香结的《地方性知识》等大量“标准”词典体小说。除此之外，更有莫言的《檀香刑》、阎连科的《日光流年》《受活》、宁肯的《天藏》《三个三重奏》、李锐的《人间》《太平风物：农具系列小说展览》、贾平凹的《病相报告》、柯云路的《黑山堡纲鉴》、骆以军的《遣悲怀》、潘年英的《木楼人家》、韩东的《扎根》、藿香结的《灵的编年史》、范稳的《悲天悯地》、田中禾的《父亲和她们》、马笑泉的《银行档案》、梁鸿的《神圣家族》、半夏的《铅灰暗红》等大量“怪”作品，而目前对这些作品的文体特征进行研究时往往使用“先锋”“跨文体”或“类型化写作”等宏大概念予以指称，这些特殊的作品所表现出来的特殊性、丰富性以及与当代小说的美学追求及未来可能的突破途径等之间的关系还未得到深入的探讨。由此，根据词典体小说的定义、词典体写作的传统及当代文学的实践，我们提出亚词典体小说这一概念。将这些部分具有词典体小说特征的特殊小说放入词典体小说的谱系当中去，在具体的文本分析基础之上，探讨其价值、意义及缺失所在。巴赫金曾指出：“从原则上说，任何一个体裁都能镶嵌到小说的结构中去；从实际上看，很难找到一种体裁是没被任何人在任何时候插到小说中去的。镶嵌在小说中的体裁，一般仍保持自己结构的稳定和自己的独立性，保持自己语言和修辞的特色。”“不仅如此，还有一些特殊的体裁，它们在长篇小说中起着极其重要的架构作用，有时还直接左右着整个小说的结构，从而形成一些特殊的小说类型。”① 依据此认识，上述这些小说在文体特征上与“常规”小说有着明显的不同，与词典体小说有着类似的特征，但又不完全相同，根据词典体小说的词条式写作、非线性阅读等，我们将这些介于普通小

① ［苏］巴赫金：《巴赫金全集》（第三卷），白春仁、晓河译，河北教育出版社 2009 年版，第 103—104 页。

说和词典体小说之间、部分具有词典体小说特征的特殊文本命名为“亚词典体小说”。当然，我们的命名不是从严格的逻辑推演出发的，而主要依据当代文学实践中出现的特殊文本为出发点，更多的是一种分类归纳。第一类小说往往以“注释”“絮言”等方式对某一语词（多为方言）和事件进行叙事解读，具有词条式写作的特征。同时，这类“注释”“絮言”往往独立成章、有独立叙事的功能，与正文互相照应成为文本不可或缺的组成部分，有类似词典的文本结构方式，可看作某一特殊地域的方言词典、民俗词典，这一类代表文本为阎连科的《受活》、宁肯的《三个三重奏》等。第二类是文本表层结构与“常规”小说相同，但其内在结构具有非线性阅读的特征，通常是对某一事件（历史、神话、人物）的重述，但有多位叙事人对这一事件、人物做出了不同甚至互相矛盾的“重述”，有着明显的“考证”式的行文方式，这一类文本的代表作品为李锐的《人间》、艾多斯·阿曼泰的《艾多斯 舒立凡》等。第三类主要指以潘年英人类学笔记为代表的民族志式写作，该类作品介于文学和人类学之间，又具有非线性阅读的特征，代表作品为《木楼人家》。第四类主要是指以曹乃谦的《到黑夜想你没办法——温家窑风景》、付秀莹的《陌上》、梁鸿的《神圣家族》、马笑泉的《银行档案》等为代表，这类文本看似长篇，但各个部分既相对独立又相互关联，主要以人物群像的塑造为目的和结构方式，可称之为新纪传体小说。

这四种类别的划分以词典体小说的基本特征和新世纪的文学实践为主要依据，这种划分并没有逻辑上的绝对严谨性，主要是对文学实践中的这些特殊文本的一种分类划界，并将其纳入词典体小说的谱系中进行重新考察。

第二节　絮言体小说

“絮言体”小说或者称“注释体”小说，即在“常规”小说中插入大量“絮言”“注释”，从文本整体结构来看还不能称之为标准的词典体小说，而这些絮言、注释的插入又影响甚至主导了小说的结构，因此形成了特殊的亚词典体小说——“絮言体”小说。当然，这种划分方式并非出于逻辑的推演，而是基于当下文学实践的一些特殊形态做出的归纳概括；这种写作方式也并非中国作家所独创、独有，在中国拥有广大读者群的米兰·昆德拉的《生命中不能承受之轻》，在部分章节里也插入使用了词条式注释；中国古典小说里经常使用的“有诗歌为证”“有图为证”其实也具有“注释”的含义。本书所指的絮言体（注释体）小说主要是指阎连科的《日光流年》《受活》、李锐的《太平风物——农具系列小说展览》、宁肯的《三个三重奏》、韩东的《扎根》等文本。当然，这种划分与界定是与标准词典体小说类型之一的《我的菩提树》相比较而言的。张贤亮在 1994 年推出的《我的菩提树》在主题、题材的选择上与其一贯的文学思维方式是一致的，仍是以“文化大革命”为书写对象和反思对象。但《我的菩提树》的特殊之处是全书采用日记加注释的体例写成，是一部“标准”的注释体小说。我们这里所指的“絮言体”（注释体）小说主要是指部分地拥有类似特征的特殊文本。

这里必须面对一个问题：小说需要注释吗？为了下文讨论的方便，有必要在此就关于小说概念、精神且与下文论述相关的几个基本问题进行必要的重复。其一，《庄子·外物篇》“饰小说以干县令，其于大达亦远矣”中的“小说”与今天作为文体概念的小说的内涵、外延均不同。《庄子》中的“小说”属于“小道”，与大达相反，在形式、意旨上亦多为琐屑之言。虽然该“小说”非今日之“小说”，但《庄子》对“小说”略带贬义的判断影响了古典小说在整个文化结构序列中的地位。“虽小道，必有可观者焉；致远恐泥，是以君子不为也。”有趣的是，西方也有类似的情况，法兰西学院在很长的时间里拒绝将院士资格授予专门的小说家，直到 19 世纪现实主义兴盛，小说才得以跃升为时代主导性文类。其二，作为一个起源较早但成熟较晚的文体类型，小说天然地具有吸纳性、包容性。在中西小说的发展史上，我们能清晰地看到小说吸收了诗词歌赋、神话传说、谚语谜语、民间曲艺、学术论文等多种文艺形式。在西方文学传统中，诗和戏剧天然地具有崇高的地位，而“小说作为一种艺术形式，是史诗和戏剧这两种伟大文学形式的共同的后裔”①，这使其客观上能熔铸各种文学形式、文学手段。其三，无所不包的小说有没有自己的“特质”“纪律”“规约”呢？从理论上讲，小说天然地具有吸收、转换、改造其他任何文体的可能。从小说发展史来看，我们现在所使用的小说概念，是近代从日本引入的。日本人以中国传统的“小说”一词来翻译西方的“虚构叙事文学”。而在西方文学传统中，小说与虚构作品、传奇之间又存在着复杂的关系。韦勒克、沃伦认为：“小说由非虚构性的叙述形式即书信、日记、回忆录或传记以及编年纪事或历史等一脉发展而来，因此可以说它是从文献资料中发展出来的。”② 在《小说的艺术》一书里，米兰·昆德拉认为，小说是某种伟大的散文形式，“诗歌与哲学都无法融合小说，小说则既能融合诗歌，又能融合哲学，而且毫不丧失它特有的本性（只要想想拉伯雷和塞万提斯就可以了），这正是因为小说有包容其他种类、吸收哲学与科学知识的倾向”③。古往今来的理论家、批评家给予了小说不同的定义和解读，无论是坚持本质主义还是历史主义，无论是中国还是西方，小说似乎都出身“低贱”，文体“不纯”，尽管有吸收哲学与科学知识的倾向，但整体上仍摆脱不了“街谈巷语”“琐屑之言”的“鄙视”。既然如此，何需注释？

---

① ［美］韦勒克、沃伦：《文学理论》，刘象愚等译，生活·读书·新知三联书店 1984 年版，第 236 页。

② ［美］韦勒克、沃伦：《文学理论》，刘象愚等译，第 242 页。

③ ［捷克］米兰·昆德拉：《小说的艺术》，董强译，上海译文出版社 2004 年版，第 82 页。

如果我们再回到前文的问题：小说需要注释吗？其实，这个问题可以置换为小说中有注释吗？这些注释是否必要？这已经不是理论的逻辑推演，而是小说实践经验的总结和归纳，是我们今天必须面对的文学实践、文学现象。注，即解释词句所用的文字，本义指用水灌注，引申为对古籍中难懂字、句的解释。主要是对书籍或文章中相关语汇、事件、背景以及引文所作的补充介绍（图像、图表、数字，等等）或评议的文字。中国古代许多经典都是这种体例，如大家耳熟能详的《水经注》《礼记注》等。注释的形式也多种多样，如脚注、尾注、夹注等。今天强大的办公编辑软件使“注释”这一功能自由出入于各种文档。注释当然可以进入小说，其方式可以是多种多样的，也应该是多种多样的。有学者在论述历史演义小说文体的生成时指出，历史演义中有不少作品主要是按《资治通鉴》《资治通鉴纲目》等史书来演叙历史故事的，其行文中即多加“按史”“按《通鉴》”等提示语，或明注“出《通鉴纲目》”；同时，它还不断地从史鉴中抄录奏疏、诏表、书牍、檄榜等其他文体。[①]“特别是坊本《纲目》类史书，不仅简明扼要，文中还多附句读、注音、释义、圈点、考异、批评等。”[②] 古典小说如此，经历了巨大变革的现代小说文本内部有没有注释呢？答案是肯定的。茅盾、沈从文、刘呐鸥、李劼人、艾芜、钱锺书等人的小说中经常出现对于方言俗语、历史典故的注释。当代作家汪曾祺、高晓声、刘心武、凌力、王火、阎连科、宁肯、格非等都有在小说文本中大量使用注释的情况。仅以获得茅盾文学奖的部分作品而言，刘心武《钟鼓楼》中关于北京方言注释达60多处，凌力《少年天子》中关于清代官僚制度、行政区域、方言俗语的注释达20多处，《白门柳》（刘斯奋著）、《骚动之秋》（刘玉民著）、《战争和人》（王火著）等也都有类似的注释。其中，王火的《战争和人》中

---

① 纪君德：《中国古代小说文体生成及其他》，商务印书馆2012年版，第28页。

② 纪君德：《中国古代小说文体生成及其他》，第29页。

插入注释较多，有近百处。有学者曾经以宁肯的《三个三重奏》为中心论述了新时期以来长篇小说的注释叙事问题。[①] 第九届茅盾文学奖获奖作品格非的《江南三部曲》中也有大量注释，其中既有对人、事、物的解释性说明，又有对故事进展的回叙或预叙。当然，从功能上来讲，一些注释已经不是起简单的“补充说明”作用，而是承担着重要的叙事功能。[②] 概而论之，这些注释大多是对于方言、人物、风俗风物的补充性说明，注释的插入与剔除一般不会影响小说的整体结构布局与叙述方式，这些注释还未形成独立的意义单元。当然，也有作家在注释的使用上已经不是零星点缀，而是在文本中插入大量的注释，形成文本重要的组成部分。本书将研究对象设定为“插入”式的注释体小说。而一旦我们的话题变为“注释体”小说，就意味着“注释”不再是被吸收、融化和改造的对象了，在这里“注释”获得了独立的功能和价值，甚至是主导性价值。我们要谈论的注释体小说是指在小说中插入了注释、絮言等，这些注释与絮言不仅具有注释的形式与内涵，又影响甚至主导了小说的结构，形成了相对独立的意义单元，成为小说文本的有机组成部分。

如果以发表时间而言，阎连科早在 1998 年推出的《日光流年》里就已经开始使用“注释”这一特殊的文体形式。该书共四卷，五十七章。第一卷共十六章，其中第二章是对第一章里所出现的“三姓村”“儒瓜”“灵隐水”“教火院”等词语的注释。第四章是对第三章里“冤皮生意”这一三姓村卖皮中行话的注释。第六章是关于“人肉生意”“败刀子”的解释。第八章仅一条关于“肉王”的注释。第十三章只有“命通”“命堵”两条注释。第十六章只有“乡城”“京城”“洋伙”三条注释。整体而言，《日光流年》里的“注

① 刘霞云：《论新时期以来长篇小说的注释叙事——以〈三个三重奏〉为中心》，《宁夏社会科学》2015 年第 4 期。

② 参看夏烈《格非“江南三部曲”的历史意识与精神延异》，《中国现代文学研究丛刊》2016 年第 2 期。

释”大多承担了对方言的解释作用，虽有一定的叙事功能，但还未获得独立的价值，无论是从章节比重还是从其所承担的功能而言，都还不足以改变整个小说的结构特征。与此类似，韩东的第一部长篇小说《扎根》在小说末尾特意附加了“《扎根》小词典”。这个“小词典”是画龙点睛，还是狗尾续貂呢？《扎根》讲述的主人公是老陶——一个犯过错的作家，从南京被下放到苏北农村长达六年的“扎根”经历。回城后的老陶又成了著名作家，但经历多次“扎根”“拔根”的折腾，老陶过早地离开了人世。作者通过“扎根”这一特殊时期特殊经历写出了那个时代的“荒诞”与思考。令人不解的是，作者好像意犹未尽，在小说末尾特意附加了“《扎根》小词典”对小说中讲到的“扎根”“下放”“再教育”“插队”“上山下乡”“社员”“靠边站”“走资派”“造反派”等特殊时期所生成的特殊语词进行了注释性解读。从作者的写作意图来看，作者似乎想通过这些语词来解读被语词笼罩、包围、装饰之下的世界。该文本不仅外在形式上具有“注释”的特征，文本的内在美学也具有“注释”的追求与意义。小说“五一六”一章中对这个神秘莫测、令人望而生畏的词进行了故事化的注释。但作者似乎害怕读者读得不太明白，在文中还直接用议论性的思考告诉读者：

> 一个奇特的谜一样的世界（或时代）往往被奇特的谜一样的词语所笼罩、包围和装饰，或者就是这个世界（或时代）的特征、本质和值得一提之处。另外一点，世界（或时代）越是奇特、扭曲或贫乏，其词语的发明和生长就越是旺盛。“十年文革”（又是一个词）期间便是如此。最后，由于不言自明的原因，这些词具有强烈的一次性、专门性和不可通约性（相对于其他的世界或时代）的特点。本书描绘的正是这样的一个奇

特扭曲又灿烂光辉（词语学上）的世界（或时代）。①

但从小说的整体结构而言，我们认为这个小词典并未实现作者的创作意图，主要承担的是注释的功能，其原因就在于“镶嵌”的小词典并未和小说的整个文体结构相融合，并未承担多少结构、叙事功能等层面的作用，并未真正写出这些语词所产生的“情境”。韩东在重新出版该书时就把文末的“《扎根》小词典”去掉了，很明显，作者似乎也意识到了这一词典的多余。

“受活庄”：受活乌托邦？

真正引起较多关注，并开始以“絮言体”“注释体”来指称和命名的作品是阎连科于2004年推出的《受活》。在《受活》中，阎连科极端地运用了“絮言”这一语言形式和“絮言体”这一叙述文体来参与叙事，有关历史传说、方言解释、主要人物等都以絮言的方式纳入其中，并以此架构文本（或者可以说是解构文本）。小说共八卷、三十七章，这里的“絮言”已经不再是作为正文的附录或简单注释出现于篇章末尾，而是作为独立的章节出现，仅从其篇幅而言，甚至比正文还要长。如第一卷第一章共有“絮言”4条，仅絮言⑤（需要特别指出的是，作者所有的章节命名和絮言顺序都是以奇数来排序，实际上是第三条絮言）“受活庄”这一词条就比正文篇幅还要长，不仅有注释的作用，还承担着独立的叙事功能，受活庄的历史通过这一词条得以铺叙。甚至有些章节是直接用“絮言”来命名的，如第五章则直接以絮言“死冷”作为标题，更为繁复的是，絮言里面套絮言，这一章又直接以“大孪胎”“儒妮子”“圆全人”“死冷”作为次一级的絮言呈现，然后再牵扯出“社校娃”“社教”等，层层推进，在结构方式上似乎有俄罗斯套盒之感。加之作品中零散穿插的“絮言”，“絮言”类型的文字占据了近全文三分之一的篇幅。这些“絮言”在

① 韩东：《扎根》，花城出版社2010年版，第143页。

文本中的使用，体现出不同的侧重点和功能。大致来讲主要有两类：一类如“大孪胎”“儒妮子”“圆全人”“扁食”“耳性”等，主要是对当地方言习俗、民间传说等作简单解释；一类如“入社”“红四”“铁灾”“大劫年”“敬仰堂”“天堂日子”“黑灾”“红难”“黑罪”“红罪”等，对故事背景、人物生平、历史事件等的“大历史”进行回顾和阐述。不同的“絮言”担负着不同的叙事功能和意义，并形成了相对独立的意义单元。较之其他注释体小说、絮言体小说中“注释”“絮言”的使用手法、功能、比重来看，《受活》里絮言、注释的使用手法更为繁复和成熟，作者根据不同的需要而设置不同的絮言。还要指出的是，《受活》均采用单数卷目、单数章节、单数页码（初版书中只标有单数页码），连作品中出现的数字、絮言注释所使用的数字也尽量用单数。显然，这应该是作者有意为之的，按照中国人传统的“好事成双”的习俗和文化心理，这些单数的设置也是在为故事、人物作预叙，或者说至少暗示、象征了所谓的“环境”。

按照传统的形式内容二分法来看，这种注释、絮言结构的合理性何在？或者说用意何在？王鸿生先生在论述《受活》时指出，这是一部反乌托邦的乌托邦叙事。[①] 笔者较为认同这种看法，但作者没有就乌托邦叙事与絮言结构作进一步探讨。作者是如何创造这种反乌托邦的乌托邦叙事呢？小说在看似散乱的结构之后有两条明显的叙事主线。线索之一，即絮言部分用“小号”字体讲述女红军战士茅枝婆负伤掉队后流落到受活庄，带领受活人入社、退社的故事。这一线索其实将文本所需的大量背景信息通过“絮言”的方式储存到故事的线索之中，看似背景，其实有着主体的功能。线索之二，以政治狂人双槐县长柳鹰雀梦想购买列宁遗体发展双槐乡旅游业，从而成为“全世界最伟大的农民领袖”这一政治狂想事件的始末为依据，在文中以正文

① 王鸿生：《反乌托邦的乌托邦叙事——读〈受活〉》，《郑州大学学报》2002 年第 1 期。

“大号”字体的叙述形式出现，来叙述“大历史”。“大号”与“小号”、正文与絮言并驾齐驱，相互穿插、补充，共同构成作品的两条线索。其实，注释本身还具有“事实”“论据”的意义，“脚注为作者叙述的史事和所呈现的论据提供以经验为依据的支持。如果没有脚注，那么史学论题可能受人称赞也可能被人憎恶，但却无法证实或证伪”①。由于大量絮言、注释的植入，两条线索交织行进，“大历史”与“小历史”交织在一起，一方面在“证实”，另一方面作品也因注释与正文的“裂隙”“抗衡”而有了解构的意味。虽然小说讲述的故事仍可以按照线性叙事的方法还原为一个完整的故事（甚至是确定的故事），但由于絮言本身的设置而使文本具有了非线性叙事的特征，读者可以自由阅读，阅读感受也在“大历史”和“小历史”之间来回碰撞，对于增强文本的艺术震撼力以及文体意义增殖具有结构上不可替代的作用。

《三个三重奏》：知识小说？

近年来，有着文坛刺客（陈晓明语）之称的宁肯，似乎正着力于叙事艺术的探索，有意地使注释进入小说文本。小说《天·藏》共37节，注释47处。较为常规的注释有“舍灌顶”“双修”“尧西·阿莫家族”等，既有人物介绍、方言解释及宗教礼仪介绍等功能，也部分地承担了叙事功能。有些注释则更多地服从了小说主题的探讨，如有关身体哲学的注释，介绍了从笛卡尔到斯宾诺莎及梅洛—庞蒂的思潮流变。类似的还有拉康“镜像理论”、福柯的“知识型概念”和德里达的“延异”等。当然，有的则属于因“常规”小说无法面对、容纳“知识”性探讨而选择的一种叙事策略，比如马丁格与父亲辩论时谈到了“痛苦”，注释中大量知识型、学术型的探讨直接以理性思辨的学术风貌而呈现。这些注释的使用在篇幅和容量上已具有相对独

---

① ［美］安东尼·格拉夫敦：《脚注趣史》，张弢、王春华译，北京大学出版社2014年版，前言。

立性和不可或缺性，极为有效且有机地参与到了小说的整体叙事过程当中。同时，小说所具有的巨大而宏阔的精神空间的探索在很大程度上也依赖于注释部分的参与。笔者认为，在注释技巧及叙事策略的使用上，和《受活》一样成熟，甚至超越了《受活》的是宁肯的《三个三个重奏》。如标题所示，小说写了三组既独立成篇又穿插互映、彼此纠葛的故事单元：杜远方与李敏芬、云云、黄子夫的纠葛；居延泽与李离、杜远方之间的关系；“我”与杨修、李南以及“鸡胸”之间的往事。小说共有注释 20 多处。简单地从数量上看，量不大，但各项功能较之《天·藏》一应俱全，这些注释不仅有小说故事情节的延伸、叙述视角的转换等，还在主题探索上有所突破，大量的哲思及学术化探讨的合理植入都有赖于注释的使用。当然，文本中刻意暴露“作者”的元小说特征也非常明显，较之其他注释体小说，其功能更为繁复。作者本人非常看重《三个三重奏》中的注释功能，认为它比《天·藏》更加强大：

> 没有“注释”的意识，根本不可能这么想小说，不可能把无关变得有关，不能组织起这部小说。什么是方法论？这就是，而不是一个一次性的技巧。“注释”在《三个三重奏》里变得更自觉，也更强大，作为其中一个三重奏完全可以和另两重结构分庭抗礼。①

对于作者的夫子自道，我们还需认真辨析。如果不用注释的形式，第三重奏叙事是否可以实现？显然，不用注释完全可以实现自由的叙事。那么用注释的形式来写第三重奏有何作用？是卖弄技巧，还是服从于主题的需要？我们认为，该文本中的注释有以下功能。首先，注释部分有效容纳了“拓扑学结构”“灵魂共同体”“虐恋文化”

① 宁肯：《三个三重奏》，北京十月文艺出版社 2014 年版，第 484 页。

等理论话题的探讨，并使文本具有“百科全书式”小说的意味。这些思考与“常归”小说所要求的“故事”“情节”不相容，部分地使用注释化解了这一难题。其次，注释中的叙事部分对于人物形象的塑造有着不可或缺的作用，作家在序曲和注释中插入的“我”与大学同学杨修、李南以及“鸡胸”之间的关系，使得故事更加曲折缠绕，人物形象更加丰满立体。第三重结构若没有注释的参与就会显得平淡无奇，而注释所制造的“叙事停顿”使第三重叙事具有了背景和参照功能。最后，注释部分的叙事参与，哲理化的探索和思考，在一定程度上避免了小说落入反腐小说的俗套，使文本具有了“精英”或者“纯”文学的尺度和标杆。

让我们再回到开篇的问题，小说是否需要注释其实是一个伪命题，我们的设问只是为了厘清小说的一些基本问题。依靠老祖宗的“传家宝”和西方的“先进”观念来对小说进行简单的划界都不是科学的研究方法，而是要具体地分析小说发展过程当中所遇到的变化和新问题，并具体地分析这种变化对于具体的文本以及小说文体到底意味着什么。

与此类似的还有李锐的《太平风物——农具系列小说展览》等，因为该文本又有较强的超文本色彩，待本书第四章详述。

第三节　重述体小说

所谓重述体小说，是从词典体小说的非线性阅读特征出发而进行的类型界定，主要是指文本表层结构与“常规”文本相同，但其内在结构具有非线性阅读的特征，通常是对某一人物、事件（通常是历史、神话）的重述，但有多位叙事人对这一事件做出不同甚至互相矛盾的“重述”，有着明显的“考证”式的行文方式。这一类文本的代表作品为周大新的《曲终人在》，李锐、蒋韵的《人间——重述〈白蛇传〉》，艾多斯·阿曼泰的《艾多斯 舒立凡》等。目前学术界还未对这一类型小说的“重述性”进行系统论述，本书尝试从非线性阅读的角度将其看作词典体小说的一个亚型进行研究。关于这类具有重述特征的小说，巴赫金认为：

> 这种小说，不是某一个人的完整意识，尽管他会把他人意识作为对象吸收到自己身上来，这种小说是几个意识相互作用而形成的总体，其中任何一个意识都不会完全变成他人意识的对象。几个意识相互作用的结果，使得旁观者没有可能好像在一般独白型作品中那样，把小说中全部事件变成客体对象（或成为情节，或成为情思，或成为认知内容），这样便使得旁观者也成为参与事件的当事人。①

其实，类似小说在新时期文学中并不鲜见，只不过我们往往在以“先锋”“探索”等字眼概括其特征的同时忽视了其具体的文本特点以及可能具有的类的属性。早在1980年，戴厚英的《人啊，人!》在小说叙事艺术方面已有大胆探索。小说共分四个部分，四个部分各有相对独立的主题与意图，但整体上又是围绕着“人”来反思和架构的。小说在非线性叙事方面有积极探索，特别是第一、二两章，显然具有“重述”的特征。小说出版后产生了较大的影响，这不仅与其时的伤痕文学、反思文学思潮有关，这种“重述”策略也使其“伤痕”更加明显，“反思”更加深刻。1984年高行健的《有只鸽子叫红唇儿》也有明显的“重述”倾向。小说的开篇就写道：“这不是一部传统章法的小说，虽然讲述的也还是人的命运。”② 它不同于传统之处在哪里呢？作者在小说中设置了六个主要人物，三个男孩子：快快、公鸡、正凡，还有三个女孩子：燕萍、肖玲和小妹。六个小说人物从不

① ［苏］巴赫金：《巴赫金全集》（第五卷），白春仁、顾亚铃译，河北教育出版社2009年版，第21—22页。

② 高行健：《有只鸽子叫红唇儿》，北京十月文艺出版社1984年版，第1页。

同视角讲述故事，每一小节标题分别被设置为：正凡的话、公鸡的话、快快的话、燕萍的话、肖玲的话，等等，另外人物之间的对话、叙述者的话也相互交叉出现。由于各叙事人讲述的故事并没有必然的线性逻辑关系，该书就具有了非线性阅读的性质。作者自己写道："书中主要引用了六个人物他们自己的话，至于叙述者的一些话以及叙述者同人物的谈话，倘读起来觉得烦闷，尽可以跳过，作者应该尊重不同的读者的不同的兴趣。"① 李锐的《无风之树》也采用了多重第一人称叙事的方法，每个人物的内心独白不断地涌现，作品中甚至让十二个人物都从第一人称"我"的角度来叙述，在每一小节中以自己的口吻讲述自己的故事，并呈现出自我的内心世界。诚如作者所说："当每一个人都从自己的视角出发讲述世界的时候，我们就会看到一个千差万别的世界。不要说世界，就是每一个微小的事件和细节都会判然不同。"②

莫言是一位对小说文体有着执着探索欲望和能力的小说家。《生死疲劳》中的地主西门闹在土改运动中受冤枉被枪毙，他怀着满腔怨恨投胎到人间报仇雪恨，先后轮回为驴、牛、猪、狗、猴，最后转世成新世纪的大头婴儿，滔滔不绝地"重述"着自己的过往经历。在一定程度上，"六道轮回"在此已不仅仅构成故事情节的奇幻性，而成了一种结构文本的方式，从而内化为一种形式的力量，这种"重述"动物都具有各自特殊的秉性和叙事特点，透过动物的视角和重述，人类与自然、生存与死亡、阴界与阳界、人界与畜界、此岸与彼岸、现实与虚构、真实与魔幻、寻常与怪诞等相互交融。莫言《檀香刑》的内在结构也具有类似的特征。除去全知全能的第三人称叙事者之外，作者还设置了孙眉娘、赵甲、赵小甲、知县钱丁等叙事人，而这些叙事人之间又有着复杂的亲属关系（孙眉娘既是赵小甲的妻子，又是孙

① 高行健：《有只鸽子叫红唇儿》，第 1 页。
② 李锐：《无风之树》，春风文艺出版社 2003 年版，第 205 页。

柄的女儿、钱丁的情人)。莫言的特殊之处在于所设置的叙事人本身的复杂性。这个叙事人的复杂性使其他叙事人相互割裂甚至相互矛盾的叙事在孙眉娘身上得到了弥合。显然，在叙事结构上，作者刻意选取了五个叙事人均作为第一人称叙事，从某种意义上讲，这也是一种重述体小说。罗伟章的《不必惊讶》[1]的章节结构分别以山坡、成谷、小妖、卫老婆婆、成米、成豆、苗青、万古楼、路、五妹等命名，由于人物、事物的反复交替出现，文本也呈现出循环结构的模式。不仅这些主要人物在"重述"，"大地""植物""时间"等都与人一样开口说话，参与重述，思考人与人、人与大地等涉及人类终极关怀的命题。不同叙事人的思考也因此呈现出不同的面貌，思考所达到的深度在一定程度上依赖于多重叙事人这种特殊的结构模式。

田中禾出版于2010年的长篇小说《父亲和她们》在文体结构上也具有类似特征。故事似乎有20世纪革命加恋爱小说的模式：男主人公马文昌为逃婚寻求爱情，投奔革命后又为了信仰和女友分手而服从组织的包办婚姻。马文昌个人命运与三个女人的纠葛以及中国革命的大历史纠结在一起。小说将个人与命运、革命、信仰之间的复杂关系放在中国现代历史的巨大变革中进行思考，"讲述"了20世纪一代中国人的特殊命运。但这部小说的结构较为特殊，除第九章以"摘自母亲的笔记：大地沉睡在蓝色的光辉中"和第十五章以"几个附件"为标题外，其余十三章，均以"娘说""父亲说""母亲说"为题，实际上是马文昌、林春如、肖芝兰以第一人称"我"的视角来讲述、重述的，马长安时不时"站出来"以记录者的身份给读者以必要的提示和校正。以第一人称叙事，不仅避免了"当事人"被"作者"话语所遮蔽的危险，同时也是增强现场感和突出人物个性的独特手段。三种言说由于视角和立场的不同，故事亦是不同的。这些"不可靠"的叙事人的人生经历对于他人都是"限知"的，由"我"记录、编

① 罗伟章：《不必惊讶》，四川文艺出版社2011年版。

辑呈现为人生与社会大历史交织的历史图景。这幅历史图景波澜壮阔、色彩斑斓，同时又“漏洞”百出。读者也不由得为历史的复杂与不可捉摸以及个人命运的遭遇而唏嘘不已。

《曲终人在》：曲终人在？

周大新是成名较早的作家，其《湖光山色》2008 年曾荣获第七届茅盾文学奖。对于一个成名作家而言，获奖之后的写作状态、文体转型是一个值得关注的问题。就周大新《湖光山色》及之前的作品来看，始终关注时代重要问题，讲好一个故事，[①] 是其写作的一个基本立场和态度，也是其作品艺术魅力的根本性要素之一。从《走出盆地》到《21 大厦》《湖光山色》，关注时代变革、当下新问题，一直是其创作的重点。《曲终人在》选择了反腐题材，显然，这是时代的重要问题，这也是一个适宜讲故事的题材，无论是从小说读者的接受期待还是当下国情来看，题材本身已经保证了其读者群。但周大新这次没有选择已经轻车熟路的艺术创作模式，而是采用了一种“拟纪实文学”的方式展开。主体结构为：“致网友”加素材目录。开篇“致网友”部分，写作家周大新接受一对母女的委托，为一位过世的省长写一部传记。现已完成素材搜集阶段，发布预售广告。素材目录主要有：欧阳万彤省长去世讣告；采访录音整理稿；欧阳万彤私人保险柜所藏之物品；《清河晚报》关于欧阳万彤遗体告别仪式的报道。仅从目录来看，这是一部“未完成”的作品。

欧阳万彤省长过世后，省长家属委托“作家周大新”为省长写传记，出于创作需要，“作家”采访了省长身边的亲属圈、朋友圈、同僚圈，采访录音共 27 节，涉及采访对象 26 人（其妻子常小韫被采访两次），这些被采访人各自讲述了自己眼中的“丈夫”“父亲”“侄子”“首长”“舅舅”“前夫”“朋友”“政敌”……与作者之前创作不同的是，小说用这些采访稿作为基本素材构架小说，似乎是力求

① 参看周大新《漫说故事》，《文学评论》1992 年第 1 期。

“传记”的“真实”。在这些第一人称限知视角下“真实”的采访稿不仅“重述”了那个欧阳万彤的奋斗史，还呈现了“首长”形象之外的各个隐秘角落：成长之路、情感婚姻、政治追求，等等。笔者认为，小说的主旨和核心不在于探索欧阳万彤到底是怎样一个人，更不在于揭示所谓的官场的权力寻租、权色交易等能吸引人眼球的所谓“内幕”。这必然是一个“众声喧哗”的文本，这种叙事策略有效地突破了题材限制，更远离了“常规”的官场小说的通常模式。文本的核心在于，在看似“配角”的讲述人“重述”的同时，也重述了一个广阔的时代背景，重申着对于时代问题的思考与困惑。其人性追问的深度不言而喻。不同的讲述让文本有了“追问”的意味。也许这些重述人应该被视为这部小说的“主角”。

如果说小说以采访稿为主体架构方式还可以接受的话，那么，更为极端的是，作者还专门设置了一系列“非文学”文体：致网友、素材目录、广告、新闻报道，等等。作者似乎有意挑战我们对于文本属性的界定，这是小说吗？小说能这样写吗？作者在虚构的面具之下，力争呈现“真实”，这种行为本身是不是已经解构了小说的虚构性，或者说真实性？米兰·昆德拉认为：“小说家有三种基本可能性：讲述一个故事，描写一个故事，思考一个故事。”① 显然，这是“思考”故事，对于作家本人来说，这也是一次文体转型。其实，这种转型早在其 2012 年出版的《安魂》中就已经显露出来，也许是由于失子之痛，也许是作者本人对于艺术创新的突破，《安魂》已逐渐抛弃了故事情节模式，转向了哲思与追问。按照作者自己的说法，这样的写作模式，是“想对整个社会生活做个概略展现，想打开一扇窥见人们当下精神世界景象的窗户”②。为了实现这种创作意图，作者不仅采用重

① ［捷克］米兰·昆德拉：《小说的艺术》，董强译，上海译文出版社 2004 年版，第 155 页。

② 周大新：《关于〈曲终人在〉》，《许昌学院学报》2015 年第 6 期。

述策略，还使用了看似小说创作的“大忌”——大量植入“知识”，比如考古学、管理学、军事国防、国际金融、网络安全，等等。这些“知识”的书写大都是为了创作意图即“整个社会”，而在表层结构上，采取的恰恰是看似分裂、拼贴的“重述”策略。这二者在具体的“讲述”过程中得到了很好的融合。

《人间》：人类历史民族志

2005 年，英国坎农格特出版社发起了“重述神话”项目。该项目邀请世界各国著名作家基于神话题材进行小说再创作。多个国家和地区的出版社、作家参与了这一“文学项目”，作为一次图书“策划”事件和文化商业活动，“重述神话”的策划无疑是成功的。中国作家有苏童、叶兆言、李锐、阿来等参与此项目，并分别出版了《碧奴》（重述“孟姜女哭长城”传说）、《后羿》（重述“后羿射日”“嫦娥奔月”）、《人间》（重述“白蛇传”）、《格萨尔王》（重述藏族史诗《格萨尔王》）等。在如此众多的“重述体”小说中，李锐、蒋韵夫妇的《人间》艺术水准较高，在多重叙事的使用上也更为纯熟，具有亚词典体小说的性质。本书第二章已经论述过文学出版与词典体小说的开拓，这里不再详述李锐、蒋韵《人间》与文学出版策划的直接关系，而是着重就其文体特色——“重述”进行探讨。

白蛇传在中国可谓是一个家喻户晓的故事。千百年来的中国读者（听众）已经从民间传说、戏剧以及现代影视传媒等媒介对这一故事的不断“重述”中获得了基本稳定的情感想象和意义理解模式。还需要小说再“重述”吗？也许我们面临的第一个问题就是为什么要重述神话？我们需要重述神话吗？叶舒宪认为：“神话所内在的人类文化基因，决定了神话即便远离人类神话时代依旧‘神力’无限，不仅为人类提供了诗性智慧，也为人类指明并提供了返归自然的航向与能力。这也就是神话不断为人类世代重述的根源。”①

① 叶舒宪：《神话如何重述》，《长江大学学报》（社会科学版）2006 年第 1 期。

从小说创作的难度来讲，重述一个世人皆知的神话是具有极大挑战性的。关于为何要“重述”神话？李锐夫妇在自序中写道：“一个千锤百炼的故事，怎样重述？如何再现？”① 关于重述的目的和意义，已有不少学者做出了肯定性的回答。有学者撰文从“身份认同”与生命悲情这一角度对《人间》进行过详细的论述。② 按照西方哲学传统，人类“自我意识”的发展是人区别于动物的基本标志。而《人间》就是一部以人类“自我意识”为主题的神话书写。本书论述的重点是作者在文体形式上如何与内在的美学追求实现了有机融合？人类学家曾指出：“任何动物，其群体冲动，只有通过和自己相类似的动物在一起，才能感到心满意足。类似性越大，就越感到满意。”③ 其实，人类历史上这样的例子非常多，从中国古代的“四方蛮夷”说以及欧洲中心主义论，直到今天以“肤色”划分的白种人、黄种人等，都是以“自我”为中心的表征。我们认为《人间》就是一部以人类自我意识为主题的神话再书写。从表层结构来看，小说除去“引子”和“尾声”外，共分八章。第一章：粉孩儿；第二章：惊破天；第三章：香柳娘；第四章：回春散；第五章：如梦令；第六章：秋风起；第七章：雷峰塔；第八章：落梅花。八个章节之间并没有传统的线性叙事，而是选择不同的叙事人分别讲述故事。文本中出现的叙述者共有五个，即作者、秋白、粉孩儿（言仕麟）、言亘（许宣）、法海。这五个叙事者在文本当中承担着各不相同的叙事功能，既有故事的缝合者，也有对故事的反思者。这些不同的叙述者以非线性的时间顺序在小说中反复出现，使文本呈现出复调叙事的特征，极大地拓展了意义阐释空间，同时又具有非线性阅读的特征。其实，小说的故事可以简化为人与“他者”（蛇）的斗争。这一斗争过程历经千年，直到今

① 李锐、蒋韵：《人间》，长江文艺出版社 2011 年版，第 6 页。

② 参看王春林《“身份认同”与生命悲情——评李锐、蒋韵长篇小说〈人间〉》，《南方文坛》2008 年第 3 期

③ ［英］哈登：《人类学史》，廖泗友等译，山东人民出版社 1988 年版，第 2 页。

天也没有停止。但斗争的结果各不相同，在千年的历史当中发生着改变，在某种意义上也反映了人类与“异己”的关系变化过程。小说以浓缩的历史书写了人类面对“他者”的历史进程。如果我们将三代“他者”（蛇人）的结局做一个对比就会发现：这三代蛇人的结局分别是：死亡（白蛇自杀、青蛇被杀）、消失（粉孩儿最后消失）、磨难（“我”历尽磨难）。从几代蛇人（异己）的经历可以看出，他们一直试图融入“人类”，尽管这个过程极其艰难。也许从人物形象的结局上我们能看出这种“融入”的艰难和血泪。从“死亡”到“消失”再到“磨难”。虽然艰难，历史就是这样一步一步走过来的。但作者并不满足于仅仅书写出这种艰难的经历，而是更多地对人类自我意识进行了批判性的反思。“走兽们”曾经劝白蛇：“做人有什么好？还不如做妖，自由自在。”[①] 也许令人产生疑问的是，同样是作为“异己”而融入人间，青儿却适情任性，时常做妖异的“本分事”，并提出了质疑：“做一个不自由的人又有什么好呢？”[②] 而与此同时，人类却正在以正义的名义对异类——蛇妖进行讨伐。这种发问，既可以看作故事人物本身的发问，也可以看作“作者”的发问。其重述的目的和意义也在这些发问中得到进一步强化，由此，我们也会对人类主导并形成的所谓合理秩序提出质疑。

《艾多斯 舒立凡》：我是谁？

哈萨克族青年作家艾多斯·阿曼泰的《艾多斯 舒立凡》是一个奇特而深刻的文本。这里的奇特首先是文体形式的奇特。该小说以“第一个故事”“第二个故事”……的体例来结构文本，在五十个独立成章而又彼此关联的故事中讲述爱情、亲情、战争、反抗、命运、变迁……在这样一部类似于哈萨克民族文化词典的文本中，作者巧妙地使用元叙事技巧，并在叙事中杂糅史志、歌谣论文等多种文体，将

① 李锐、蒋韵：《人间》，长江文艺出版社2011年版，第26页。

② 李锐、蒋韵：《人间》，第22页。

虚构与写实、过去与当下、抒情与议论几近完美地结合在一起。① 其次是主题探寻的深度。文体的杂糅并不能证明一个文学文本的成功，该文本的成功之处即是将这种文体的特殊性与其寻找、确认民族身份的过程深度实现了有机融合。从当代少数民族文学的创作现状来看，相当一部分文本并未超越狭隘的“民族”视角和套路。《艾多斯 舒立凡》在对民族身份的探寻上突破了惯常思路，艾多斯、舒立凡或者说是叙事者对民族身份的寻找过程异常艰辛，不仅在历史与当下的双重视角下寻找、确认自己的民族身份，更多的是在全球化境遇中探寻、确认日日更新的哈萨克，探索的途径和结论已超越了狭隘的“民族”视角，达到了相当的深度。

《艾多斯 舒立凡》从某种意义上讲，也是一部“重述”体的小说。小说的“引子”部分即将个人身份叙事直接与民族、历史叙事相融合，对个人身份的追溯与确认在这里转化、替换为对民族源头的追溯与确认。“现实主义叙事在讲述一个民族的故事的时候，总要在其解释中偷偷带进某种关于起源和终结的假想，因为故事总得从某个地方开始；而终点则把现代民族视为这个单一故事的结果。”② 该小说也有类似的叙事策略，第一个故事即讲述了祖先的故事：很久以前，没有哈萨克。那时我们的祖先叫斯基泰。因为连年战争，诞生了这样一支震撼波斯的“特种部队”——女猎头。这里，民族起源具有了英雄主义色彩，这不仅强化了民族起源的美好历史，而且具有英雄主义色彩起源的故事更能增强民族自豪感和认同感。但仅仅依靠具有英雄主义色彩的传奇似乎并不能确立民族叙事的合法性。同时，叙事者为了保证叙事的“真实性”，文本中直接“摘录”了英国著名历史学家汤姆·波可比的《女猎头研究》中的相关资料。有考据癖的研究者随处

① 刘大先：《记忆与故事，现实与梦想——2013 年少数民族文学综述》，《文艺报》2014 年 1 月 6 日。

② ［英］马克·柯里：《后现代叙事理论》，宁一中译，北京大学出版社 2003 年版，第 101 页。

都可以揭穿这种“史实”的虚构性。但叙事者在“摘录”完这些资料后，即现身说法，坦陈“刚才为了编造古代波斯士兵还有英国历史学家的名字，就着实费了不少劲”[①]。除了追溯源头外，对于民族叙事更为重要的就是重述民族历史上的重要事件。文本第五个故事讲到：下面的故事虽然是我编造的，但在东晋著名历史学家、官拜左卿的司马怜儒的《匈奴本末散佚考》中有这么一段详细的记述。以引用史实的方式，讲述汉匈交战之际，汉武帝战匈奴于漠北……讲述两千多年前的舒立凡等等。第十九个故事再次“引用”汤姆·波可比的《中亚漫记》《女猎头研究》等著作中记载的哈萨克历史的源头与流变，战争与抉择等重大事件。与史志记载中的“大历史”相比，日常生活中的“小历史”事件更具有历史的温度与质感。“我”的奶奶舒立凡读书的事情、艾多斯和舒立凡玩的“电报取消”游戏等都得到了应有的叙事份额，民族叙事、家族叙事与个人叙事浑然一体。

源头叙事、民族历史叙事都是对民族历史的“重述”。重述意味着什么？为什么要重述历史？返回历史现场，重述历史“事实”大多意在重构一种“统一”的“真实”的历史图景。“因为造成一个族群的，并不是文化或血缘关系等‘历史事实’，而是对某一真实或虚构之族群起源的‘集体记忆’。”[②] 同时，“重述”本身就意味着缺失与差异、加强和凸显。在全球化时代的多元文化景观中，各民族文化并非“势均力敌”，强势文化往往是对弱势文化的一种同化和遮蔽。小说将这种强烈的民族认同感以一种饱满而又节制的叙事呈现给读者，并对“认同”的困惑和根源进行了书写。在“今天”的故事里，“我们”与外界、他者的差异仍是我们产生困惑的主要原因。民族认同的寻找与确认也不能深陷在追忆往昔的无限美好中，必须在“今天”的具体历史时空中寻求和重塑。周宪曾指出：

---

① 艾多斯·阿曼泰：《艾多斯 舒立凡》，新疆青少年出版社2013年版，第6页。

② 王明珂：《华夏边缘：历史记忆与族群认同》，浙江人民出版社2013年版，第53页。

> 全球化和本土化两种看似对立的倾向所以会相生相伴同时出现，乃是因为两者关联围绕着双重轴心：一是空间轴，它体现为本土与外部世界之间的相关性；另一是时间轴，它呈现为本土的当下与过去的相关性。如果说差异是认同的核心，那么差异必然在两个轴心的交错运转中呈现出来……在空间轴上，我们与外部世界之间的差异导致了我们对自我的体认。在时间轴上，当下的变化催生了我们对自己过去的体认和怀旧，对传统流失的忧患和反思。①

从作者不同的叙事笔调和叙事容量来看，尽管有“空间轴”差异的叙述与思考，但大量的故事是通过“时间轴”的回顾与怀旧来弥合的、削减因民族认同而带来的情感体验。尽管有诸多困惑或者说是伤痛，但“我”作为“哈萨克”的事实及民族认同感在时间序列和空间差异中得到了逐步确认。

《病相报告》：多余的切片

重述体小说在叙事艺术、人物塑造等方面对当代文学的推动和丰富都起到了一定的作用，但并非所有的重述体小说都是成功的。贾平凹的《病相报告》就是一部失败的重述之作。贾平凹是20世纪80年代以来一直活跃于文坛的“老作家”“文坛劳模”，也是争议较大的作家。李建军、唐小林等对于贾氏创作的“病相”已有相当精彩的评析。本书所论述的《病相报告》是贾氏创作中获得关注较少的一部，从2002年在《收获》上发表到2009年出版单行本，学界一直对其关注不多。小说名为《病相报告》，是否真正“报告”了时代“病相”呢？从故事内容来看，《病相报告》是一个关于爱情的故事，是一个个苦难凄美的爱情故事。以爱情书写承担时代病相的表达在文学史上

① 周宪：《中国文学与文化的认同》，北京大学出版社2008年版，第22页。

是一个常见现象。尽管有“影响”的焦虑，但作家对于此类题材的书写永不停歇。《病相报告》中的爱情故事主要以胡方、江岚为主，横跨近半个世纪。胡方、江岚原本是一对心心相印的恋人，胡方打游击时被俘，胡家伪造声明营救出了胡方，但也因此留下“历史污点”。江岚听闻陕南游击队遇挫悲痛欲绝，后与韩文结合。而胡方先与翠翠、后于叶素芹结婚。二人性格不合，加之冬梅的出现，家里“战争”不断。二人分居一方，婚姻几近名存实亡。胡方和江岚在延安的革命时期相爱，却因各种原因而没有走到一起。时隔多年，当胡方和江岚已走进人生的晚年时，经过多重努力，他们又得以重逢于天安门广场。他们的爱情始于革命，终于革命（天安门广场显然有革命意味）。此外，小说还书写了改革开放以来景川、胡亥等人的爱情（或者说性爱）故事。爱情确实变了，时代病相处处可见。从表层叙事来看，该书讲述了一个非正常年代里苦难的爱情故事，从题材、内容来看，这和传统的革命加爱情小说并没有太大的区别。但小说在文体结构上颇费苦心。小说共 29 章，分别以訾林、景川、江岚、訾林和胡方、胡亥、叶素芹、冬梅等为小节标题。第一、三、二十五、二十七、二十九章均以“訾林”为标题，第二、四、七、九、十六、十九、二十三、二十六章均以“景川”为标题，第五、八、十四、十八、二十一章均以“江岚”为标题，第六、十二、十七、二十二、二十八章以“訾林和胡方”为标题，第十、二十章以“胡亥”为标题，第十一、二十四章以“叶素芹”为标题，第十三、十五章以“冬梅”为标题。值得注意的是，小说没有目录，也没有其他词典体小说经常使用的“阅读指南”“本书体例”之类的提示。作者选取了与胡方关系密切的几个重要人物作为章节标题和叙事视角，不仅使叙事增强了真实感，而且这些叙事人彼此交叉、不断变换，小说表现出明显的非线性叙事特征。通过他们各自的第一人称叙事而共同“重述”了胡方，胡方这一人物逐渐丰满立体化了，也矛盾化了。但是，贾平凹《病相报告》中的人物并没有自己真正的声音，只是用不同的“叙事人”来完成一个完整、真实的故事。我们能清晰地感到各个叙事人背后作者的“强权”和意识。作者的目的是要反思“病相时代”，但作者所选择的文体结构与其创造目的并没有内在的契合度。虽然看似采用了后现代主义的一些叙事技巧，但这些叙事技巧只是把一个完整的故事切割成了碎片，如果有“叙事黏合剂”的话，我们可以非常简单地按照事情的时空顺序完整地将其黏合起来，特殊的叙事结构本身并没有带来创作目的的实现。作者仍是靠“故事”这一核心要素来书写、来反思。与李洱“玩弄”历史的“花腔”不同，《花腔》中三个叙事人给读者讲述了三个相互矛盾的故事，由此而呈现出历史本身的“叙事性”特征。当然，这也可以作为成名作家的文体转型问题进行个案研究，此时的作者也在困惑：“我得改变文学观了。”① 今天我们从“后知之明”的角度来看，贾平凹之后的创作在文体结构上有着不懈的追求，如《老生》《极花》等无不显示出作者力图创新的努力。

第四节　人类学笔记

众所周知，中国古典小说有文言小说和白话小说两大体系和传统。但这两大体系并非同时推进、地位相等，从时间上而言，笔记体小说不仅是出现最早的小说样式，而且笔记体小说贯穿于整个中国古典小说的发展中。但学术界对笔记体小说的研究还有一些较大的分歧，和“小说”一样，学界对于笔记体小说的看法也从未达成过一致的结论。笔记体小说与我们要研究的词典体小说有何关系呢？其一，有学者认为，笔记体小说主要依靠一种较强的形式来弥补取消章回之后所造成的连续性，比如陈陈相因的套层结构，套层结构保证了多重叙述的可能性；当然也可以完全不需要连续性。其二，它具有囊括性，有着百科全书式的汪洋恣意。其三，它打破了情节律，这也是笔

① 贾平凹：《病相报告》：漓江出版社 2012 年版，第 180 页。

记体小说的一个突出特点。其四，它有着集团心理、集体无意识，笔记体小说打破情节，不重情节，是为了表现集团（集体）心理的存在。颠覆小说的基本元素——情节、人物、环境，给予小说更大的宽松和自由。[①]

在词典体小说的文本群中，《马桥词典》《暗示》等具有笔记体小说的特征，《暗示》也曾以长篇笔记小说的名义在台湾出版。王蒙曾就《马桥词典》讲到："书里的精彩的故事如此众多如此沁人心脾或感人肺腑，使我感到与其说是韩书舍弃了故事不如说是集锦了故事，亦即把单线条的故事变成了多线条的故事。""韩书的结构令我想到《儒林外史》。它把许多各自独立却又味道一致的故事编到一起。他的这种小说结构艺术，战略上是藐视传统的——战术上又是重视传统的。"[②] 当然，把《马桥词典》看作笔记体小说亦无不妥，其文本依然保留了传统小说的一些基本特征——故事、人物、情节等。但对文体有着执着探索精神的韩少功在《暗示》中把这种探索又推向了新的极致。如果说《马桥词典》还能"勉强"跨进小说的序列，《暗示》则有点让人匪夷所思了。让我们看看《暗示》的目录：卷一"隐秘的信息"；卷二"具象在人生中"；卷三"具象在社会中"；卷四"言与象的互在"。这些目录的小说性极其稀薄，有点学术论文的痕迹。再看看具体的小标题："演说之外""场景""家乡""眼睛""面容""相术""声调""军装""时装""空间""记忆"，等等。《暗示》似乎是依照学术"规范"把众多具象分门别类地编排起来，安置在卷一、卷二、卷三、卷四等标题秩序系统中，其浓厚的学术气息和思辨色彩几乎主导了我们的阅读感受，特别是"仪式""语言""真实""极端年代""言、象、意之辩""残忍"等篇，几乎就是学

① 蝼冢：《章回之外的中国笔记体小说——我的文学传承或东方文学观》，《花城》2009 年第 3 期。

② 王蒙：《道是词典还小说》，《读书》1997 年第 1 期。

术论文。极端的是，《暗示》还有三篇附录，其中最后一篇是“主要外国人译名对照表”，表中共列人名六十七人，包含文学家、艺术家、哲学家、科学家和各类学者，和我们读到的规范的学术著作相差无几。如果说《暗示》是一本散文随笔似乎更符合大多数人的阅读习惯和小说观念。但我们不得不承认，《暗示》仍然具有所谓传统小说观念中的一些基本要素。如果按照传统小说的“人物”观而言，有一个叫老木的人几乎贯穿全书。“裸体”中的他小时候窥视过女人澡堂，“军装”中的他曾在校园里穿一套军装被红卫兵痛打一顿，“鸡血酒”中的老木下乡时与当地一个叫武妹子的人结拜过兄弟……那些学术化的思考背后也有“人物”“故事”“情节”的支撑。韩少功似乎“偏爱”这种极端文体探索。之后的《山南水北》也大概类似于笔记体小说。李敬泽认为：

> 《马桥词典》的作者写《山南水北》时仍是在撰写词典。词典是对世界的整理和编纂，词典是散文，而小说的根本旨趣其实通于词典。在我们这个时代，一部关于中国的庞大的新词典正被撰写——所有中国人都是撰写者，而韩少功，他要补足被我们遗漏或忽略的一系列辞条。①

在这种书写类型之内，还有一种人类学笔记文本仍未获得应有的重视。之所以把人类学笔记作为亚词典体小说的类型之一，是因为人类学笔记不仅具有非线性阅读的性质，而且具有“百科全书式”的小说的含义。我们认为，中国的笔记体小说本身就具有囊括性，这是词典体小说的内在要求之一。但它又不同于“常规”的小说。在当代中国专注于笔记体写作的作家不是很多，很多作家如冯骥才、贾平凹、孙方友的作品只是部分地具有笔记体小说的某些要素或特征，或者说

① 李敬泽：《致理想读者》，中国人民大学出版社2014年版，第217—218页。

不以此为重点。而以范稳、潘年英为代表的作家似乎专注于人类学笔记的创作。以“藏地三部曲”而轰动文坛的范稳在写作题材上有着鲜明的人类学特色，在文体选择上也有人类学笔记的痕迹。以《悲悯大地》为例，文本专注于对藏族生活、文化与宗教的“厚描”和探寻，分为“缘起”“因卷”“果卷”“缘卷”“尾声：涅槃”，共五部分。尽管缘起、缘灭本身就是一个有着佛教意味的时间循环，具有极强的人类学意味，但从这些特征来看，文本似乎并无多少特殊之处。但从篇章结构的布局来看，在章节安排上也匠心独运。全书分“因卷”“果卷”“缘卷”，每卷分三章，每章分四节，其中每一章的倒数第二节后面附录“田野调查笔记”或“读书笔记”，“田野调查笔记”和“读书笔记”的插入不仅仅使之前的阅读感受遭受田野实证的调整和学术化的思考，也在阅读效果上营造着亦真亦幻的魔幻效果。一般而言，结构问题是长篇小说的核心问题，在“完美”的文本结构中大胆插入“田野调查笔记”“读书笔记”，不仅是一种叙事策略的技巧选择，其背后还深藏着作家对于“文体”与“现实”的思考。很多学者曾指出，该书是魔幻现实主义的典型作品。其实，营造这种氛围的不仅仅是由作者所书写的题材内容即藏传佛教所决定的，其魔幻空灵的艺术特色也依赖于这种特殊的文体结构。

当然，在这方面达到极端化书写的是侗族学者、作家潘年英。他始终把人类学笔记作为自己创作的一个重点，在当代中国文坛上是一个独特的“异类”。近年来，文学人类学已然成为学术界的一个热门话题。中国社会科学院、华东师范大学、四川大学、兰州大学、陕西师范大学、湖南科技大学等高校都开设了文学人类学硕士点、博士点，国家社科重大招标等项目也不断有文学人类学相关课题中标。就目前文学人类学研究的现状而言，文学人类学主要有两大阵营：文学家的文学人类学和人类学家的文学人类学；三个层次：理论层的文学人类学、批评实践层的文学人类学、文学创作（人类学写作）层的文学人类学。但在实际的研究工作中，大多数学者的学术兴趣点、重点都在具体批评层面的文学人类学之上，而很少有学者进行文学人类学创作的。如果从这个角度看，潘年英的文学人类学创作就显得尤为特殊和重要。特别是其“人类学笔记”被许多文学界的文学人类学研究者关注之后，其作品是否为“文学”作品已成为人们质疑和研究的重点。

在这种背景下，我们再看潘年英的存在就显得尤为独特和重要。潘年英在大学读的是文学专业，工作后一直从事人类学研究和人类学写作，相继出版了十余部专著。在这些作品中被文学界关注最多的是“人类学笔记”系列（《伤心篱笆》《木楼人家》《故乡信札》），作者自己将这种创作方式和文本类型定义为“徘徊于人类学与文学之间的写作”（见《伤心篱笆》自序）。目前学术界也大都以“文学人类学”“人类学写作”等作为研究思路和路径。[①] 在此，我们暂且将属于文学还是人类学等具有本质主义追问的问题搁置，将研究的重点放在“如何写”的层面。如果跳出人类学民族志的框子，仅从小说文体特征来看，这些人类学笔记还有继续探讨的空间和必要。《伤心篱笆》由十篇短篇小说组成，既可视为短篇小说集，也可视为“人类学笔记”。从内容上看依然是“盘村”故事的“深描”。如果从文体上看，这个小说集实际上是一个整体，比如所有的故事都是以特定的文学空间“盘村”为根据地，即使写到象征现代文明的城市，“盘村”也依然是根据地和参照物。

在潘年英的“人类学笔记”系列当中，《木楼人家》的结构更为独特，本书将重点论述《木楼人家》的文体特征。作者机械地（或者说大胆地）选择月份作为章节的架构模式，以民族志“深描”的方法，记录盘村人从正月到十二月的日常生活。具体而言，主要记录了盘村的系列节日活动，如春节、敬桥节、清明节、三月三、四月八、撵山节等，在节日叙述中穿插人物故事命运和个人情感。节气习

① 参看李晓禹《中国文学人类学发展轨迹研究》，硕士学位论文，兰州大学，2007年。

俗一直是人类学研究的重要对象，因为节庆习俗不仅是一个民族传统文化的重要组成部分，而且包含着仪式、神话传说、民间歌谣等重要内容。法国汉学家曾以古代中国的节庆与歌谣为研究对象来研究中国古代的宗教习俗和民族信仰，是一部历史人类学的代表作。我们往往会用民族志或人类学这样宏大的概念来概括潘年英的创作，但这其中忽略了一个问题，即这种创作在文体与内容的选择上有何契合度？或者说，他的“独创”价值何在？潘年英的独特之处在哪里？我们不能因为在文学中看到了人类学就不加思考地大加赞誉，也不能因为他的作品不够文学而大加批判。按照节气顺序来安排结构自有作者独到的思考。作者按照一年的时序，从正月写到十二月。节气本身就是一个民族传统文化的重要组成部分，尽管时光在变，但节气不变，作者其实是在书写“不变”的故乡，当然，今日的岁时节日已不同于往日，当这些节日与传统的农业生产逐渐分离的时候，作者也不免会伤感与怀念。但还有一个经常被我们忽略的问题，侗族的传统历法和汉族历法在清中叶后已开始在侗族地区并行使用，以传统侗历推算的侗族传统节日逐渐渗入按汉族农历推算的汉族传统节日中。自清代中叶起，两套传统节日同时并行之状况一直延续至今。[①] 有很多学者曾质疑潘年英作品的文学性，其实，从作者对民族传统节日的书写来看，作者无意于传统节日的钩稽，正如作者自己所说：“因为《故乡信札》写的是现实的变迁，而《木楼人家》则写的是历史的记忆。”[②] 但作者特殊的文体形式又与强烈的民族情感认同的阅读效果有着密切的联系。有学者在论述当代少数民族小说中的文体与民族认同建构时曾指出，强烈的抒情性、重述民族神话史诗以及文体转型的散文化、学术化倾向与民族认同有着极大关系。[③] 我们在前文已论述过，当词典体

① 潘盛之：《传统侗族历法钩稽》，《贵州民族研究》1993 年第 3 期。

② 潘年英：《木楼人家》，上海文艺出版社 2001 年版，第 210 页。

③ 参看樊义红《当代少数民族小说中的文体与民族认同建构》，《西北民族大学学报》2011 年第 6 期。

小说取消了传统小说的故事、情节之后，很多作者靠议论、抒情甚至是学术化的思考来保证体系的完整性。其实，潘年英的很多作品就有类似特征，如其《木楼人家》共写了故乡盘村十二个月的节气。而每个月都有一首民间歌谣做引子，行文中又大量穿插了民间歌谣、神话等。在具体的写作方式上，作者在前言中已明确表示，用民族志的方法来写作，从而使文本具有较强的学术性。但作者在极力挖掘本土文化价值的同时，似乎唯独对自己的民族缺乏必要的反思和“他者”的眼光。从这种意义上讲，潘年英似乎成为“最不懂”人类学的人类学家。作者为什么执着于此？除了我们惯常理解的每个作者都有自己的写作根据地和心灵故乡外，还有没有别的原因，特别是作者受到过系统的人类学训练，为什么唯独缺乏对自己民族文化的反思？其实，我们如果从书写对象本身所具有的特殊含义来看，这一问题就明了了。耿占春曾讲到：

> 农事时间是一种统一的时间观，它是共同体的集体劳动实践所产生的统一性的时间，也是人们的农事生活时间与自然界的循环时间相统一的时间，是蕴含着生命的有机生长的时间。农事与农时是一个统一的领域，农事时间与人类生活事件是一个统一体。也就是说，时间和事件、时间和情节是同一的，并且带有循环往复的印记。在这一时间的所有事件上，与在农事阶段上形成的对时间的感受一样，具有循环的特点。①

以此反观潘年英的创作，我们就会发现，把侗族的节气全息式展现的本身就具有主动与主流意识形态疏离的反抗性特征。但让作者不无遗憾和唏嘘不已的是，盘村的节气不仅受到了汉族文化的影响，而

① 耿占春：《叙事美学——探索一种百科全书式小说》，郑州大学出版社 2002 年版，第 231 页。

且在新的历史条件下发生了巨大的改变，小小的盘村就是一个世界。作者“想通过一个村庄而进入世界”①。

第五节　新纪传体小说

在论及中国小说传统时，几乎没有人否认史传传统的影响。小说即小道，中国传统上强调小说“补史之阙”，常常借史而存、而传。这不仅影响了小说的题材类型、叙事模式，而且深刻地影响了我们的小说美学观念。直到今天我们在评价一个作品的杰出、伟大时还往往用“史诗”这样的字眼。在这种强大的史传传统的影响下，纪传体小说对当下小说书写的影响也是值得思考的重要问题。所谓纪传体小说的说法主要来源于司马迁的《史记》。《史记》有十二本纪、十表、八书、三十世家、七十列传等篇目。《史记》的篇章结构被之后的历代历史书写者所模仿，而形成正史文类。当然，这种文体类型的形成也有其历史渊源。傅修延在研究先秦叙事传统时指出，《世本》的“依人而述”系由《左传》的“依时而述”和《国语》的“依地而述”发展而来，并逐步形成了这种囊括力极强、能够各不相扰地反映各类事物在时空中连续性存在的纪传史体。② 这种传统在现代并没有消失，仍有极大的影响力，鲁迅的《阿 Q 正传》显然是对传统纪传体形式的“戏仿”。当然，所谓纪传体小说其实并无一个确切公认的说法。纪德君在《明清历史演义小说艺术论》中，主要依据作品的结构手法将明清历史演义小说分为三类：第一类是通鉴式的朝代编年体演义，第二类是列传体演义，第三类是大事本末体演义。③ 传统的纪传体小说一般以某一历史人物为核心，叙写其一生。本书所指新纪传

---

① 潘年英：《故乡信札》，上海文艺出版社 2001 年版，第 3 页。

② 傅修延：《先秦叙事研究——关于中国叙事传统的形成》，东方出版社 1999 年版，第 315 页。

③ 纪德君：《明清历史演义小说艺术论》，北京师范大学出版社 2000 年版，第 9 页。

体小说，主要是从词典体小说的非线性阅读特征而言，这类文本的各个篇章各自独立、各有中心人物，但各篇章又相互关联，有贯穿始终的叙事人物，类似长篇小说。其实早在新时期文学之初，有些作家的“探索”（或者说回归传统）就已经显示出这方面的特征。著名作家李準的《黄河东流去》显然采取了《水浒传》“链条式”结构，通常在一章或数章中集中刻画一个或数个人物，再以此关涉、推动、牵引后面的人物和情节。古华的《芙蓉镇》也呈现出“立人物小传”的“链条式”结构。而张炜的《外省书》则塑造了两个大时代里的“局外人”形象。围绕两个“局外人”，小说每一章节都以一个人的名字命名，每一个人都是一个角度，都以一个人为中心辐射出来。无论是从篇幅还是从小说的整体结构上看，这些作品还大致保持着线性结构的特征。新世纪以来的类似探索显得更为果敢，格非的《望春风》几可看作纪传体小说，第一章“父亲”、第二章“德正”和第四章“春琴”直接以人物命名，第三章“余闻”由十七个人物组成。付秀莹的《陌上》也是一部新纪传体小说，[①] 出版后获得了极高的赞誉。小说以芳村为背景，采用散点透视的笔法，书写芳村人物群像，小说共写了二三十个人物，似乎没有中心人物，写完一个再写另一个，类似于《水浒传》的结构方法。与西方小说叙事传统相比较而言，这是一种散点透视的方式，对于书写人物群像、时代精神有着较为明显的优长和便利。但与《水浒传》不同的是，这里没有英雄好汉，也没有烧杀抢掠，以近乎无事的平淡笔法书写华北平原上一个个小人物：翠台姐妹、喜针、小鸾、香罗、望日莲、建信、大全，比较成功地完成了作家试图描摹展示“我的村庄的心灵史”的艺术意图。与此结构方法类似的文本还有马笑泉的《银行档案》、曹乃谦的《到黑夜想你没办法——温家窑风景》、孙惠芬的《生死十日谈》、杨显惠的《夹边沟纪事》《定西孤儿院纪事》《甘南纪事》等。

---

① 参看王春林《当下乡村世界的精神列传：论〈陌上〉》，《小说评论》2017 年第 4 期。

《银行档案》："档案"人生

马笑泉是"文学湘军五少将"之代表人物，出版了长篇小说《银行档案》《巫地传说》《迷城》《愤怒青年》等。马笑泉的小说有着明显的湘楚文化特征，在"70后"作家中也是别具一格的。这里着重就其文体探索，特别是小说结构谈谈其创作特色、利弊得失。对于小说特别是长篇小说创作，马笑泉最看重的是结构。"具体到一个作品，有一部分，我不用内容来称呼它，我称它为素材。它一定会有一种最适合它的这个——我不说形式，我说结构。如果我没有把结构找出来，或者没触摸到这种结构，我是不会动笔写的。……一旦找到那个结构，就是我动笔的时候。"① 其长篇小说《愤怒青年》就是由《愤怒青年》《猛虎迷途》《打铁打铁》和《江湖传说》四部互有联系又相对独立的中篇小说组成的。《江湖传说》以记者的采访活动串联起主人公王一川的一生，乡村老教师刘满堂、王一川的手下扁毛、王一川的情妇陈香姨、刑警队大队长王耀祖等受访者，分别从个人视角叙述王一川的"事迹"，而王一川本人并未出场。这种"重述"式的写法与"江湖"的扑朔迷离相得益彰。《巫地传说》由《异人》《成仙》《放蛊》《鲁班》《梅山》《师公》六部构成，既可独立作为中篇，又互为勾连，多角度多层次地阐释了"巫地"的地理风貌、民俗人情、地域文化，显然，这里隐含着作者对于现代文明冲击传统文化现象的反思。在这方面达到极端的是《银行档案》（原名为《民间档案》，载《收获》2006年长篇小说秋冬卷，中国青年出版社2008年推出单行本）。

《银行档案》是一部典型的新纪传体小说，也被认为是继韩少功"词典体"之后湘籍作家在小说形式探索方面做出的又一贡献，是一部档案体小说（出版社广告语）。"档案"一般是指人们在社会活动中直接形成的各种形式的原始记录。在中国语境中，特别是在特殊年

① 何玉新：《马笑泉 小说家最终依仗直觉》，《天津日报》2018年8月9日第13版。

代里，“档案”里不仅有个人的隐秘、丰富的历史，也关系着现实生活中的世事变迁等。如果把档案作为一种文体，档案并非个人叙事，一般由官方书写与保存，因此档案的叙事视角多为全知视角，而且是一种不容置疑的“定论”。该文本是以长篇小说的名义出版的，但打开文本会发现，就像档案汇编一样，小说以档案编码为结构方式。为了更好地展现这种极端的结构方式，请允许我们不厌其烦地把这些“档案”全部列出来：编号：001　姓名：龙向阳；编号：002　姓名：王庆生；编号：003　姓名：黄建国；编号：004　姓名：胡伟；编号：005　姓名：尹桂花；编号：006　姓名：李建华；编号：007　姓名：潘俊；编号：008　姓名：孙建设；编号：009　姓名：张风华；编号：010　姓名：赵人瑞；编号：011　姓名：江平；编号：012　姓名：晁荣宝；编号：013　姓名：陈丽；编号：014　姓名：郑亮；编号：015　姓名：谢解放；编号：016　姓名：程玲；编号：017　姓名：屈红旗；编号：018　姓名：唐光华；编号：019　姓名：宋小红；编号：020　姓名：李锦成；编号：021　姓名：赵小科；编号：022　姓名：钱威；编号：023　姓名：陈卫东；编号：024　姓名：向大志；编号：025　姓名：罗剑；编号：026　姓名：谢明；编号：027　姓名：段菲；编号：028　姓名：吴华；编号：029　姓名：李竹天。如果没有看到封面上的“小说”字眼，仅看到《银行档案》字样，再翻开这些从001至029编号的档案，读者可能会误以为这是一部档案资料。仔细阅读，这部长篇小说是由多篇独立成章的短篇小说构成，但各篇又相互关联。里面贯穿始终的主要人物是龙向阳，从农家子弟经过部队历练，转业后迁升飞龙县人民银行行长。与之相关的其他二十几位人物也陆续出场，这里既有部队战友、银行同事，也有乡村少女与街痞流氓各色人等。“档案”本身就是对人生世事的一种书写方式，出生年月、教育经历、工作历程、奖励惩罚等等，甚至情感故事、个人隐私、亲属关系等等，也是档案的重要组成部分。作者用另外一种方式书写人物档案，剥离伪装，直抵人物灵魂。这部长篇小说无论在方言的运用还是人物的刻画上都值得称赞，但该文本最大的特色是首创“档案体”小说，每一个人物都在小说中获得了“均等”的成长空间，裸露的灵魂书写了时代的精神质地。[①] 如果从小说人物塑造的角度来看，《银行档案》的主人公有二十九个之多，而且几乎没有主次之分，除了个别人物龙向阳在“档案”中“旅行”，颇有些主角的意味外，整部小说几乎可以看作人物群像的展示。一般是一份档案书写一位人物，每一份档案都是一篇人物传记。如果我们按照主要人物、主要线索等传统话语来解读的话，《银行档案》显然是出格的。在谈论到《银行档案》的主角问题时，马笑泉曾说：“焦点透视的一个好处，是可以集中透彻地写一个人，集中透彻地写一件事情，但其实这是跟生活本相违背的。我写每一个人都把他作为主角来写，既然每个人都是主角了，每一个人也都不是主角，他们只是这个棋盘中的一个棋子，这是生活的本相。”[②] 这里没有主角，这里有生活的本相。

《到黑夜想你没办法——温家窑风景》：温家窑风景

和许多著名作家的文学故乡一样，“温家窑”在中国当代文学故乡的版图中是一个独特的存在。温家窑经过曹乃谦的书写显然已经成为文学史上的“温家窑”——当然是山西地图上根本找不到的温家窑。公安出身的曹乃谦因一句玩笑话而开始写作，但其第一部小说集（或者称之为长篇小说）《到黑夜想你没办法——温家窑风景》即受到了极高赞誉：“他使用的语言有时候是非常粗的、非常‘脏’的，完全是民间性的，我觉得曹乃谦是个天才的作家。”[③] 曹乃谦也被诺贝尔文学奖评委马悦然誉为当代优秀的中文作家之一。公安人员写小说不算特别，作家写饥饿和性欲也不算特别，特别的是小说的结构。

---

① 参看马笑泉《银行档案·封底》，中国青年出版社 2008 年版。

② 袁复生：《梅山文化、小城与文学：马笑泉访谈录》，《创作与评论》2013 年第 21 期。

③ 马金瑜：《曹乃谦：到黑夜想你没办法》，《南方人物周刊》2006 年第 20 期。

《到黑夜想你没办法——温家窑风景》由三十个短篇小说组成，在报刊上陆续发表，集中书写了塞北高原上一个叫“温家窑”的村子的人和事。这些人和事可以集中概括为饥饿与性，在极度贫穷状态下的饥饿与性，原生态地描写了20世纪70年代“温家窑”人的生存状态。集中所有的笔墨着力书写饥饿与性是非常具有挑战性的，这在一定程度上保证了读者群，但这极易流入暴露隐私与色情描写之中，比如母子乱伦问题、偷情问题等，甚至也很容易走向“启蒙文学”的套路。作者似乎有清醒的回避意识，用简练的文字书写温家窑贫瘠的土地、贫瘠的人民和蓬勃的欲望，写生存与欲望之间的生死挣扎：直面人的根性问题。看似写民间文化，实则剔除了意识形态和民间文化的人性书写。这样复杂的命题，似乎只有那些卷帙浩繁的长篇史诗才能与之匹配，作者以其极为简练甚至是“沉默”的笔法书写了中国版的《楢山节考》。陈忠实认为：“这是我能看到的最简练、最简约的文学语言，曹乃谦的小说展现了最贫穷的生活形态，用的是最文学几乎是最精到的文学构思来写生活的圆台，展示了一幅幅不仅仅是震撼，而且是令人惊悸的生活图像。”①

关于本书有一个争议，它到底是一部短篇小说集，还是一部长篇小说？如果说上述《银行档案》《陌上》本身就是以“长篇小说”的名义出版的，几乎没有关于长、短篇的争议，而《到黑夜想你没办法——温家窑风景》则存此争议。其实，所谓长短篇也没有一个固定的分割线，茅盾文学奖对篇幅的要求是十三万字。显然，问题来自于没有统一的线索和人物。且不论这种观点正确与否（本书第六章将详细辨析这一问题），即使从这些传统的观点来看，这部小说也可以被称为长篇小说。实际上在小说开头作者刻意设计了一个“人物关系表”，简单介绍了故事里的人物。当然，重要的是，这张人物关系表对村子里的亲属关系、人际关系做了介绍。比如第一篇《亲家》中就

① 曹乃谦：《到黑夜想你没办法——温家窑风景·封底》，长江文艺出版社2009年版。

介绍了两个重要人物——黑蛋、亲家——蛋娃妻子的父亲。第二篇《女人》中的温孩是以后篇目里出现的大狗和小狗的父亲。第三篇《楞二疯了》中的楞二——一个单相思金兰的年轻光棍，在以后篇目里多次出现。依照这种方式，陆续介绍了小说人物和人物关系。比如第十一篇《楞二、楞二》里出现的金兰、银兰就与第三篇相互嵌入。更为重要的是，通过不同篇章书写一个人物或重要事件，比如楞二与母亲的乱伦问题，写得极其简约，通过《楞二疯了》《打平花》等不同篇目才将这一“黑暗”事件以沉默、隐晦的方式书写出来。诺贝尔文学奖评委马悦然则认为：“这个问题据我看无关紧要。曹乃谦的著作跟李锐题名为《厚土》的短篇小说集差别相当大。曹乃谦书中所描写的事件和情节相互关联得很紧，故事里头的人物和场景又相互交叉得很紧。我自己觉得曹乃谦的著作在文体上比较像李锐的长篇小说《万里无云》。”[①] 当记者问及小说的文体结构时，作者回答道：

> 我的《到黑夜想你没办法——温家窑风景》这个结构形式，我是在一开始就想到的，也就是说，是有意识安排的。原计划是三十二个短篇加最后一个中篇，共三十三篇。我们雁北地区有句“要饭调”是“三十三颗荞麦九十九道楞”，根据这句“要饭调”，我设计了“33”这个数字。我在暗示：虽然我写了三十三篇，但有九十九篇的内容。另外六十六篇都是在文章的背后，专供那些有悟性的读者去阅读。有个著名的女作家读懂了、看到了其余的三分之二，她在一篇评论中说我的文章“每一篇都是一个《呼啸山庄》”。
>
> 实际上我也写了三十三篇，但在结集成书的时候，我去掉了三篇，这样就成了现在的三十篇。其实，细心的读者是会发现蛛丝马迹的，比如其中的《老银银》里，提到了“二兔”这个人。

① 曹乃谦：《到黑夜想你没办法——温家窑风景·序言》，长江文艺出版社2009年版。

我删掉的三篇里，就有一篇是《二兔》。[①]

显然，这种结构方式是作者“蓄谋已久”的。

《神圣家族》：吴镇（梁庄）故事

以非虚构写作《中国在梁庄》而为广大读者所熟知的梁鸿在《中国在梁庄》《出梁庄记》等之后，又出版了《神圣家族》（中信出版集团 2016 年版）。这是“梁庄”的又一次“重述”，地点是“吴镇”——一个城乡之间的“县域”。十二个故事在“吴镇”这个典型的“县域”内上演，讲述着“吴镇”的命运：变革时代的经济转型、文化转型、个人命运等等。梁鸿似乎对文体有着别样的追求，无论是《中国在梁庄》还是《出梁庄记》都变换着不同的手法。《神圣家族》似乎是一个短篇小说集，目前看到的大多数评论文章也大都这样描述。该文本共有十二个短篇：《一朵发光的云在乌镇上空移动》《漂流》《圣徒德泉》《许家亮盖屋》《到第二条河去游泳》《美人彩虹》《肉头》《杨凤喜》《那个明亮的雪天下午》《大操场》《明亮的忧伤》《好人蓝伟》。十二个故事相对独立又有着内在联系，单独来看，每篇都有一个核心人物，但全部读完后发现，里面有“毅志”贯穿全篇，各个篇章也是有意识安排的。比如，第一篇中“吴保国又叫来了升降机，连门板把阿清抬下树，送到毅志的诊所”[②]。而第二篇的标题就是“毅志”，该篇以毅志为中心，并有这样一段书写：“吴镇的苍蝇、蚊子彼此连接，又各自独立，一动不动地悬在半空中，仿佛被黏稠闷热的空气胶住了。”[③] 实际上小说的整体结构就是如此，有点类似于《水浒传》的链条式结构。该篇提到了德泉。第三篇就是《圣徒德泉》，链条式推进，并在该篇中让几乎所有的人物都提前出场了：

---

① 曹乃谦：《温家窑风景三地书》，湖南文艺出版社 2012 年版，第 161 页。

② 梁鸿：《神圣家族》，中信出版集团 2016 年版，第 13 页。

③ 梁鸿：《神圣家族》，第 17 页。

> 吴镇的角落里充满了“我要杀死他”的声音。医生毅志和老婆各据床的半边，谁也没有说话，医生假装在看书，心里想着怎样杀死老婆，他恨老婆的高傲，晚上连摸一下都不敢；半瘫的老张头在黑暗的角落，盯着虚空中的一点，他想杀死儿子，他从儿子儿媳眼睛里看出他们想让他死去；胖美人彩虹想杀死丈夫，他让她出丑不止一天两天了，连做梦都盼着他早点死；吴记板面店的伙计齐丁想杀死老板，他从早晨五点起床干活到晚上十一点，还不停地被骂。①

这种结构方式显然是经过周密思考的设计。而最后一篇是《好人蓝伟》，那个上学时曾和同学争论“什么是正义的生活”而互相翻脸的蓝伟看到了阿清、老德泉、海红，他们一个个向他走过来，他看到了他们的眼泪、悲伤和内心最细微的想法。终于和这个世界和解的蓝伟，眼睛模糊起来，泪水在他脸颊上肆意流淌。他摸黑跑进屋里，找出毅志给他的笔，写下了第一句话：“一朵发光的云在吴镇上空移动。”这样看来，看起来独自成篇的结构极其完整，说是一新纪传体长篇小说也有充分的理由。当然，我们的目的并非要论证一个文本到底是短篇小说还是长篇小说，但如果从长篇小说的角度来看，其“纪传体”特征就更为明显，为普通人立传。同时，“吴镇”作为书写的主题也溢出了所谓人物中心论。关于《神圣家族》的书名还常常会让人想到马克思、恩格斯的《神圣家族》。梁鸿自言，这是听从了一个朋友的建议。“小说描写的是普通人，但普通人也可以、也应该是神圣的。我采用了这个名字，还在书的扉页引用了马克思、恩格斯书中的一句话：‘他为自己建立起一个神圣家族，正像孤独的上帝渴望在神圣家族里消除他同整个社会相隔绝这种苦闷一样。’”②

---

① 梁鸿：《神圣家族》，中信出版集团 2016 年版，第 38 页。

② 顾学文：《乡土书写里的温情与陷阱》，《解放日报》2016 年 3 月 7 日。

类似所谓的新纪传体小说还有很多，比如云南作家半夏的《铅灰暗红》（时代华文书局2017年版）。和前述新纪传体小说结构类似，《铅灰暗红》的主角不是某一中心人物、主要人物，即使贯穿全篇的红英也没有获得“主角”的位置，只是这些人物的观察者、记录者。这种结构安排，显然有韩少功《马桥词典》的影响。作者在谈及小说观念时曾自言：

> 一段时间里，我比较集中地读了一些著名作家围绕一座城一个镇甚至一条街区展开来写的长篇小说或随笔，他们都采用这样的结构，没有一个线性发展的主体故事，所有的篇章都可独立成章，有隐约的联系，但只是人物或事件的某种拉扯。土耳其作家帕慕克的《伊斯坦布尔：一座城市的记忆》，印度裔英籍作家奈保尔的《米格尔街》，爱尔兰作家詹姆斯·乔伊斯的《都柏林人》，捷克作家杨·聂鲁达的《布拉格小城画像》，韩少功的《马桥词典》或许都可以作掌上观。①

其实，当代文坛专注于写小镇的还有孙方友的《陈州笔记》系列，收入320余篇，写颍河两岸、古城陈州的三教九流、世间百态；“小镇人物”收入350余篇，前前后后近700个人物，这些微弱又坚强得像野草一样鲜活的生命，构成了颍河镇的血肉与灵魂。以篇幅而言，这些笔记确是小小说，但如果我们突破以人物、主要人物为中心的评价方式，这些作品共同构成了长篇小说，这些作品的主角是“陈州”，是“颍河镇”。有学者认为：“孙方友的小小说整体来说是卷帙浩繁的百姓列传。中国的二十四史有大量的篇幅是人物列传，但基本是帝王将相达官贵人的，没有百姓的。孙方友写的是‘民间版的史

① 半夏：《铅红暗灰》，时代华文书局有限公司2017年版，第1—2页。

记’，是‘老百姓的列传民间版的史记’”[①]。

散点透视下的人物群像书写是新纪传体的重要特征。这种书写方式将视野超越了所谓的中心人物，在一个更高的意义上书写系列人物形象，并通过系列人物之间的对立、互补等书写作者对于世界的认知与感悟，这显然是一种整体性书写。从这个角度来看，片段化的结构方式反而带来了整体性书写的文学效果。

① 孙方友：《小镇人物·序二》，河南文艺出版社2009年版，第7页。

第四章　词典体小说的两大转向

前面两章我们分别从文学的“外部”因素——文学集团与词典体小说的关系入手探讨了文学集团对词典体小说的拓展，从文学类型的角度论述了词典体小说的“家族”群——各类亚词典体小说文本。如果说前文都是文学的外部研究和类型分类学研究的话，这一章我们将进入词典体小说的内部，即词典体小说在具体的文本书写和形式方面具有哪些新特征？是否代表着新的转向、转型？余虹认为，20 世纪 80 年代以来，中国思想界走出苦难经历以后，又大量引入西方思想资源，使思想界质疑现代性话语的基础成为可能：

> 80 年代后期以来生成的后现代性文学理论有两种话语样式：解构性批评和新历史主义。……极端的审美形式主义者和神秘主义者提出“超越现实、超越自我，回到语言、回到生命”的口号，他们在厌弃意识形态话语构造的现实与自我之后，对任何意义上的现实、历史和自我都不再关注。……“新历史主义”之“新”就在于它拒绝回到旧历史主义的道路，亦即拒绝回到历史理性信仰和语言理性信仰，不再制造和依托任何宏大的元话语来推论现实、历史、自我，而是在现代性批判之后的后现代思想氛围中思考和表述文学与历史（现实、自

我）的关联。①

余虹的思路主要是用革命·审美·解构三个关键词来审视20世纪中国文学理论的现代性与后现代性，对于我们所要探讨的词典体小说不无启发性。

反观我们探讨的研究对象，词典体小说无论在体制（外在形态）、语体（语言系统）、体式（表现方式）、体性（审美精神）上都有着明显的后现代主义转向和人类学转向。本章所要论述的两大转向主要是指词典体小说的现代主义转向和人类学转向，这并不表明每一部词典体小说都具有这两大转向或某一转向，而是从整体上关照词典体小说。当然，后现代主义转向与人类学转向亦有着千丝万缕的联系，为了论述的方便，我们将词典体小说的后现代主义转向和人类学转向予以分节论述，由于二者有着密切联系，行文中会出现一定的交叉现象，但侧重点有所不同。

第一节　词典体小说的后现代主义转向

从世界范围来看，二战后兴起的后现代主义思潮不仅仅是一种哲学思潮，更与文学艺术创作、理论话语的表达方式，甚至人类的行为方式、道德观念等相关，本书所要论及的后现代主义转向主要是指词典体小说在文学创作上所呈现出的后现代主义倾向。在中国，似乎很难清晰地辨别前现代主义、现代主义与后现代主义之间的时间分割点，特别是在前现代主义、现代主义与后现代主义交织的中国文坛，“后现代主义”成为近年来文学界甚至整个文化界使用频率极高的术语之一，但同时也是争议较大的概念之一。尽管这

① 余虹：《革命·审美·解构——20世纪中国文学理论的现代性与后现代性》，广西师范大学出版社2001年版，第5—6页。

一概念歧义丛生，但并没有妨碍大家对这一极具理论穿透力和批评效力的批评术语的厚爱。所谓后现代主义显然是针对现代主义而言的。现代性背后的逻辑是历史理性、语言理性，其表现形式之一即意识形态化的宏大叙事（历史叙事）。后现代主义之“后”主要体现在对于历史、语言及宏大叙事的反思上。陈晓明曾就后现代主义归纳出一些基本特征：

> （1）反对整体和解构中心的多元论世界观；（2）消解历史和人的人文观；（3）用文本话语代替世界（生存）本体论；（4）反（精英）文化及其走向通俗（大众化或平民化）的价值立场；（5）玩弄拼贴游戏和追求写作（本文）快乐的艺术态度；（6）一味追求反讽，黑色幽默的美学效果；（7）在艺术手法上追求拼合法，不连续性，随意性，滥用比喻，混同事实与虚构；（8）“机械复制”或“文化工业”是其历史存在和历史实践的方式。①

如果将词典体小说看作一种文体类型，那么，在从整体上关照、思考这种小说类型的意义或启示时，其后现代主义特征较为明显。当然，对于后现代主义这么一个几乎无所不包的宏大概念，我们只能选取其中一二要点进行论述，本书所要探讨的词典体小说的后现代主义转向并非指所有的词典体小说都拥有这八种特征，而主要是指词典体小说在历史书写方面所呈现出的强烈的质疑性以及在文本结构方面的超文本诗学特征。当然，地方性知识的书写亦是后现代主义转向的一部分，但由于地方性知识是人类学的传统领域，为了论述的方便，本书将有关地方性知识的书写放入本章第二节进行论述。虽然不可避免地会存在部分的交叉，但侧重点有所不同。

---

① 陈晓明：《后现代主义》，河南大学出版社2004年版，第30页。

一　“质疑”历史

后现代主义对“历史”的质疑主要表现为质疑进步史观，反对宏大叙事。在中国这么一个受史传传统影响极大的文化传统中，对历史的质疑绝不仅仅是一个文学观念或文学技巧的问题。“小说家、剧作家、自然科学家、社会科学家、诗人、预言家、学术权威和具有多种信念的哲学家，都强烈地表现出对历史观念的敌视。我们许多同代人特别难以接受过去时代和往昔事件的真实性，顽强地抵制种种对历史知识的可能性或实用性的论断。”[①] 就此观点来看，新世纪以来出现的大量词典体小说大多表现出对“历史”的“质疑”。这种质疑不仅表现为对“人类历史”的质疑，也有对社会、政治中的个人历史的质疑。下文分别论之。

《人间》：“人与异己”的思考

在本书第三章关于亚词典体小说的“重述体”部分笔者已经从文体的角度论述了《人间》的文体特色。本节主要论述小说在书写历史方面所表现出的强烈的质疑性。

为何要“重述”神话？李锐夫妇在自序中写道：“一个千锤百炼的故事，怎样重述？如何再现？”[②] 作者也曾自言：“身份认同的困境对精神的煎熬，和这煎熬对于困境的加深；人对所有‘异类’近乎本能的排斥和迫害，并又在排斥和迫害中放大了扭曲的本能。”[③] 关于重述的目的和意义，已有不少学者做出了肯定性的回答。有学者从“身份认同”与生命悲情这一角度对《人间》进行过详细的论述。[④] 按照西方的哲学传统，人类“自我意识”的发展是人区别于动物的基本标

---

① ［加］帕米拉·麦考勒姆：《后现代主义质疑历史》，蓝仁哲、韩启群译，中国社会科学出版社 2008 年版，第 14 页。

② 李锐、蒋韵：《人间》，长江文艺出版社 2011 年版，第 6 页。

③ 李锐、蒋韵：《人间》，第 7 页。

④ 王春林：《“身份认同”与生命悲情——评李锐、蒋韵长篇小说〈人间〉》，《南方文坛》2008 年第 3 期。

志。而《人间》就是这样一部以人类“自我意识”为主题的神话书写。如果我们按照传统小说阅读从故事人物出发就会发现：小说的故事可以简化为人与“他者”（蛇）的斗争。作者用三代“他者”（蛇人）的经历书写了“异类”融入“人类”的艰难过程。按照传统小说的批评方法，人物具有至高无上的地位。我们可以此作为思考的出发点之一。前文已经讲过，如果从“异己”的人物形象和命运结局来看，这三代蛇人的结局分别是：死亡（白蛇自杀、青蛇被杀）、消失（粉孩儿最后消失）、磨难（“我”历尽磨难）。也许从人物形象的结局上我们能看出“异己”“融入”人间的艰难和血泪。作为人类异己的“蛇”从“死亡”到“消失”再到“磨难”，虽然看似在进步，但举步维艰，进展缓慢，朝着人类一步一步走来。但作者并不满足于仅仅书写出这种艰难的经历，而是更多地对人类自我意识进行了批判性的反思。这种反思还表现在人物形象的再塑造上。作者选择了“法海”这一形象作为这种反思的载体。“法海”在千古流传的白蛇传中一直是正义的审判者的形象。作为人与“异己”的审判者——法海这一人物形象在《人间》中也发生了巨大的变化。法海从民间传说与传统戏剧中坚定的除妖者变成了一个《人间》中的困惑者。《人间》中的法海内心充满了困惑、矛盾与痛苦，除还是不除，已经成为一个问题。小说打破传统线性叙事，穿插了《法海手札》，将这种困惑、矛盾与痛苦充分地展现出来：“我是个别无选择的除妖人。师父，我完成了我的使命。”① 除妖不仅是法海和妖的对决，而且是法海和自己（人类）的较量。在某种意义上也可以看作人与妖——异己的斗争与困惑。“做一个铁面无私的除妖人不难，难的是‘铁面无情’。”② 人类在自身的成长过程中，在取得所谓“进步”的同时，也面临着道德的拷问，也面临着现实的灾难。由此，法海的形象在某种意义上可以

① 李锐、蒋韵：《人间》，长江文艺出版社 2011 年版，第 138 页。

② 李锐、蒋韵：《人间》，第 126 页。

看作对历史进步观的一种质疑，也是对人类秩序的合理性提出了质疑。也许《人间》“重述”白蛇传的最大意义在于，以白蛇、青蛇融入“人间”的故事，用浓缩的历史书写了人类面对“他者”的历史进程。

其实，“重述”本身就意味着“反思”“质疑”，“重述”这种形式本身就包含着对“确定”“单一”历史的思考和质疑。所有的“重述体”小说都具有“质疑”单一历史的意味。

《花腔》：历史的“花腔”

“花腔”的本义是指歌曲或戏曲的一种唱法，意在把基本腔调复杂化、曲折化，日常生活中又常喻指花言巧语。无论从其本义还是比喻义来看，它似乎都暗含了作家对历史的一种态度以及所要采用的叙述模式。关于李洱《花腔》的相关研究已经从多个角度论述其造成历史的“花腔”的原因和效果。本书主要从其特殊的词典体小说结构入手，论述其历史“花腔”的唱法和韵味。

《花腔》中的主人公被命名为葛任（从谐音来看，即为“个人”），他本身就是一个身份复杂的人，是诗人、学者，同时又是革命者（或是叛徒）。在 1942 年的“二里岗战斗”中，他与日军遭遇，壮烈殉国。但实际上，葛任并没有在那场激战中牺牲，而是潜逃至大荒山隐居起来。消息传出后，中共方面将葛任认定为叛徒，派白圣韬医生前去灭口；而国民党方面也先后派出两路人马前往大荒山。除国共双方之外，葛任的红颜知己、情敌等听说之后，也都加入了寻找葛任的行列。小说以寻找“葛任”（个人）为叙事推动力，但由于三路人马各自的初衷、身份、背景、处境、心态、目的等有着很大的差异，整个寻找过程显得十分复杂，最大限度地展示了寻找时的“迷雾”，与今天流行的“潜伏”类小说有类似的特征。如果仅仅从使用三方叙事人的叙事而组织文本结构的方式来看，那么，小说并无太大的出奇之处，作者在“转述”“印证”三方叙事的同时，还在小说中刻意设置了“我”作为葛任的后代，试图破解葛任之死的“历史谜团”。但由于多重叙事人造成的“重述”，使这一历史迷雾因为“见证者”的“真实叙述”而更加难以清晰辨认。特别是作者设置的三个讲述人——医生白圣韬、劳改犯赵耀庆、法学家范继槐所讲述“故事”的时代并非同一，讲述的时代和讲述者的时代之间的张力使所谓的历史反思变得迷雾重重。尽管作者一再强调其真实性（小说中多次引证史料，甚至是学术论文来做支撑），但时间本身是造成不可靠历史的重要原因之一，而作者似乎并不满足于靠多重叙事和时间本身的跨度来完成历史的花腔，还在文体结构上刻意使用了词典体小说的惯常用法。《花腔》的结构非常独特，其内在结构是多重叙事模式的“重述体”，这样的多重叙事人手法已不新鲜，本书第三章论述的亚词典体小说类型之一重述体小说就以多重叙事人作为主要叙事策略。《花腔》的独特之处不仅在于文本的内在结构具有非线性阅读的性质，而且在文本的外在结构方面作者也是匠心独运。文本的外在结构又分为三大部分，分别由医生白圣韬、劳改犯赵耀庆以及法学家范继槐作为讲述人讲述各自寻找“葛任”的故事。由此，故事可以被简化为一个寻找和确认的过程，而寻找和确认的正是个人（葛任）的历史，社会政治大历史也因个人的小历史而得以不同的面貌呈现出来。三位叙述者不仅是“故事”的讲述者，也作为历史的参与者，见证了葛任的历史，参与了历史的创造。在正文之间，作者又穿插了各种各样的引文，由冰莹女士、宗布先生、黄炎先生、孔繁泰先生，以及外国人安东尼先生、埃利斯和毕尔牧师、费朗先生、井川先生等人的文章和言谈构成，作为文章的副本，对正文三个讲述者所述内容加以补充和说明。作者在卷首语中也特意写道：“读者可以按本书的排列顺序阅读，也可以不按这个顺序。”[①]“我这样做，并非故弄玄虚，而是因为葛任的历史，就是在这样的叙述中完成的。”[②] 叙述人的叙事方式以及我们

① 李洱：《花腔》，人民文学出版社 2002 年版，第 1 页。

② 李洱：《花腔》，第 1—2 页。

阅读顺序的不同给我们造成了历史的花腔。但作者刻意使用的正副文本以及穿插的各种引文、史料又使文本有了“考证”的叙事特色，“我”在历史的迷雾中行走，殚精竭虑地对那些明显的错讹、遗漏、悖谬做出纠正、补充和梳理、考证。但“考证”的结果恰恰是历史的矛盾。“考证”本身恰恰是造成历史迷雾的原因之一。当“考证”成了历史不可靠的原因之一后，历史以“被讲述”的姿态出现在读者面前时，非线性叙事的断裂也由此得到弥合，其所形成的大历史叙事也显示出一种“被想象”的姿态。这种被想象的姿态在一定程度上保证了叙事的自由和历史演义的合法性。但这种姿态无可辩驳地告诉我们，历史就是叙事，也只是叙事而已。“舌头长在他嘴里，我哪里知道他说的是真的还是假的。”[①] 整个文本在作为正文的三个叙述人的讲述和众多引文中互相穿插、补充、说明以及在矛盾中完成，故事完全打乱顺序，在对葛任之死的真实历史的探询中，各种碎片化的记忆和讲述向人展示出记忆的不可靠性，以及真实的不可捉摸性。“对那些无法辨明真伪的讲述，我在感到无奈的同时，也渐渐明白了这样一个事实：本书中的每一个人的讲述，其实都是历史的回声。”[②] 在这些众声喧哗的回声中，各个历史阶段的生活气息扑面而来，小说中的时空被大大拓展了。对于许多问题，作者不再提供答案，而是让读者自己去思考，找到一个属于自己的答案，作者对历史的质疑和反思也由此而得以完成。从某种意义上讲，口述史是“建立在对民众记忆的有效性的相对承认上的。这个看法承认人类同时是历史的主体和客体。当前人类学的睿智表现之一，就是认识到在社会空间与建构它的个人之间，有一种基本的连续性”[③]。但《花腔》的三个叙述人给我们呈现的三部“口述史”恰恰打断并质疑了这种历史的“连续性”。真实的

① 李洱：《花腔》，人民文学出版社 2002 年版，第 283 页。

② 李洱：《花腔》，第 284 页。

③ ［丹麦］克斯汀·海斯翠普编：《他者的历史——社会人类学与历史制作》，贾士蘅译，中国人民大学出版社 2010 年版，第 11 页。

故事成为一个空白留在那里。恰恰是隐匿的事实使整个故事的解释回到故事本身。借用王德威评价《红楼梦》的话来评价《花腔》似乎无可无不可："小说的主题告诉我们人生与故事一样，不论我们如何增删、改订、赋予新意，到头来不过只是一场虚幻的记载罢了。在我们以为把握了'真实'生活与说故事之间的分野时，它又似乎不断地后退着，使我们永远摸不着头绪。"①

《少年张冲六章》：个人成长史的反思

著名作家杨争光于《人民文学》2010年第3期推出了《少年张冲六章》，后被《长篇小说选刊》2012年第5期转载、出单行本，引起了不小的反响。杨争光的《少年张冲六章》是一部关于青春成长史的佳作。很多学者从"反向成长""反英雄"形象的塑造方面探讨了对中国教育现状和青少年成长的思考。但这部小说所具有的明显的词典体小说特征却未受到重视。我们的判断主要是基于词典体小说非线性阅读这一特征来界定的。小说名为《少年张冲六章》，大概是因为小说文本实际上也正是由六章内容组成的。六章标题分别为"他爸他妈""两个老师""几个同学""姨夫一家""课文""他"。这六章没有必然的故事逻辑和线性时间的特征，是典型的词典体小说。

小说中的张冲是通常意义上的"问题少年"，他学习成绩一团糟，打架斗殴，还因为违法犯罪而被送进了少年管教所。作者以各自独立的六章来结构文本，也即分别从家庭、老师、同学、亲戚、语文课文以及张冲自己六个侧面，对张冲从出生到求学再到最后走上犯罪道路的整个过程进行了相当充分、立体的艺术描写。很显然，作者也在探讨这种与"主流青春"相异的人生经历的复杂动因，是家庭还是老师，还是……造成了张冲的"堕落"？整部小说共计六章，但比重不同，明显打破了均衡感，对于一个有着丰富创作经验的作家来说，这

① 王德威：《想象中国的方法》，百花文艺出版社2016年版，第93页。

显然是有意为之的。第一、二、五章相对较长，第三、四、六章则较短。作者刻意选择结构的非匀称性的用意何在？或者说这样的结构安排有何好处？有学者认为，这是打破了古典美学的现代美。[①] 笔者不这样认为，我们通过章节的具体内容可知，第一、二、五章其实描写了受主流意识形态影响的家长、老师及教育模式对于张冲的“塑形”和“毒害”，其结果是张冲被关进监狱。很显然，作者刻意加大篇幅，让我们看到了“主流青春”之外的残酷青春以及背后的原因。从主题学来看，这部小说是写教育问题、青少年问题的，或者说是“成长小说”，但我们认为，其着力点也在于“我们今天怎样做父亲”。在社会普遍的教育焦虑，“鸡娃”一词开始流行的今天，这个问题似乎显得更为重要，这个主题永远不会过时。

按照艾布拉姆斯的看法，西方教育小说主要是指“这类小说的主题是主人公思想和性格的发展，叙述主人公从幼年开始经历的各种遭遇，主人公通常要经历一场精神上的危机，然后长大成人并认识到自己在人世间的位置和作用”[②]。但从《少年张冲六章》的文体特征来看，似乎不能从文体上将其归为西方理论家所指的“教育小说”，张冲并没有在人生的各种经历中找到自己的合适位置，张冲的多面性不仅是靠小说人物的故事呈现出来的，而且是由文本独特的结构而得以彰显的。小说开放式的结构更使我们不断改变和校正着自己的阅读感受，也不断重新定义着张冲的“人物形象”，青春本身就是充满诱惑和无限可能的，青春的复杂性和无限可能性在这里被张冲这一个主要人物形象表达得淋漓尽致。这部小说在具体的文体结构上与作者所要表达的对青春、教育反思的主题相契合，采用了非线性叙事策略，六章的内容各自独立又相互联系，我们可以从不同的点进入文本，我们

---

① 参看王春林《多样化文体的尝试与实验——2010 年长篇小说印象》，《长城》2011 年第 1 期。

② 艾布拉姆斯：《欧美文学术语词典》，朱金鹏、朱荔译，北京大学出版社 1990 年版，第 218 页。

也因此感知着不同的“立体”的少年张冲，一个丰满但又难以“冠名”的张冲——青春形象展现在我们面前，作者以这种特殊的文体形式告诉我们青春的多样性和可能性，也以此来表达对“主流青春”的思考和质疑。

总而言之，“意义和形式不在事件之中，而在使这些事件成为历史事实的机制里，这并不是‘存心避开真相，寻找庇护’，而是承认人类建构意义的功能”①。当然，这种“质疑”的效果在某种意义上讲主要是“形式”的力量——非线性叙事的力量。

实际上，本书第三章所论述的重述体小说，无论是艾多斯·阿曼泰的《艾多斯 舒立凡》、周大新的《曲终人在》，还是黄青松的《毕兹卡族谱》等，重述本身都已带有“质疑”的特征，当然，这种质疑的效果无疑与其文体形式有着极大的关系。传统的经典历史文类书写的总体叙事模式值得怀疑。有学者指出：“即使在阅读迷人的历史著作的时候，也要抵制那种纵横捭阖、指点沙盘式的迷人手势，‘二十世纪来临了……’这种语气中的总体叙事使叙述人俨然成为一个历史巨人。要抵御大历史语气和统计学的语言，除非这些东西被重新安装在微观的话语中。”②

同时我们也要警惕，作为后现代主义倾向的“质疑”很容易跌入历史虚无主义的泥潭。

二 超文本转向

如果要找几个关键词来概括这个时代，恐怕“网络”一词几乎不会招致反对，网络正深刻地改变着这个时代的方方面面，从日常网购到互联网思维再到网络冲浪的“主体性”溃散，网络在抹平世界的同

---

① ［加］帕米拉·麦考勒姆：《后现代主义质疑历史》，蓝仁哲、韩启群译，中国社会科学出版社2008年版，第16页。

② 耿占春：《退藏于密》，陕西人民教育出版社2015年版，第10页。

时也渗透在每一个角落。处在今天这个网络时代，超文本这个概念显得尤为重要。这不仅是一个学术问题，也与我们的日常生活、情感表达等密切相关。“超文本”是特德·尼尔森提出的一个关于电子文本的概念，原指管理文本、检索信息的技术，这种技术使包括文字、图片、影像、声音、动画等在内的各种信息的存储量无限制扩大。“超文本是一种以非线性为特征的数据系统。所谓‘非线性’指的是非顺序地访问信息的方法。构成超文本的基本单位是节点。节点可以包含文本、图表、音频、视频、动画和图像等。它们通过广泛的链接建立相互联系。”[①] 通俗地讲，超文本在形式上不仅包含传统文本的文字、图画，还从网络技术集成的角度，内嵌文字、图像、视频、语音等多种文化要素，是一种以非线性为特征的数据系统。其实，非线性阅读“古已有之”，中国古时的回文诗、接龙小说等文本中都有非线性叙事或阅读的特征。近年来，随着电子媒介的普及、网络文学的繁盛等，超文本诗学逐渐受到学界重视。一般而言，传统文本主要以线性方式组织，作者的创作和读者的阅读过程，一般也只能按照线性顺序展开。而超文本则打破了传统的线性创作方式和阅读方式，读者可以根据兴趣需要无目的地自由点击，通过链接的自由跳转，通往不同的路径，也即形成各自阅读的独特文本。作为一个主要指称数字文学的概念，在传统的印刷小说里同样有理论的使用度，只是我们还未对这一特征有足够的认识而已。

在一般人的印象中，超文本只存在于网络世界，其实很多学者也认为超文本小说是以超文本技术为基础发展起来的文学形式，超文本小说以网络为载体。[②] 其实，超文本并不仅仅存在于网络世界，在传统的印刷小说里仍有一部分特殊的小说有着明显的超文本倾向。早在韩少功《马桥词典》发表之前，张贤亮就出版了《我的菩

① 黄鸣奋：《超文本诗学》，厦门大学出版社 2002 年版，第 13 页。

② 赵宪章、南帆主编：《文学与形式》，南京大学出版社 2011 年版，第 191 页。

提树》这一“注释体”的词典体小说。张贤亮用短短的“日记”原文加“注释”，构成了这部20余万字的《我的菩提树》。读者可以根据需要，自由选择原文或注释进行阅读。自现代文学以来，很多名家都写过日记体小说。这与时代冲动以及个人主义思潮等不无关系。但就日记这一文体与文学接受而言，周作人讲过：“诗文小说戏曲都是做给第三者看的，艺术上更精炼，但也多了些做作的痕迹，信札是写给第二个人的，日记是写给自己的。”[①] 其实日记也未必真实，《围城》中方遯翁的日记就是典型地写给第三人看的，自欺欺人。日记，作为一种文体与艺术形式的话，大概也免不了虚构与想象。张贤亮用日记加注释的独特形式，“再现”20世纪50年代末期中国特殊的历史时期。从传统意义上讲，日记应该是真实的，作者以相当简约、干净和流水账式的日记记录了当时生活和情感的基本线条。本应在“注释”部分驰骋才情的空间又变成了作者议论的舞台。既没有传统小说的故事、人物、情节，也没有其他跨文体写作或词典体小说所具有的体系和沉思，它更像是历史文献或档案资料。大量的议论使人不免想起初期“伤痕文学”的简单控诉，看似深刻的议论并没有与文体形式形成内在的统一。也许作者的“注释体”就是要传递“日记”作为“档案”的真实性，为那个已经逝去的时代留证做注。但不可否认的是，张贤亮的这种文体的突破有很大的意义，非线性阅读的特征和注释的写作方式有利于读者以最快的方式进入历史的现场，加上“日记”的真实性，其效果则不言而喻。此后的词典体小说，特别是新世纪以来的词典体小说都具有非线性写作或非线性阅读的性质。以词典体小说的经典作品《马桥词典》为例，这个词典文本为一个“村庄”做词典，选择了“三毛”“九袋”“打车子”“汉奸”“同锅”“官路”“贵生”“懒”“醒”等词条，用词典的形式为“马桥”写了一部词典体小说。萧

---

① 周作人：《雨天的书》，岳麓书社2019年版，第14页。

相风的《词典：南方工业生活》以“从A到Z”的结构方式，用“打工”“老乡”“加班”“出粮”“出租屋”“电子厂”“白话”“流水拉”“工伤”“流动人口证”“塑料”“ISO”等词语写出了打工一族的“南方”生活。青年作家黄青松的长篇小说《毕兹卡族谱》以词汇条目的形式，对“花桥”人的文化习俗、神话传说、方言俗语、日常伦理等进行了全息展现。张绍民的《村庄疾病史》以“忧郁病”“空调病”“糖尿病”“月经不调”“腰痛”“中风”“胎位异常”“淋病”“烫伤烧伤”“蛔虫病”“破伤风”“黄疸”“心脏病”“瘫痪”“酒精依赖症”等48种常见疾病作为词条，并以此结构文本，以“自由章回体”①的方式，以残酷的现实感和诗意的笔触写出了一个村庄隐秘的疾病和疼痛。贾勤的《现代派文学辞典》全书同样以“从A到Z”的词条式写作方式，通过“爱情”“贾勤”等写了一部颇具后现代意味的文学辞典。这些小说的共同特征之一就是编排形式的“词典体”。藿香结的《地方性知识》以“汤厝”的疆域、语言、风俗、风物等为词条编撰了一部微观方志词典。李洱的《花腔》由三个叙述人讲述寻找葛任的故事。法医秦明的《尸语者》用二十个案例来讲解法医知识并以此剖析人生。张大明的《医案聊斋》系列，以传统笔记小说的形式传播中医知识。类似的文本我们还可以列出很多，如韩少功的《暗示》、秦嗣林的《29张当票》、曹乃谦的《到黑夜想你没办法——温家窑风景》、李锐的《太平风物——农具系列小说展览》、孙惠芬的《上塘书》《生死十日谈》、林白的《妇女闲聊录》、杨争光的《少年张冲六章》、柯云路的《黑山堡纲鉴》、骆以军的《遣悲怀》、潘年英的《木楼人家》、韩东的《扎根》、范稳的《悲天悯地》、田中禾的《父亲和她们》、梁鸿的《神圣家族》、周大新的《曲终人在》、付秀莹的《陌上》、半夏的《铅红暗灰》这些词典体小说文本都具有非线性写作

① 张绍民：《村庄疾病史》，新世界出版社2010年版，第303页。

和非线性阅读的特征。

词典体小说除了词条式的写作和结构方式外，还有一种特殊的技巧即镶嵌式写作。大多数词典体小说都会采用词条相互镶嵌的写作模式。比如《马桥词典》《花腔》《地方性知识》《词典：南方工业社会》等文本，在介绍、讲述某一词条时往往会在文本内部出现与其他词条互为解释的写作方式。以《马桥词典》为例，在介绍词条“龙”时，提到万玉的死，即散发了。“散发”在马桥人的词典里是死亡的意思，作者在行文时又加注了参见词条“散发”①。诸如此类的镶嵌式写作非常多。不仅《马桥词典》如此，其他词典体小说也有类似特征。除了刻意使用词条式写作制造非线性效果之外，这种镶嵌式写作的作用和意义何在呢？这种镶嵌到底打破了传统小说中的哪些内容呢？显然，首先打破的是坚固的一维时间序列和这个时间链条中的“典型人物”。韩少功认为，传统小说里都有主导性人物、主导性情节、主导性情绪，但实际生活并不是这样的，每一个线性因果之外还有大量其他的物事和物相呈现，并构成我们生活当中不可缺少的一部分。由此韩少功认为，在事物的复杂之网中用传统小说的主线霸权（人物的、情节的、情绪的）来构建小说文本的合法性值得怀疑。② 作者对形式的刻意追求是其内在文学精神和文学追求的变化，并非一个简单的形式问题。

当然，最具超文本特色的当属李锐的《太平风物——农具系列小说展览》，它几乎完全具备了超文本诗学的特征。《太平风物——农具系列小说展览》由十六篇小说组成，分别是：《袴镰》《残摩》《青石碾》《连耞》《樵斧》《锄》《耕牛》《牧笛》《桔槔》《扁担》《铁锹》《镢头》《犁铧》《耧车》《颜色》《寂静》。这些篇章相对独立，又共同以“农具”为中心，具有非线性阅读的特征。我们之所以说《太

---

① 韩少功：《马桥词典》，作家出版社 2009 年版，第 53 页。

② 韩少功：《马桥词典》，第 56 页。

平风物——农具系列小说展览》为超文本小说，主要是因为这些相对独立的每一篇小说都采用“超文体拼贴”的写作样式（“附录”部分的《颜色》和《寂静》除外）。“超文体拼贴”的拼贴公式为：农具图片、《王祯农书》中的诗文、《中国古代农机具》的说明文以及李锐写作的现代白话文小说。[①] 这四部分看似彼此独立，实则彼此关照，共同建构了意义空间。如果把这一公式精简化，则呈现为：图（图像）、文学（文言）、文（说明文）、文学（白话）。最后一部分则“最像”小说，所有的故事就生长在这个古老的农具里。很显然，作者这样安排并非卖弄技巧，更不是为了给读者（文学爱好者）普及农具知识。这四部分内容实际上构成了一个相互依存、互相映照的有机结构，有着明显的超文本诗学特征。首先从文本的外在结构来看，“图片和文字，文言和白话，史料和虚构，历史的诗意和现实的困境”[②] 的拼贴，构成了文章的框架。再从整体上看，后三部分的“文”是对第一部分“图”的阐释和生发，以“图文”共同构建出一个意义空间，或者说按照超链接的方式自由阅读，在图、文，文言、白话之间任意穿行。然而，李锐给我们生发、讲述的故事却与前文图示以及工具书里所讲的农具用途毫不相干。这又使讲述显得似乎有些游离、偏航，但正是这种游离告诉我们：尽管这些古老的农具还被今天的人们使用着，但其用途已经改变，人类古老的智慧以及留存的生活经验、意义与农具已经分离，在现代社会，它们已被异化为复仇利器（《袴镰》）、表演道具（《铁锹》）、犯罪工具（《桔槔》）、刑具（《青石磙》）、净身工具（《樵斧》）甚至身体的一部分（《扁担》），等等，人与农具、农时的依存关系荡然无存，现代社会、现代媒介彻底改变了人类生活与古老历法的对应关系。作者的伤感显而易见。从

① 赵晓芳：《论〈太平风物〉的“超文体拼贴”》，《名作欣赏》2011 年第 14 期。

② 桂杰、褚凰羽：《〈太平风物〉：拒绝对农村诗意化的描写》，《中国青年报》2006 年 11 月 20 日。

某种意义上讲，李锐通过农具被异化来讲述今天的人类被异化的故事，同时也用超文本拼贴的方式表达“对于知识等级的拒绝信任，对于道德化和诗意化的深刻怀疑”①。与此相关，图像转向问题，是所谓“读图时代”的一个重要命题，但是“读图”并非21世纪的产物，图像比文字要古老得多。只不过在新的时代，图像、影像有了更多的表达方式、负载能力。我们更没有必要担心“阅读”的消失。

台湾作家秦嗣林的《29张当票》也是如此，每一则当票的故事前面均有当票图示，而该图示已经通过当入时期、贷金、当物内容等给我们讲述了一个小故事，而这些信息只是传达了实物和金钱等物意义上的内容。下面要讲述的故事则往往与实物和金钱无关，通过当票写人间冷暖、世间百态。《阿嬷的手尾钱》就写了一个浪荡公子陈先生要典当阿嬷手尾钱的事情，由此而扯出一个动人的温情故事。

词典体小说本身具有的词条式写作特征等复杂性呈现出与网络文学类似的超文本诗学特征，研究词典体小说能在一定程度上弥合目前所谓精英文学与网络文学之间的鸿沟。

第二节　词典体小说的人类学转向

20世纪以来，人类学已在多个学科领域突破和拓展其学术疆界，同时也催生了新的学术生长点，人文社科领域的人类学转向已成为不争的事实和学术潮流。有关当代中国文学的人类学转向已有叶舒宪、程金城、方克强等学者著文论述，但目前的学术焦点主要集中在文学书写中的人类学思想、文学研究范式的人类学转向上。叶舒宪曾把当代中国文学研究的“人类学转向”归纳为20种情况，② 其中只有

① 李锐：《太平风物——农具系列小说展览》，生活·读书·新知三联书店2006年版，第6页。

② 叶舒宪：《文学人类学教程》，中国社会科学出版社2010年版，第39页。

“人类学诗学”和文体有关，其余 19 种仍是文学创作、研究的主题论、方法论。作为文学核心要素之一的“文体”一直没有得到文学人类学研究界的足够重视。就词典体小说而言，由于大部分词典体小说文本都专注于地方性知识的书写如《马桥词典》《地方性知识》《词典：南方工业生活》《毕兹卡族谱》等，学术界对于词典体小说“地方性知识”书写的研究已经取得了相当丰硕的成果。

> 在学术上，后现代主义标志着单一演进理论与科学理性信仰占支配地位的时代的终结，对客观“真理”的强调代之以对符号、图像及观点多元化的强调。学者们意识到，由于每个人的经历不同，并不存在对现实唯一客观的论述。因此，后现代主义以多声道为特征。①

这种“多声道”特征在某种意义上就体现为对“地方性知识”的关注。“后现代强调多样性、地方性知识的重要性及发展话语的殖民根基，强调第三世界问题。”② 由于地方性知识的书写与后现代主义转向、人类学转向都有密切的关系，而本书第五章将系统论述词典体小说的人类学意义，故在此不再赘述。我们将更多关注词典体小说的文体是否随之发生了类似的变化？本书主要从文体的角度探讨词典体小说的人类学转向。本书所使用的文体概念主要参考郭英德的观点：“文体的基本结构应由体制、语体、体式、体性四个层次构成。体制指文体外在的形状、面貌、构架，语体指文体的语言系统、语言修辞和语言风格，体式指文体的表现方式，体性指文体的表现对象和审美

---

① ［英］凯蒂・加德纳、大卫・刘易斯：《人类学、发展与后现代挑战》，张有春译，中国人民大学出版社 2008 年版，第 20 页。

② ［英］凯蒂・加德纳、大卫・刘易斯：《人类学、发展与后现代挑战》，张有春译，第 20 页。

精神。”[①] 当然，本书所论及的“转向”亦非指当代文学创作都朝着这一方向发展、演变，而是提示、强调一种引导文学创作变革的趋势和动向。卡尔维诺认为：“由于我们习惯于把文学看成是对知识的追求，为了在这块土地上生长，我必须把它扩展成包括人类学、人种学和神话学等在内的一门学问。”[②]

从文体的角度来看，词典体小说的人类学转向可分为三个方面。一是从当代文学叙事结构、视角、意蕴中挖掘其人类学特征和意味，可看作“隐性”的人类学转向；二是从“常规”文本穿插田野笔记这一现象来探讨这种人类学转向的过渡状态；三是从跨文体写作的民族志转向论述“显性”的人类学。

一 “隐性”的人类学转向

自 1942 年 5 月毛泽东《在延安文艺座谈会上的讲话》发表以来，社会主义现实主义法则就占据了中国主流文坛。这种现实主义神话对当代文学的最大影响是线性因果律的情节结构模式和高大全的人物形象。20 世纪 80 年代以来，无论是作家还是读者，似乎都已对盛行已久的社会主义现实主义产生了“审美疲劳”，小说作为一种“有意味的形式”，文体成了作家必须面对和思考的问题。一批作家开始逐渐打破这种束缚，努力寻找属于自己的“形式”。

以当代文学的代表作品之一张炜的《九月寓言》为例，全书共七章，各章之间相互独立，都有各自的故事和人物，但又通过一些相关的人、事、物将各章联结在一起，构成一个小村庄几十年的历史。从表层的文本结构形式来看，作者是以七个既各自独立又相互关联的中篇模式结构了一部词典体长篇小说。是生命体验和创作冲动让这种“形式”俘获了张炜，还是作者为形式而形式？如何在这种形式的

① 郭英德：《中国古代文体学论稿》，北京大学出版社 2005 年版，第 2 页。
② ［意］卡尔维诺：《美国讲稿》，萧天佑译，译林出版社 2008 年版，第 29 页。

“刻意”追求中找到一种内在的逻辑使之成为所谓的真正的“长篇”小说。如果我们按照文本故事时间来看，小说可大致分为“传说”中的故事和“现实”中的故事。如果按照故事场域来看，可分为“小村”的故事和“厂区”的故事。如果按照故事主旨来划分，则可以分成“奔跑”的故事和“停止”的故事。如果我们再将这些分类进行提纯或替换的话，就可以得到下面几组对称的语词：过去/未来，原始村庄/现代工业，奔跑/停止。如何将这些对立的两极纳入合理有序的逻辑当中呢？作者选用了民间传说与现实故事的同构技巧来形成小说内在的复调结构。但是，仅此还不足以建构起一个具有内在肌理的寓言。我们认为，《九月寓言》最大的结构推动力在于人类学与历史的并置。这是一部关于人类如何“走”的故事，小说中的故事人物发生在一个被别人通称为“艇鲅”（谐音为：停吧！）的地方，而就在这个村子旁边有一个现代化的工业区。小说的内在结构是：过去/未来，原始村庄/现代工业，奔跑/停止的对立和思考。“停”还是“跑”“原始”还是“现代”？这样一种将人类学与历史主义并置的主题思考建构并推动了叙事的发展。如此，小说才在七个中篇之间找到了内在的动力和线索，如此才能称之为长篇小说。

历史不断进步的线性因果律情节结构模式被打破之后，零因果叙事、半因果叙事等非线性叙事模式纷纷登台。张清华在论述《丰乳肥臀》何以为“伟大汉语小说”时很有洞见地指出，“人类学”和“历史”本身在莫言的小说中构成了一个大的复调结构。① 其实何止是这些“伟大”的汉语小说具有人类学和历史主义的复调结构，新世纪以来的很多词典体小说的文体特征都有人类学的影响和痕迹。以当代小说的叙事视角为例，人类学的转向也处处可见。在当代文学“高大全”的英雄人物形象模式被打破之后，文学史上出现了一批非英雄，

① 张清华：《存在之境与智慧之灯——中国当代小说叙事及美学研究》，福建教育出版社 2010 年版，第 196 页。

甚至非正常人、非人的动物叙事等。莫言《檀香刑》中的赵小甲、林白《万物花开》《妇女闲聊录》中的“大头”等成为主要的“叙事人”，而这些叙事人的共同特征就是“弱智”“低能”甚至是“动物”。其实，无论是用“弱智化叙事”还是“动物叙事”等来指称，这些特殊的叙事者都可以被看作叙事人的“面具”，巴赫金曾指出“小说家需要某种重要的形式上体裁上的面具，它要能决定小说观察生活的立场，也要能决定小说家把这生活公之于众的立场”[①]。如果我们用人类学的视角看这些小说叙事的新变化就会发现，弱智化叙事、动物叙事不仅是当代作家在打破了线性叙事束缚之后的“形式”追求，而且是实用工具理性向“神”性回归的表征，其背后都有一个人类学反思人类中心主义、反观文明、原始的“大视角”。

除了在文体结构、视角等层面有着人类学的影响之外，当代文学在美学追求方面是否亦有人类学的痕迹和影响呢？以曾入围第五届茅盾文学奖的《日光流年》为例，这部小说在具体的美学追求和精神指向上也开创了人类学疾病叙事的先河。小说讲述了一个关于三姓村几代人倾尽全力抓生育、换油、换土、换水等为治疗喉堵症而奋斗的故事，但所有的努力均以失败而告终。更不可思议的是，这种“喉堵症”竟不知何时起，不知何原因，像幽灵一样笼罩着三姓村，所有的人都活不过40岁。作者的巧妙之处在于淡化、置换背景，运动被作为背景一笔带过，甚至只字不提，把几次运动放入与喉堵症抗争的历史序列当中，直接突出前景人物，展现他们的痛苦、挣扎与奋斗，在没有幕布的舞台上轮番上演着相似的悲剧更具有震撼力，并直指人类存在的本质和人类发展历史。略显单薄的寓言化叙事并不因缺少现实背景描写而丧失批判现实的力度，反而获得了更为深厚的人类学意蕴。同时，作者所选择的“疾病与治疗”的主题也具有人类学的指向

---

① ［苏］巴赫金：《巴赫金全集》（第二卷），白春仁、晓河译，河北教育出版社2009年版，第350页。

和追求。在影响20世纪中国思潮的许多自然科学理论中，近代生物学“范式”的作用最为深远普泛。达尔文的进化论激励国人在“天演人择”的所谓“规律”中救亡图存。既然中国已被视为“东亚病夫”，对伟大“医国手”的回春之术的期待，对种种“治疗方案”的讨论和争论，就在其大前提从不会引起疑问的情形下进行着。[①] 除“十七年时期”疾病叙事几乎绝迹外，由鲁迅《狂人日记》《药》开创的疾病叙事传统，一直影响到新时期的文学创作。从鲁迅始，到巴金的《第四病室》、老舍的《月牙儿》，直到新时期谌容的《人到中年》、毕淑敏的《拯救乳房》等，这种“生物学”“社会学”范式疾病叙事一直是中国疾病叙事的主流。从其演变轨迹来看，疾病叙事的发展构成了从宏大的时代病到无名的日常病的重要嬗变轨迹。小说中的疾病虽与民族、国家等宏大叙事相关，但已不是创作意图所在；既是个人的日常病痛，又直指人类存在的本质和局限性，以及为克服这种匮乏性而进行的努力。如果说由鲁迅开创的中国主流疾病叙事可以被称为“生物学”范式的疾病叙事，那么可以说《日光流年》开创了“人类学”范式的疾病叙事。

当然，具有这种追求的并非只有《日光流年》，张绍民的《村庄疾病史》、雷平阳的《三家村氏族》等也有类似的追求。这里需要特别指出的是，孙惠芬的《生死十日谈》和张绍民的《村庄疾病史》在疾病书写方面，显得尤为复杂又极其朴素。这些书写不仅有关于疾病隐喻的叙事模式，而且真切地书写了疾病之“痛”，生理的、身体的痛，并不仅仅是疾病的“意义”。“在不同的文化模式里，即不同的象征图式中，对事实或经验的内在体验与描述方式存在着巨大差异，然而就其生理层面上的苦痛感知与描述的语言则应很接近。这就像失眠的原因差异很大，而失眠的感受显得很接近一样。”[②] 无论是从

---

① 宫爱玲：《现代中国文学疾病叙事研究》，博士学位论文，山东师范大学，2007年。

② 耿占春：《退藏于密》，陕西人民教育出版社2015年版，第49页。

小说的命名方式——“史”，还是小说人物的复数式命名方式中，都可以看出作者在追求一种人类学意义上的文学书写。

当然，词典体小说除了在叙事结构、视角及美学追求等方面有着人类学的痕迹和影响之外，词典体小说的文体形式本身就具有极强的人类学意味，这些问题将于第五章详述。

二　在小说与民族志之间：田野笔记

如果说上文所论及作品的人类学特征和意味是一种隐性的、需要“阐释”和“挖掘”，那么，下文我们将论述文学“体制”形式的人类学转向——民族志转向。在这种转向中，有些作品呈现出犹抱琵琶半遮面的模糊状态，即以田野调查作为文学创作的出发点和基本原则，或在“常规”文本中穿插民族志研究资料和田野笔记。当然，这里的分类并非绝对精准，有些特殊文本可能兼具“隐性”的人类学特征和意味，并穿插着田野调查笔记等，甚至可直接称之为民族志文本。这里主要论述这些特殊文本处于“隐性”人类学转向和“显性”人类学转向之间的一种中间状态。

1996 年的“马桥风波”是当代文学史值得书写的一个文学事件。当年对韩少功的批评主要来自两个方面：一是指责韩文剽窃《哈扎尔辞典》；二是很多学者认为《马桥词典》不是小说，只能看作民族志研究的资料。叶舒宪从文学与人类学互动角度指出：“这种写法与其说像词典类工具书，不如说更像人类学、民俗学家的田野调查笔记，且随处流露出人类学文化比较的研究旨趣，似乎要将语言史上从未有人开掘过的一座宝藏以其自身的魅力展现于世人面前。”① 新世纪以来，文坛上相继出现的大批词典体小说不仅在文体形式上与《马桥词典》相似，在创作的旨趣上亦有着类似的追求。不用说黄青松的《毕

---

① 叶舒宪：《文学与人类学相遇——后现代文化研究与〈马桥词典〉》，《文艺研究》1997 年第 5 期。

兹卡年谱》与《马桥词典》有着极为相似的特征，张绍民的《村庄疾病史》也以忧郁病、空调病、糖尿病、脑膜炎等48种疾病名词为结构方式，以疾病为中心和叙事的动力，以诗意的笔调展现了一个村庄隐秘的疾痛和欲望，可以看作一个村庄的疾病志研究材料。萧相风的《词典：南方工业生活》用词条的形式实录了打工一族的“南方”生活，被誉为工业时代的草根词典和民族志方言词典。同年，人民文学奖获奖作品《中国在梁庄》以纪实的手法呈现了梁庄——中国在城市化进程中出现的“三农”问题、留守儿童的教育、农村自然环境的破坏和情感的新裂变等。作者自己说道：“我和村庄里的人一起吃饭聊天，对村里的姓氏、宗族关系、家庭成员、房屋状态、个人去向、婚姻生育作类似于社会学和人类学的调查。”① 梁鸿通过口述实录、现场调查等方式讲述了一个个具有典型性的人和人生故事，他们的情感和所面临的问题，传达出了乡村内在的生存状态，可谓新世纪的“乡土中国”。阎连科曾给予这样的评价：“这是一部具有别样之美的田野调查，又是一部与众不同的纪实文本，更是一扇认识当下中国独具慧眼锐思的理论之窗。从这里，正可以触摸今日中国与文学的心脏。”② 其实，《人民文学》倡导的“非虚构”写作不仅是创作方法的“田野”转向，也有着创作旨趣的人类学追求。孙惠芬的《生死十日谈》（《人民文学》2012年第11期）也是一部特殊的文本，作者以人类学家田野调查的方式探访和记录了翁古城农村十个自杀事件，同时又以极其敏感和细腻的笔触思考了这些承载着社会缩影和亲人情感的亡灵故事。这里不仅有科学般的严谨和思考，而且散发着对生命的关切和感悟。著名作家冯骥才也发表了田野档案《榆次后沟村采样考察记》（《收获》2004年第4期）。我们再套用“虚构”与“纪实”“小说”与“民族志”这样简单的分类方法已不足以把握这些特殊文本的创作

① 梁鸿：《中国在梁庄》，江苏人民出版社2010年版，第2页。
② 梁鸿：《中国在梁庄》，封底。

方法和文体特征，真正的特质也许就是所谓传统小说与民族志之间的融合和模糊状态。

或许上述文本还只能作为民族志研究的材料，抑或采用了人类学的调查方法，其实当代文学“常规”文本中半隐半现的民族志痕迹处处可见。以“藏地三部曲”轰动文坛的范稳在写作题材上有着鲜明的人类学特色，在文体选择上也处处彰显着人类学的痕迹。以《悲悯大地》为例，从主题来讲，《悲悯大地》专注于对藏族生活、文化与宗教的“厚描”和探寻。从篇章结构的布局来看，小说分为“缘起”“因卷”“果卷”“缘卷”“尾声：涅槃”，共五部分。缘起、缘灭本身就是一个有着佛教意味的时间循环，具有极强的人类学意味。该书不仅在整体结构上有着人类学意味，而且在章节安排上也匠心独运。全书分“因卷”“果卷”“缘卷”，每卷分三章，每章分四节，其中每一章的倒数第二节后面附录“田野调查笔记”或“读书笔记”，田野调查笔记和读书笔记的插入不仅仅使之前的阅读感受遭受田野实证的调整和学术化的思考，也在阅读上营造着亦真亦幻的魔幻效果。在“完美”的文本结构中大胆插入“田野调查笔记”“读书笔记”不仅是一种叙事策略的机巧选择，其背后还深藏着作家对于“文体”与“现实”的思考。很多学者曾指出，该书是魔幻现实主义的典型作品，其实，营造这种氛围的不仅仅是由作者所书写的题材内容即由藏传佛教所决定的，其魔幻空灵的艺术特色也依赖于这种特殊的文体结构。内容和形式从来都不是可以简单割裂的。与新时期以来先锋作家消解虚构和现实的叙事策略相比，范稳小说结构的民族志田野笔记策略别具一格，从另一个角度实现了内容与形式的完美融合。在这方面，最为极端的要数著名作家潘年英的人类学笔记系列作品（《伤心篱笆》《木楼人家》《故乡信札》）。读潘年英的作品我们很难区分到底是文学还是人类学。其后来出版的《西南笔记》《黔东南山寨的原始图像》《雷公山下的苗家》等也很难按照传统的文类划分标准来界定，当然，按照某一固定标准去“核定”一个作家、一部作品本身就是有问题的。有多位学者探讨过其特殊的文学人类学写作方式。作者自己曾说："我最初就是在人类学思想的指导下收集素材，然后进行'创作'的，但这里的'创作'与一般的文学创作有很大的不同，文学创作更强调虚构与想象，而我这里的'创作'则基本以写实为主，近似于人类学的'深描'吧。但我的确借鉴了文学创作的形式。"① 法国汉学家安妮·居里安也在《伤心篱笆》的序言中写道："潘年英的许多小说，都可以看作人类学的比喻和象征。"②

三　"显性"的人类学转向：民族志

如果说上述这些"怪异"的作品只能作为民族志研究材料，或是因穿插了田野笔记而在小说与民族志之间徘徊的话，那么还有一批作家在文体形式的探索上大胆"越界"，直接以"标准"的民族志文本作为小说叙事形式。由于民族志写作在"表述的危机"的影响下已经走向了文学化、小说化，民族志的文体也越来越多样化，文学和民族志的区分越来越模糊。本书所谓的民族志主要是指由马林诺夫斯基奠定，并由费孝通先生在《江村经济》中继承下来的标准民族志。

《心灵史》是当代文学的一部重要作品。无论从其思想内蕴还是从其跨文体写作的特殊形式来看，《心灵史》都可以被称为"大作品"的小说。其结构非常特别，以"门"来划分篇章结构，采用哲合忍耶内部秘密抄本的格式，一共七门四十七章，加前言后缀，几十万字，每一门叙述一代圣徒，共叙述了七代圣徒，通过"浓缩"的历史写出了哲合忍耶的宗教史和心灵史及其形成过程。张承志在《心灵史》代前言中说，这本书所专注的对象是任何旧文学的手段都无法奏效的。既然旧的文学手段无法奏效，张承志选择了何种新的文学手段呢？我们认为，张承志的"新"主要是指在文体形式方面打破了既有

---

① 潘年英：《笔记人类学：我的情有独钟》，《广西民族学院学报》2003年第5期。

② 潘年英：《伤心篱笆》，上海文艺出版社2001年版，第4页。

的长篇小说文体形式，《心灵史》几乎是大量照搬了《热什哈尔》《哲合忍耶道统史传》等中的史料，并通过对文献的解读走向了“历史”的田野，通过文献和考证的方法相互阐释，在历史中发现今天，在今天中寻找历史。在某种意义上也可以称之为词典体小说。由于张承志本人的学术背景，他在面对这些史料进行“诗”的创作时又有“史”的严谨。台湾学者张中复曾指出，这是“建立在较为严谨的历史论述与田野民族志‘参与观察’的基础上的”。“从历史民族志书写的角度来看，《心灵史》的属性不能单以文学来概括，而是要从历史民族志与底层史这两个概念与研究取向来进行探索。”① 从历史民族志的角度来看，这是一部历史民族志作品。

成名作家的“文体转换”也是个值得注意的现象。著名女作家孙惠芬于2004年推出了方志体小说《上塘书》。该书与作者之前的作品相比，最大的特点就是文体形式的转换。除引子外，全书共九章，分别为：上塘的地理、上塘的政治、上塘的交通、上塘的通讯、上塘的教育、上塘的贸易、上塘的文化、上塘的婚姻、上塘的历史，几可看作标准的民族志文本。无独有偶，一贯以女性经验、温婉抒情而著称于文坛的林白也于2003年推出了《万物花开》，同年人民文学出版社出版了《万物花开》单行本，但较之前《花城》本多了一个八万字左右的附录——“妇女闲聊录”。从附录内容来看，它像是作者写作时的原始素材。当我们还未对这一附录有足够的认识时，林白又于2005年出版了《妇女闲聊录》单行本。林白为何要将这个附录出单行本？这个附录是原始素材还是有自足的文体意义？该文本五卷，用217个片断分别记述了王榨的“人与事”“风俗与事物”等。特意选择的叙事人是一位名叫木珍的女子，让这位女子在完全自由的状态下讲述自己的经历和见闻，类似口述实录体的实验。如果我们把林白的

① 张中复：《历史民族志、宗教认同与文学意境的汇通——张承志〈心灵史〉中关于“哲合忍耶门宦”历史论述的解析》，《青海民族研究》2011年第1期。

《万物花开》和《妇女闲聊录》做一个对比就会发现，这两个文本在所描述的“故事”层面几乎是完全一样的，但在“文体”层面具有明显的不同，前者“像”小说，后者“似”民族志。如果从文体分类来看，《万物花开》是标准的文学虚构，而《妇女闲聊录》则是标准的口述实录，但林白说这是一部独立的长篇小说。有很多学者注意到了《妇女闲聊录》的口述史性质，其实，该文本也可以被看作口述民族志的文本。“口述民族志即是借用口述史研究的方法，采用对研究者口述材料的直接引用来展现研究者所代表的特定人群社会生活之方方面面的研究手段和文本展现。”① 口述史是有别于以往实证历史的一种新的历史研究方法和文体。用口述史的方法做民族志研究和书写是对人类学的另一种探索，也是对文学书写的一种探索。这里还涉及近年来一个很重要的话题——底层文学。关于要不要表述底层、如何表述底层等问题学界已经有相当精到的论述，但就相关的底层文学实践而言，大多数作品流入了无节制的同情中，采用了道德化批判立场，影响了底层文学迈向更高的文学品格。当然，这并不是说《妇女闲聊录》已经达到了多高的高度，但不可否认的是，作者的写作姿态没有高高在上，更不是冷眼旁观的零度写作，沉默的大多数用自己的语言讲述自己的生活。当然，这对于作家是个不小的挑战，首先是语言，其次是书写指向，是书写“个人”的思考和经验，还是让沉默的大多数发声？这不仅是一个技术问题，也是一个伦理问题。

如果从作家文体转型来看，那么《妇女闲聊录》也是一个很好的“标本”。早期的林白以诗歌创作为主，自 20 世纪 80 年代开始转向小说创作，1994 年《一个人的战争》一经发表即在文坛上引起了巨大的反响。“女性主义文学”“身体写作”等标签也随之而来。新世纪以来，林白的小说创作有了明显的转变，从《万物花开》《妇女闲聊录》《北去来辞》等来看，林白逐渐找到了自己的突破口，由个体经

① 张海燕、陈融：《口述民族志：人类学的另一种探索》，《文化学刊》2009 年第 1 期。

验、女性经验逐渐扩展到了社会经验。通读林白的小说会发现，尽管《一个人的战争》和《北去来辞》之间有着很强的重复性，但其创作所倚重的生活经验边界扩大了，一般而言，一个作家成熟的标志之一就是能从书写个人经验跨越到广阔的外部经验。在林白的转型中，《妇女闲聊录》是一个重要标志。有学者指出：

> 《北去来辞》并不是单纯的对林白式的故事的重写，而是对以往写作的一次超越，关键就在于林白冲破了个体经验的桎梏，将以往写作所依赖的个体经验扩张至“世界”的维度，建立起对社会、时代、现实的认识，《妇女闲聊录》便是这个过程中至关重要的一个突破口。①

林白也自言：这“是我所有作品中最朴素、最具现实感、最口语、与人世的痛痒最有关联，并且最有趣味的一部作品。”②

在民族志书写方面达到极致的是藿香结和黄青松。藿香结的《地方性知识》在前文已经多次提及，在此我们重点论述黄青松的《毕兹卡族谱》。土家族作家黄青松历时十年精心创作了长篇小说《毕兹卡族谱》。《毕兹卡族谱》是黄青松构筑“花桥世界”的一部长篇小说，由其《名堂经》六易其稿后修改而成，被誉为“土家族的马桥词典”“湘西边城的百年孤独”（见小说封面）。就文体结构而言，该书以词典形式记述本族传奇。《毕兹卡族谱》的独特性并不仅仅是其采用了像《哈扎尔辞典》《马桥词典》那样的辞典体叙事方式：小说以人物、风俗、事件等为章节名，还在于作者用民族志的方式记录（或者说用小说艺术的方式叩访）先祖故事。这里的“族谱”从土家族的

---

① 李立超：《经验的扩张——从〈妇女闲聊录〉看林白写作的“转型”》，《文艺争鸣》2018年第4期。

② 林白：《后记——世界如此辽阔》，《妇女闲聊录》，新星出版社2005年版，第226页。

远古讲述到今天。这部词典体小说分门别类地叙述了花桥的方言俗语、文化习俗、神话传说、日常生活等，将其看作一部人类学民族志也未尝不可。

小说在体例设置、叙事技巧等方面还有一些自己的特质。小说一开始展现在读者面前的就是密钥一：进入花桥世界的关键词汇对照表。对于没有受过专业训练的读者而言，这个对照表实际上很难读懂，里面不仅有花桥语音和现代汉语的对照，还有国际音标的注释。这些土语“有着属于自己的独特语意和信息”①。让花桥以自己的语言向外部世界、向规范语言系统显示出其独特的存在。再看密钥二：进入花桥世界的关键历史年代对照表。在这个对照表中，作者给每个进行对照的年代分别做出了“花桥所谓的年代”“中国史纪元年代”“备注”的对照。备注里是花桥自己的时间。显然，作者的用意在于思考大历史与小历史、大传统与小传统之间的对照、影响与疏离、对抗。前文我们已经讲过，词典体小说的一个重要特征就是非线性阅读，但这部小说在使用词典编撰方式的同时，又制造了“前时代”“远时代”“近时代”“后时代”的线性结构方式。经仔细辨析才发现，在这样的线性结构的表层下仍是非线性的叙事，呈现出一种多维参照的叙事形式。如小说第一卷主要从“齐天大水”开始讲述花桥人的创世说，通过灾难叙事、神以及英雄人物八部大王主事、猎王主事、土司王主事等叙述前时代故事，但同时讲述川军洗劫花桥的“现代”事件。这时我们才发现作者的秘钥二似乎更能揭示其结构的意义。如此才得以凸显“小历史”。小说在卷首引用德国历史哲学家斯宾格勒在《西方的没落》中的观点：“人类的历史没有任何意义，深奥的意义仅寓于个别文化的生活历程中。”如何实现这种创作意图？我们认为，密钥三主要承担了这个功能。密钥三是进入花桥世界的主要祭祀活动对照表。作者以祭祀活动的书写向花桥历史深处进行回访

① 黄青松：《毕兹卡族谱》，花城出版社 2017 年版，第 328 页。

与探询，在讲述这个族群“自己的观念，自己的情欲，自己的生活、愿望和情感，自己的死亡”的同时，也在对其内在的形态关系进行观察和理解。当然，这并不是说小说的结构、叙事、意图是完美的，其重点在于论述当代小说创作中民族志转向的一些基本问题。

我们在本书第二章论述乌力波集团对词典体小说的开拓时已经论及了藿香结的《地方性知识》所开创的方志体词典体小说。虽然作者自称其书为“人类学小说”开山之作的观点不无偏颇之处，但不可否认的是，从文体结构的几个层次来看，无论是外在的形状外貌、构架，语体的语言修辞风格，还是具体的表现方式和内在审美追求，该文本都可以被看作民族志文本的极端化书写。前文论及了该文本的“怪异”，其实，它虽在文体方面有较大的突破和创新，但仍未脱离传统小说所要求的核心要素“人物”“故事”等。然而，《地方性知识》给读者呈现的是没有“故事”和“人物”的关于“物”的小说（甚至可以说是标准的人类学著作）。当然，无论是词典体小说的后现代主义转向还是人类学转向，其背后的根本原因都是文学精神以及文学方法的改变和更新。作者认为：“现代汉语小说创作自近三十多年来，惜其有所斩获，也怜其多受欧拉美地域文学所惑，从方法论和更本质的角度看，有所建树者寥寥无几，其中原因，最明显的莫过于这一代作者的知识谱系不完备甚或不学无术所致。”① 应该如何改变这种现状呢？“小说和学术一样，开始走向实证性，这意味着小说的根本精神在发生改变，小说写作者有足够的精力和定力去学习新东西，做田野考察。”②

特别是在当代文学“类型化”“模式化”现象日益严重的今天，这种小说观念的转变、特殊的写作方式不仅提供了独特的“地方性”知识以满足读者的猎奇心理，而且民族志式的写作方式不失为解决当

---

① 藿香结：《地方性知识》，新世界出版社 2010 年版，第 1 页。

② 藿香结：《地方性知识》，第 482 页。

代文学原创力匮乏问题的有效途径之一，习惯于在书房里“虚构”的作家已经很少踏上真正的泥土地。当代词典体小说在其人类学转向过程中出现的叙事结构、叙事视角、美学追求等方面的人类学追求对于丰富当代文学品类及中国作家叙事艺术的提高有着极大的推动作用，但当这种人类学转向发展到一种极端化的“民族志”书写并声称这种趋势能代表中国小说的未来时，这种极端的书写方式必定会因这种民族志书写的非线性叙事特征、反故事特征、学术化特征等而丧失更多的读者。这种极端的人类学转向也有丧失读者的危险性。

由于我们选择词典体小说作为新世纪文学的一个标本来研究，词典体小说的后现代主义转向还是人类学转向在某种意义上也代表了新世纪文学的后现代主义转向和人类学转向。我们意在描述并探析这些改变，一个需要明确的前提是，改变不等于发展，更不等于优秀。对词典体小说这种转变的利弊得失我们将在本书结语部分进行详述。

第五章　有意味的形式

新时期以来，小说家在书写变革时代的时空想象、情感体验、审美需求以及文化表达时也在寻找新的结构方式。长篇小说繁荣的背后也出现了“危机”，形式主义（技术主义）钻入文学“内部”进行操练，“现实”“历史”“人物”都“模糊”了，甚至被丢掉了。这是形式主义遭人诟病的最主要原因，也是当下文学的根本性危机之一，重新反思形式主义（技术主义）问题，不仅是总结新中国成立以来长篇小说文体发展史经验的重要支点和组成部分，也是当下学者必须面对的问题。上述几章我们分别从词典体小说的外部推动力、类型学及其呈现出的后现代主义转向和人类学转向进行了详细论述。作为一种特殊的文体（文体类型），我们不禁要问，词典体小说到底给当代中国文学带来了什么？这种形式是否具有独立的意义呢？作为一种艺术符号体系，词典体小说与人类的哪些本质属性和追求有着内在的联系呢？本章尝试就这些问题展开论述。

在美学、文艺学和艺术批评史上，从来没有哪个概念能像“形式”这样被广泛地使用，也从来没有哪个概念像“形式”这样引起了众多的争议。尽管争议不断，但可以肯定的是，形式具有独立的意义，否则就没有形式与内容之争了。千百年来在关于美和艺术的本体论的争论当中，形式问题一直是不可回避的问题。对于词典体小说，这种主要以“格式的特别”来命名的小说类型更无法回避这一问题。我们要明确的是，文学上的“形式问题”不仅仅是体裁的问题。巴赫金就曾指出："每一种体裁都具有它所特有的观察和理解现实的方法和手段""每一种体裁所能掌握的，只是现实的某些方面，它有一定的选择原则、观察和理解现实的一定形式以及所包括的范围的一定的广度和渗透的一定深度。"① 泽尔尼克也认为"意识形态被构筑成一个可允许的叙述，即是说，它是一种控制经验的方式，用以提供经验被掌握的感觉。意识形态不是一组推演性的陈述，它最好被理解为一个复杂的，延展于整个叙述中的文本，或者更简单地说，是一种说故事的方式。"② 具体到我们的研究对象词典体小说形式本身是否有"独立"的意义？这种意义的生成机制是什么？有学者指出："形式美的生成应该具备三个基本要素：一是来自主体的人类的审美需要所形成的形式美感；二是来自客体的物质材料的形式构成的审美属性或潜能；三是将两者沟通的人类文化传统的历史积淀所形成的审美条件和语境。"③ 卢卡奇也曾指出："文艺中真正的社会因素是形式。"④ 我们坚持从文体到文化的视角和方法，把文体与文化学、人类学联系起来，探究其人类学根源和价值学内涵。正如陶东风所讲："总之，切断了文体的精神文化关联域，把它当成封闭孤立的语言王国，是对文体的人类学根源和价值学内涵的忽视，它必将使文体研究丧失人文意味而堕落为文字游戏。"⑤ 古人刘勰言："若不达政体，而舞笔弄文，支离构词，穿凿附会，空骋其华，固为事实所摈，设得其理，亦为游辞所埋矣。"（《文心雕龙·仪对》）具体来说，本章主要从词典的"大"与"实"和小说的"小"与"虚"之间的张力论述词典体小说

① ［苏］巴赫金：《巴赫金选集》（第二卷），李辉凡等译，河北教育出版社 2009 年版，第 281、279 页。

② 转引自赵毅衡《反讽时代：形式论与文化批评》，复旦大学出版社 2011 年版，第 136 页。

③ 赵宪章、南帆等主编：《文学与形式》，南京大学出版社 2011 年版，第 345 页。

④ 转引自伊格尔顿《马克思主义与文学批评》，文宝译，生活·读书·新知三联书店 1989 年版，第 24 页。

⑤ 陶东风：《文体演变的文化意味》，云南人民出版社 1997 年版，第 22 页。

文体的本体论意义；从文体形式的散文化倾向和文本内容的边缘书写这一角度论述文体形式和文本内容的同构性；从人类学展演理论的视角重新探讨了词典体小说文本重构性和再创造性的深层原因，从作为“修补匠”的作者这一角度论述词典体小说特殊的“作者”如何变成了“超级作者”，并以此探讨作者背后文学思维的原始主义。

第一节　真假虚实之间：当词典遭遇小说

前文在论述词典体小说的界定及分类的时候已经指出，新世纪[①]以来出现了韩少功的《马桥词典》《暗示》、张贤亮的《我的菩提树》、柯云路的《黑山堡纲鉴》、李洱的《花腔》、孙惠芬的《上塘书》《生死十日谈》、曹乃谦的《到黑夜想你没办法——温家窑风景》、林白的《妇女闲聊录》、萧相风的《词典：南方工业社会》、杨争光的《少年张冲六章》、黄青松的《毕兹卡族谱》、贾勤的《现代派文学辞典》、藿香结的《地方性知识》、格绒追美的《青藏辞典》等大量“标准”词典体小说。更有阎连科的《日光流年》《受活》、宁肯的《天藏》《三个三重奏》、李锐的《人间》《太平风物——农具系列小说展览》、莫言的《檀香刑》、贾平凹的《病相报告》、骆以军的《遣悲怀》、潘年英的《木楼人家》、韩东的《扎根》、范稳的《悲天悯地》、田中禾的《父亲和她们》、周大新的《曲终人在》、梁鸿的《神圣家族》等大量“怪异”作品，这些小说的共同特征之一就是结构形式（编撰方式）的“词典体”或“亚词典体”，或者说具有非线性阅读的特征。词典文体本身成了我们必须面对和思考的问题。我们已经在前面几章论述过词典体小说的后现代主义转向与人类学转向，其中一个很重要的特征就是超文本诗学特征和民族志转向。暂且不论

① 个别作品出现在2000年之前，我们采用的新世纪文学概念的物理时间界定大致从20世纪90年代始。

这些文本的具体内容，仅从文体的形式出发，这些独特文本就会给我们带来如下疑问：什么是词典？什么是小说？词典能和小说兼容吗？词典加小说或者小说加词典就是词典体小说吗？词典体小说是对词典或小说的借用，还是对词典或小说的超越？如果说有超越的话，是否仅仅就文体形式而言？这种超越是否有着文体的本体论意义？

词典是“汇集语言里的词语，按某种次序排列，并一一加以解释，供人查阅的工具书”（参看《辞海》），词典是“收集词汇加以解释供人检查参考的工具书”（参看《现代汉语词典》）。如果把“词典”本身当作一种文体来看，词典本身具有囊括性、科学性、系统性、完整性、逻辑性、规范性等特点，词典这种文本本身具有“推而广之”的冲动和囊括世间万物的雄心，或者说，词典本身象征着我们身处其中的世界（无论这个世界完整与否）。词典文体本身就有概括提炼世界、人类的雄心与姿态。与其他文体相比，这是不是词典的优势所在呢？如芬雷所言：“似乎除辞典之外，没有其他的结构可以容纳‘人类’！‘一切’！这样的概念，辞典从其诞生起，就有着一种不可能的热望，即筹划人类的轮廓。”[①] 同时，辞书本身还具有知识普及的功用，它要确保社会运行在辞书的“规范”下进行，或者说，社会运行的规范在某种程度上是由辞书的权威性所确立的。而“小说”一词最早出现于汉语文献《庄子·外物》中。“饰小说以干县令，其于大达亦远矣”里的“小说”，其本意是指琐屑的言谈、议论，还不是一个独立的文体概念，其内涵与外延均与19世纪以来作为文体的小说概念相距甚远。但由于现代小说研究沿用了古代小说这一概念而给我们今天的学术研究带来了无穷的麻烦。从鲁迅的《中国小说史略》始，“小说”这一概念就从来没有在不同的语境中凝练形成统一的内涵，类似维特根斯坦所说的“家族相似”概念，[②] 我们今天在使用

① 芬雷：《辞典写作的筹划》，《延河》2010年第12期。

② 高小康：《中国古代叙事观念与意识形态》，北京大学出版社2005年版，第1—3页。

“小说”这一概念时往往是从文体的维度上谈论文本的虚构、情感、故事、情节等小说的基本要素，而有意忽略、拒绝了“小说”原初意义的琐屑言论之意等。之所以今天仍有人拒绝承认《马桥词典》《心灵史》《地方性知识》等词典体文本为小说，往往因为是从作为文体的小说概念（现代以来所形成的一种狭隘的文体概念）出发的。出版社在出版此类小说时也不得不挂上“新小说”“先锋小说”之类的招牌。即便是从这种广义的小说概念出发，词典与小说这两个“针锋相对”的概念也似乎是难以兼容的。当然，我们今天仍是以作为文体的小说为讨论基点的，探讨“词典+小说”这种形式创新有何意义？有何文体本体论上的意义？如果仅是简单的形式相加，那么，它何以引起读者和评论界的持久关注？这种创新的艺术魅力何在？作为文体的词典与作为文体的小说的结合是否意味着“一种有意味的形式”？意味来自何处？我们认为，文体艺术魅力的根源之一是虚实相间的张力。如何在“疾虚妄”的传统与背景下呈现“意境”“神韵”“滋味”等一直是古人思考的难题之一。其实，在进行文学创作时如何把握好虚实之间的比例分配问题直到今天也一直是考验作家艺术才华的难题之一，而词典体小说把词典所具有的科学性、系统性、完整性、逻辑性、不容争辩性等特点与小说的虚构性、情感性、想象性等特征天然地结合起来，虚与实的诱惑又挑战着我们因文类传统而业已形成的期待视野和审美趣味。张贤亮的《我的菩提树》采用了日记加注释的方式，而日记在传统意义上是“真实”的，甚至是可以作为法庭上的“证据”而使用的。李洱的《花腔》甚至穿插了大量的学术论文，是为了“求证”，林白的《妇女闲聊录》是“采访实录”，孙惠芬的《生死十日谈》是因科研“走访”而得，田中禾的《父亲和她们》也是作为一个“记录者”的身份记录着真实的故事。最为极端的是藿香结的《地方性知识》在卷首声称文本的所有资料都来源于作者自己的田野考察和人类学家的相关资料，完全是“实录”，其资料来源主要是本人田野考察所得。不仅词典和小说会引起我们在期待视野上的

“真假”之辨，就连文本内部也刻意使用“亦真亦幻”的叙事策略。甚至可以说，几乎所有的词典体小说都有“真实”“求证”之倾向。在词典体小说用其“词典”和“小说”之双翼对我们的阅读感受进行相互欺骗和争夺的时候，我们该如何选择、确定、校正自己的阅读感受？在真假之间、虚实之间我们徘徊不定，犹豫不决，艺术魅力的跌宕也因此而波涛无限。文体艺术魅力的根源之二是词典之“大”与小说之“小”之间的张力。无论是从小说的“原初”意义出发，还是从作为文体的小说概念出发，在中国文化的诗文传统里小说本身就具有“小”的特征，“不正统、不系统、不可靠、没有重大价值和功用”[①] 是各种小说观念的共同特征之一。当词典遭遇小说，词典本身所象征的囊括、提炼整个世界的雄心与姿态与小说之“小”形成了巨大的张力，甚至有些许滑稽之感。抛开词典体小说产生的历史的、文化的等各种背景因素，从哲学人类学的角度来看，词典体小说这种文体形式本身就具有浓郁的人类学意味。人类学家认为，人类想象除了具有空间想象、时间想象、形态学的想象之外，“想象还具有一系列综合特性。这些特性更加宽泛，更加无所不包——它们渗透在想象的所有领域，发挥着自己独特的情感价值和审美价值”[②]。如何使人类（或个体）独特的情感价值和审美价值完美地融入、体现在具体的文本当中？人类学家伊万·布莱迪曾以《格列佛游记》和《爱丽丝梦游奇境》等经典作品中出现的微型世界，以及我们孩童时代建造的小人、小汽车、小房子为例指出，微缩模型是一种统治、控制和整合的形而上学。微缩景象体现了人类在想象的过程中重新定义空间的能力。而微缩与放大是相互依赖的。同时作者还指出，人类想象的同时性是一种同时想象并置若干意象的能力，同时性又包含了非线性的意

① 高小康：《中国古代叙事观念与意识形态》，北京大学出版社2005年版，第2页。

② ［美］伊万·布莱迪：《人类学诗学》，徐鲁亚等译，中国人民大学出版社2010年版，第98页。

识，同时性阻止、冻结和中止时间的有次序展开，它改变了我们日常生活中正常的时间结构。① 除了文学写作惯用的夸张、比喻、象征、隐喻、蒙太奇等修辞手法外，词典体小说的文体特征——词典之“大”与小说之“小”的完美结合与人类想象的空间特性具有了同构性和可操作性。藿香结在《地方性知识》里就一直重复着大江健三郎的一个公式：村庄 = 国家 = 小宇宙的森林。而词典体小说任意进入文本的非线性阅读（或称扑克牌阅读）方式也在文体形式的技术层面实现了人类想象的“同时性”。这对于中国现代以来所形成的线性书写的惯性是一种超越和突破，也是保证词典体小说获得艺术魅力的原因之一。

第二节　散文化倾向：在词典与小说之间

我们目前使用的主要文类四分法——诗歌、散文、小说、戏剧是舶来品，也是 20 世纪以来才形成的分类方法。尽管学界对此分类方法给予了较多的批判，但不可否认，我们所有的评价和批判仍是以此分类方法为谈论的基础，是进行学术研究、交流的一个基本平台。同时，古今中外的文学史告诉我们，文类的产生以及其间的相互竞争与借鉴一直贯穿于古今中外的文学文体演变史，甚至有学者认为文体之间的相互竞争与借鉴是永葆文学魅力与活力的根源之一。兼具词典和小说文体特征的词典体小说在词典与小说的相互竞争、借鉴甚至相互撕扯中成为传统文类的边缘角色。作者如何在文体的“规范”下保证这些特殊文本更“像”小说，韩少功、林白、骆以军、萧相风、贾勤、藿香结等人似乎无意在此逗留，而是选择了向更适合词典体小说栖息的文体——散文靠拢，散文成了他们文体选择的最后缓冲地。不要说充满了深刻的哲思和学术化思考的韩少功的《暗示》，明显具有

① ［美］伊万·布莱迪：《人类学诗学》，徐鲁亚等译，中国人民大学出版社 2010 年版，第 80—92 页。

散文化倾向的奇思妙语之文本贾勤的《现代派文学辞典》，被认为是人类学著作的藿香结的《地方性知识》会被从“小说”的领域内清除掉，就连《我的菩提树》《马桥词典》《暗示》《受活》《毕兹卡族谱》《村庄疾病史》《29 张当票》这样具有明显传统小说叙事特征的文本仍有较为明显的散文化倾向。这类文本虽名为小说（如《马桥词典》《地方性知识》等文本则明确标注为长篇小说），在具体的写法上突破了近代以来小说以人物为叙事中心的写作模式，没有中心人物，更不用说典型人物了，更为极端的个别文本甚至没有人物脸谱的清晰呈现（如《地方性知识》中没有人物和故事，而被认为是关于“物”的小说）。人物的消失带来的是故事的消失，文本没有一以贯之的情节，叙事的推动和进展完全依靠词条的内容和编排方式，没有明确的叙事线索，叙事呈现出碎片化、无序化状态。我们可以像翻阅词典一样随意进入文本，文本也因此显得既没有开始，也没有结束，可以无限敞开。更让传统文类愤怒的是，词典体小说不但有意兼容了词典和小说的写法，反而有意违反词典和小说写作的大忌，较多地采用议论。无论是《马桥词典》《暗示》，还是《毕兹卡族谱》《现代派文学辞典》《地方性知识》《经验匮乏者笔记》《木楼人家》《我的菩提树》《花腔》《艾多斯 舒立凡》等文本不但有大量议论的存在，而且有时直接以大段的学术话语作篇、章的主体。《艾多斯 舒立凡》这部小说开篇第一个故事就摘录了史志资料《女猎头研究》，第三个故事引用司马怜儒《匈奴本末散佚考》等大量史料。小说第二十个故事，直接以论文“论哈萨克歌曲的文学意义”为题，标题、正文、注释等一应俱全，俨然一副学术论文的面貌。尽管议论、学术性思考等话语的参与会让文本获得一种思考所带来的自由感和由此而建立的秩序感，但这如何让已被文类规则规训的我们在这种模糊、陌生的写作方式中找到曾经熟识的影子？文本的散文化倾向如何让文本在获得叙事自由的同时获得叙事结构的完整性？靠深刻的“思想”来凝聚叙事的碎片吗？中国传统小说叙事结构的完整性要么是通过叙事背后的

“天道”意图来驾驭文本的叙事结构，以此来获得结构的丰满和完整，我们常见的惩恶扬善、因果报应式的结构模式就是这种天道意图推动的结果；要么是通过人物性格与社会环境的冲突来写个人生命的有限，从而获得叙事的中心与推动力，《金瓶梅》等小说是此类文本的典范；要么是通过“传奇”的写作快感和阅读快感来获得叙事的主体地位和读者群，“三言二拍”中的许多文本就是靠“传奇”而获得了叙事的自由和完整。很显然，词典体小说的叙事策略在这三者之外，既没有“天道”意识，也很少有个人生命悲剧，更没有什么传奇可言，大多是平平常常的琐屑小事，呈现出碎片化的生活样貌。如何在碎片化、片段化的叙事中保持叙事的欲望和动力，难道仅仅是靠碎片的有痕黏合吗？无论传统小说的结构如何，都有较为清晰的叙事时间。词典体小说没有明确的叙事时间，而是通过词条表明一个叙事指向和中心。如果说这种叙事指向一个圆心的话，各个词条可以看作组成这个叙事圆的半径，由此文本才获得了叙事结构的完整。这类文本有传统“笔记小说”的特征，看似由许多短篇小说（或者说散文）连缀而成，实则有着共同的指向和追求，传统小说文本的历时性结构在这里获得了共时性结构的完满，作品由此而完整，而成为无痕黏合。实际上，散文化结构方法似乎更适于诗词创作，南帆曾经指出：

> 我们屡屡在古典诗词中见到一种意象群的结构：“无边落木萧萧下，不尽长江滚滚来”“感时花溅泪，恨别鸟惊心”“鸡声茅店月，人迹板桥霜”，等等。在这些共呈并列的意象群中，我们很难确定某些意象为前因而另一些意象为后果。这些意象的组合依赖于一种特定的情绪、氛围和境界。……相形之下，如果说古典诗词的形象体系结构更多的是在融景于情的顺序下开展，那么，小说情节模式所构成的形象体系则得之于因果关系的延伸。①

① 南帆：《小说艺术模式的革命》，福建教育出版社 2016 年版，第 29 页。

正如张诚若所言“在看似碎片般的词条背后，每个作者都有其内在整体性的志向”①。这些词典体文本却在小说这一文本中借用了传统诗词结构方法。

毫无疑问，文类的发展演变与社会文化的变迁也有着深层的内在联系。中国传统的诗、词、曲、小说的文类竞争与变迁史早已说明了这一点。西方文学理论家亦曾指出：“古典主义理论也以社会性标准来区分类型。史诗和悲剧叙述的是国王和贵族们的事情，喜剧描写中产阶级（市民、资产阶级）的事情，讽刺文学和闹剧则写的是老百姓。”② 词典体小说显然拒绝了文类本身所包含的“阶层”观念，主动地选择了向“平民化”文体——散文靠拢。散文化倾向在保持文本叙事自由的同时难免显得有些琐碎化、片段化，但“与其贬斥散文的琐碎，不如强调散文的反抗权威与反抗中心”③。

词典体小说这种形式上的反抗还以文本主体内容的同构性获得了形式的生命力。如果我们硬要给这些词典体小说归纳一个主题的话，那就是书写边缘。韩少功曾明确表示《马桥词典》是要给一个村寨作传。从文本内容来看，是人类学家乐道的典型的地方性知识，关于此已有众多论著进行过阐释。萧相风的《词典：南方工业社会》看似描写处在市场经济核心的南方工业社会，实则通过“打工”“老乡”“加班”“出粮”“出租屋”“电子厂”“白话”“流水拉”“工伤”“流动人口证”“塑料”“ISO”等词语写出了南方的“边缘”——打工者，但这种边缘不同于“马桥”的边缘，而是中心之内的边缘。孙惠芬的《生死十日谈》更是关注“乡土”和“底层”交汇处的“自杀者”。在这方面，民族地区的一些作家的辞典书写就显得更为明显，

① 张诚若：《语词的篝火——贾勤〈现代派文学辞典〉》，《上海文化》2011 年第 3 期。

② ［美］韦勒克、沃伦：《文学理论》，刘象愚等译，生活·读书·新知三联书店 1984 年版，第 267 页。

③ 南帆：《文学的维度》，中国人民大学出版社 2009 年版，第 217 页。

新疆作家沈苇在2005年曾完成《新疆词典》（2016年修订后再版），严格来说，该书并不能被称为小说，它包容了人们所熟知的几乎一切文体，如日记、书信、诗歌、小说、传记甚至电视短片小剧本等等。作者所提及的内容包括《天山》《十二木卡姆》《驴》等具有地理标志、文化标志的新疆符号，这部作品是以词与物的形式结构了一个浓缩的新疆。四川藏族作家格绒追美的《青藏辞典》，全书分为二十七章，各章词条从一条到九十九条不等，共一千余条。涉及青藏高原的地理、宗教、民间文化、民风民俗，也涉及现代及世界范围内的复杂与纷繁，如官场、文坛、写作、艺术等等。但几乎各章都有以青藏为核心的词汇，如“雪域”“喜马拉雅山”“长江”“黄河”“澜沧江”“岗仁波齐”“喀喇昆仑山”“唐古拉”“泸沽湖”“九寨沟”“康巴”“康定”“布达拉”“雍布拉康”等等。涉及民间文化的有“八大藏戏”“神授艺人”“格萨尔王”“折嘎”“阿古顿巴”“伏藏”“掘藏”“赛马”“尸语故事”等等。涉及民风民俗的有“松茸”“虫草”“哈达”“天葬”。涉及宗教的有“玛尼石”“风马”“转经筒”“中阴”“禅意”“因果”“执着”“色与空”“四法宝鬘”“七大教言”。还有一些宗教大师的名称：“根华仁波且”“索达吉”“帕单巴”等等。当然，该书并不局限于藏族传统文化，在本书中常常会出现一些现代词条。相对汉文化而言，这些稍嫌陌生的词汇显然是边缘的“声音”。黄青松的《毕兹卡族谱》被誉为“土家族的马桥词典”“湘西边城的百年孤独”。其边缘性不言而喻。作者自言其是在汉文化大背景下“缺乏对边缘和弱小的观照”而写作的。[①]

关于边缘，疾病是不得不说的话题，相对于所谓正常人而言，疾病患者就是边缘。《村庄疾病史》则以各种疾病的名称来推动叙事发展，写一个村庄的欲望和伤痛，如同表层叙事所讲的人体的疾病。张大明的中医系列小说中所讲述的中医故事和中医知识相对于所谓标准

① 黄青松：《毕兹卡族谱》，花城出版社2017年版，第328页。

化的科学知识而言，也是一种边缘性的存在。其他词典体小说也莫不如此，无论是主流文化之外的马桥文化，还是主流人群的边缘——“打工者”；无论是正常人群之外的疾患者（阎连科《日光流年》《受活》），还是相对于西医（或者说科学）而言的中医，《人间》中对于“妖”的书写，还是有别于正常人群的“劳改犯”（《我的菩提树》），这些文本的共同特征之一就是选择了作为中心和主流的“他者”作为叙事的中心和指向。就连文本使用的方言叙事，也是作为“普通话”的“他者”而出现的。“现代汉语本身的形成过程就伴随着意识形态的形成和获得权威地位的历史过程。”[①] 对方言的关注本身就意味着对主流意识形态的疏离和反抗。耿占春进一步指出：“《马桥词典》的意向，不仅仅对一个小地域的方言是如此，它对于一个更大范围、更大群体的方言，或者说对于汉语普通话也同样具有这种消解和双解作用。”[②] 这些特殊的文本不仅使“主角”“典型”边缘化，甚至连传统的“人物”在小说中的地位也边缘化了，《日光流年》的主角是“疾病”，《太平风物——农具系列小说展览》的主角是“农具”，相对于工业文明来说，这也是被抛弃的他者，《木楼人家》的主角是“节气”，是公历纪元下已受汉族文化浸染的侗族自己的节日。如果按照文本内容与形式的二分法来看，词典体小说所选择的写作内容与所选择的写作形式是否具有内在的统一性？答案应该是肯定的，词典体小说毫不犹豫地将文本形式推向了“词典”和“小说”的边缘。而这种边缘化的文体形式与文本内容具有内在的契合性。艺术的批判功能何以产生？是来自于文本内容的力量，还是形式的力量？对马尔库塞而言，琵琶行产生于审美形式之中，“艺术的批评功能，艺术为自由而奋争所做出的奉献，留存于审美形式中”[③]。在很长一段时间里，我

---

① 耿占春：《叙事美学——探索一种百科全书式小说》，郑州大学出版社 2002 年版，第 170 页。

② 耿占春：《叙事美学——探索一种百科全书式小说》，第 171 页。

③ 赵宪章、南帆主编：《文学与形式》，南京大学出版社 2011 年版，第 282 页。

国文学界曾把写作对象、创作方法作为判断艺术价值高低的重要尺度。在今天，这样一种文学批评的标准发生了极大的改变，似乎只是文学技巧的比拼，其实“文学的价值并非素材的价值，文学的价值应当体现于艺术形式综合素材之后的结果。无论叙事的对象是什么，叙事本身将造成一种容纳与宣导激情的形式。即便是反抗不合理的现实，文学的反抗精神仍应保持在艺术维度上，留存在审美方式之中。换言之，文学只能在一个完整的形式之中反抗现实。马尔库塞曾经反复强调，只有一个真正的艺术王国才能引导出一个真正的反抗主体。”①

第三节　作为“情境”的词典

在通常意义上，我们阅读词典是因疑惑或学习而去检索某一词语的释义，大多是出于“实用主义”的目的。除非专业词典研究者，大多数人在阅读词典时不会从头至尾一字不落地读完，通常是选择性阅读、目的性阅读、功利性阅读，并对词典的“释义”信服不疑，在词典面前俯首称臣，因为词典本身就意味着君临天下，不可动摇。而对于小说阅读而言，无论是出于何种阅读目的（大多数情况下是非实用主义的审美阅读），我们一般会饥不择食地按照线性方式进行常规阅读（个别难以卒读的小说除外）。当然，也有极个别的小说研究专家会采取一些特殊的阅读方式。但面对小说，我们讨论、研究甚至相互争论，断言自己深刻剖析、掌握了小说文本的内涵，甚至经常能看到一些批评家口出狂言，类似法官的审判。读者在词典面前丢掉的“面子”在小说面前获得了报复性补偿，特别是读者接受美学理论出现以来，更有人断言是读者生产了文学的意义。如何阅读词典体小说呢？在词典体小说面前我们应该是俯首称臣还是颐指气使地宣称真理

① 南帆：《文学的维度》，中国人民大学出版社2009年版，第151—152页。

在握？

读者接受美学强调了读者阅读期待、个人兴趣、人生阅历等因素对于文本的填充和再创造，强调了“读者”作为文学活动一极的重要性。按照艾布拉姆斯的文学四要素说，读者接受美学强调的是读者对于文本的再创造，但这种看似双向交流的再创作过程，实则仍是单向交流，只不过是对读者地位进行了“晋级”，因为读者接受美学强调的是不同个体的阅读效果和文学意义生产之间的关系。与此类似，巴特也强调作者对文本的再创造，提出了著名的“可读文本”与“可写文本”之区分。所谓“可读文本”，就是能够引起人们阅读兴趣的作品，所谓“可写文本”就是能够引发读者重新写作的欲望，将原作重写或重构的作品。但巴特的观点是强调文本本身具有再创作和重构的潜能，并不能直接生产出不同意义的文学文本。也有学者根据巴特的观点提出了词典体小说的再创作和重构功能。[①] 从读者接受美学理论和巴特“可写文本”理论来看，双方分别强调了“读者”和“文本”在文学意义生产上的重要作用。罗兰·巴尔特的“复数文本”的概念把文本植入“方法论的领域”，文本成为一种运动、一种活动、一种生产和转换过程，文本不再是固定的实体。显然，“复数文本”仅是理论分析的结果，它揭示的是文本的语言活动本性。[②]

如果我们以此来分析词典体小说意义多重性产生的原因，显然有些单薄。因为无论多么愚钝的读者从不同词条进入文本都会和文本共同生产出不同的文学意义。除了这种显而易见的原因之外，是否还有其他更深层次的原因？如果说条条大路通罗马，那么选择不同的语词进入文本何以会产生如此不同甚至相反的意义？我们的思路是这样的，既然汉语文学分别起源和平行演变于“口述”和“案头”两个

① 赵宪章：《词典体小说的形式分析》，《南京大学学报》（哲学·人文科学·社会科学）2002 年第 3 期。

② 陈晓明：《无边的挑战——中国先锋文学的后现代性》（修订版），中国人民大学出版社 2015 年版，第 77—78 页。

文学传统，那么能否在今天的“案头”文学里发现“口述”的痕迹？如果不能的话，我们是否可以借用“口述”文学的主要研究方法来研究传统的“案头”文学？

在此，我们有必要借助人类学家所讲的“展演理论”来解读文学生产的过程以及这种过程的特殊性与文学意义的丰富性、多义性之间的关系。所谓“展演”指的是一种沟通（communication）与表达（expression）的方式。展演理论主要关注传诵口语文学作品的技艺及其含义，讲述的音调、速度、韵律与表演技巧。传诵过程中所有参加者与研究者之间的各种互动、反应都会影响到文本的再创作。传诵者的个体特性、文化背景、角色以及文化传统都是传诵“情境”的重要因素。就如理查德·鲍曼（Richard Bauman）所说：“‘展演’实际上是一种语言运用的款式，一种叙述的风格——‘展演’其实已是口语文学艺术中沟通表达的首要成分了。”[①] 作为研究口传文学的最佳路径之一的展演理论如何被应用到传统书面文学上呢？词典体小说与口传文学在哪些方面具有相同性？其实展演理论的学术聚焦点是文本生产和文学意义生产的具体“情境”，也就是把“死”的文本还原为“活”的文本。对此美国著名民俗学家阿兰·邓迪斯有过一段精彩的比喻：“没有语境的民俗文本本质上就类似于装饰着人类学与民间博物馆的墙壁并且为私人住宅增添光彩的大量外来的乐器。这些乐器和民俗文本一样是本真的，但是，乐器的音域，乐器的音调，乐器的功能以及乐器表演的复杂性都是鲜为人知的。”[②] 词典体小说是否具有这种多重“情境性”特征呢？如果有的话，其文体形式的哪些特征保证了“情境”的可体验性和可再生性？

我们认为，词典体小说的词条写作模式以及词条的相互镶嵌等特

① 李亦园：《李亦园自选集》，上海教育出版社 2002 年版，第 335—336 页。

② ［美］阿兰·邓迪斯：《民俗解析》，户晓辉编译，广西师范大学出版社 2005 年版，第 46 页。

征为词典体小说提供了特定“情境”的生产。作为独立自由的读者，我们可以主动选择“情境”，任意出入文本，依据自己的喜好而选择不同的阅读顺序，以此领略文本看似天然的文学现场，就像展演理论所讲的听众可以自由选择故事讲演者一样。同时，文本的建构者又不满足于这样被读者肆意欺负，大多数词典体小说都会采用词条相互镶嵌的写作模式。比如《我的菩提树》《马桥词典》《花腔》《词典：南方工业社会》《村庄疾病史》《妇女闲聊录》《现代派文学辞典》等文本，在介绍、讲述某一词条时往往会在文本内部出现与其他词条互为解释的写作方式。如果放到口传文学的“情境”当中，我们正沉浸在对一个演讲者的故事津津有味的状态时，突然出现了故事的干扰者、阻断者（或者说讲故事的竞争者），我们因此而选择的阅读顺序（或者说文学现场）不仅仅是我们因检索词条时的顺序不同而相异，还会因文本内部有意镶嵌的叙事阻断者而进行再组合。即使没有使用镶嵌这一策略，本书第三章所论“重述体”小说、“注释体小说”等，无不是“众声喧哗”的文本。当我们面对一个叙事者、一个声音时，其实有无数的叙事者、无数的声音向我们袭来，将我们包围并在我们身上展开争夺甚至厮杀。我们主动身临其境，但又被迫无奈地在这些词条所构造的迷宫里晕头转向。有好事者曾对《哈扎尔词典》进行过统计，依照排列组合的原理，这本书一共可以变化出 250 万种读法。[①] 乌力波成员对于“百万亿首诗”的膜拜无不是从这个角度出发的。对于个体的读者来说，这是一种没有开始，没有结束的永久阅读，我们在词语的迷宫里跌跌撞撞，没有方向，甚至永远无法走出去。与传统小说写作及阅读的线性时间相比，按照作者设计好的叙事时间阅读文本，这种传统的观念虽然高扬了作者的主体个性，但限制了读者以及文学意义的产生。读者接受理论与巴特可写文本理论虽然从不同的视角探讨了文学意义上的“共创”性，但这种意义的生产大多只能在理

① 韩斌：《从〈哈扎尔词典〉看后现代小说的阅读》，《长城》2010 年第 8 期。

论的逻辑推演层面成立。词典体小说的独特形式不仅是对二者理论的吸收、消化，同时也是对二者的超越和深入，更多地在阅读实践层面保证了以上理论的合法性和可检验性。从人类智能和知识的获得与“情境”之间的关系来看，“情境”认知的观念也从认知的角度弥合了长久以来二元论所造成的人与自然、人与“他者”之间的分裂。

第四节　作为“修补匠”的读者

在作为“情境”的词典中，读者的地位和作用显然得到了极大的提高，但到底发生了哪些根本性改变？除了借用口传文学的“情境”理论外，我们是否还会有新的发现呢？这种转变背后是否还有着更为深刻的人类学意蕴？在此我们引入列维—斯特劳斯的“修补术”。列维—斯特劳斯在《野性的思维》一书中用修补术（bricolage）一词表示神话思维的特点。列维—斯特劳斯认为，原始人依赖于神话元素来理解世界，而神话的基本元素是有限的，在面对无限复杂、无序的世界时，原始人不得不依靠有限的神话元素去重组无限的世界，于是神话元素被不断地重组拼接，从而实现对无限的世界的解释和掌握。

> 神话思想的特征是，它借助一套参差不齐的元素表列来表达自己，这套元素表列即使包罗广泛也是有限的；然而不管面对着什么任务，它都必须使用这套元素（或成分），因为它没有任何其他可供支配的东西。所以我们可以说，神话思想就是一种理智的“修补术”——它说明了人们可以在两个平面之间观察到的拿走关系。①

① ［法］列维—斯特劳斯：《野性的思维》，李幼蒸译，中国人民大学出版社 2006 年版，第 27 页。

与现代科学思维相比，神话思维就是与专门技术有别的“修补术”，而依据神话来思维的人也就像“修补匠”。但这里的“修补匠”与工程师不同：

> 他并不使每种工作都依赖于获得按设计方案去设想和提供的原料与工具：他的工具世界是封闭的，他的操作规则总是就手边现有之物来进行的，这就是在每一有限时刻里的一套参差不齐的工具和材料，因为这套东西所包含的内容与眼前的计划无关，另外与任何特殊的计划都没有关系，但它是以往出现的一切情况的偶然结果，这些情况连同先前的构造与分解过程的剩余内容，更新或丰富着工具的储备，或使其维持不变。①

这种思维方式并不仅仅存在于原始部落，在今天所谓的现代文明社会里依然存在。芬兰学者莱恩·考斯基马在论述超文本小说叙事的视觉结构及超文本小说美学时将列维—斯特劳斯关于“修补匠”的思考引入超文本小说的分析当中给我们带来了极大的启发。本书第四章在论述词典体小说的后现代主义转向时已经论述过词典体小说的超文本转向。我们受莱恩·考斯基马的启发，以此来论述词典体小说中的“修补匠”机制。由于词典体小说特殊的结构方式和非线性阅读的特征使其具有了数字文本的超文本诗学特征。在阅读词典体小说时，除了非线性阅读、自由阅读等特征外，忽视了“超文本小说读者作为修补匠的作用”②。“在阅读超文本时还有另外一种建构方式，即便这种方式是临时性的，即从片段或相互分离的

---

① ［法］列维—斯特劳斯：《野性的思维》，李幼蒸译，第 27—28 页。

② ［芬］莱恩·考斯基马：《数字文学：从文本到超文本及其超越》，单小曦等译，广西师范大学出版社 2011 年版，第 124 页。

文段中建构自己的文本。换句话说，这也就是列维—斯特劳斯所说的修补匠的情形，因为每一个超文本读者都不可避免是一个修补匠。”① 从“修补匠”的角度来看，传统意义上的作者已经从个人天才主义的神坛上走下来，像是变成了只是提供各种工具和材料的供应商，特别是像《地方性知识》这样的作品，没有人物，没有情节，几乎没有提供任何完整的故事（仅有的故事也是作者“实录”的民间传说与歌谣等），文本提供的不仅有语言学的记录和考证，还有各种民间歌谣与传说等各种历史材料。张贤亮的《我的菩提树》提供的仅仅是日记和注释，李洱的《花腔》将三个叙事人的“口述史”实录在案，并大量穿插、引证了各种学术资料等，甚至直接引用了一篇关于粪便的学术论文作为文本的一部分，李锐、蒋韵的《人间》更是提供了人类不同历史时期的各种版本的白蛇传。而《马口铁注》则提供了一部关于叙事学的词典。传统意义上的作家变成了材料供应商，似乎所有的艺术的光环已经不再。

> 小说家对各种各样的历史材料和文化史材料的创造性使用。这种仿学究式的叙述，使得小说形式成为一种自由的叙述样式，使得小说家得以突破狭窄的个人经验的范围，和纯粹个人经验的模式，使“小说家言”重新能够在人类历史层面、在文化史层面上说话，而不仅仅是在个人的私生活领域内才能展开叙述。②

同时，读者也不仅仅是单纯地以读者身份参与文本意义的创造，而是开始以“写作者”的身份参与文本意义的创造，不再是被动地接受作者的“独特创造”。后现代主义所崇尚的互动性阅读在具有超文

① ［芬］莱恩·考斯基马：《数字文学：从文本到超文本及其超越》，单小曦等译，第125页。

② 耿占春：《叙事美学——探索一种百科全书式小说》，郑州大学出版社2002年版，第79页。

本文学特征的词典体小说中得到了较好的实践。镶嵌式写作以及图文互证等写作模式使传统印刷小说具有了超文本小说超级链接的无限性，固定、封闭的文本变成一个无限开放的文本，读者甚至可以通过作者预先设置的多向选择，决定故事情节的发展与走向，在这种意义上读者似乎成了列维—斯特劳斯所讲的“修补匠”，作为“修补匠”的读者也成了超级作者。从文学意义生产的角度来讲，作为“修补匠”的读者既是文学意义上的阐释者又是文学文本的创作者。在词典体小说阅读活动当中，从“读者”到“作者”的变化不仅是由于读者接受美学的提携，而且是靠词典体小说这种特殊的文体形式本身所具有的特征而实现的。

当然，我们所论述、推演的所有的意义与价值都必须通过“读者”接受而实现，否则就永远只能是一个逻辑推演，词典体小说的所谓“形式”的独立意义与价值其实仍是作者和读者“共创”的结果。我们在这里只不过提示和强调了以往词典体小说研究中被忽视但亟须深入研究的一个方面。

第六章　文学史视野中的词典体小说

以上几章我们分别从词典体小说的外部推动力、亚词典体小说的类型以及词典体小说的后现代主义转向和人类学转向及这种类型小说本身的形式意义进行了论述。就像弗莱所言，在观赏一幅画时要向后退，这样才能看清楚。面对词典体小说这一“新”类型，我们也需要向后退，退回到小说史中。本章主要将词典体小说这一类型放到文学史、小说史的视野当中考查其特征、变化，同时亦分析其利弊得失。也许只有将某一问题放到历史的序列当中思考才有可能得出比较恰当、公允的结论。

第一节　人物的消失与故事的没落

在关于小说、谈论小说的话题中，随意翻阅我们的文学理论、文学史教材和各种文学期刊，出现频率最高的两个词应该是人物、故事。说人物、故事是小说的核心要素，几乎不会招致反对意见。实际上就目前针对词典体小说的研究当中，这两个词还是核心要素，赞美者说这类小说超越了故事、人物、情节等传统的小说模式，批评者言这类小说没有写出典型人物和完整的故事，等等。似乎离开了这几个核心词就无法谈论小说一样。其实，人物、故事的弱化、淡化等问题，并不是词典体小说所独有的，也并非词典体小说之后才出现的。

在20世纪关于新潮小说的讨论当中，就有学者指出过新潮小说的情节淡化问题。① 新世纪以来，贺仲明也曾以格非的《江南三部曲》为中心探讨过当前文学人物形象的弱化与变异趋向问题。② 从某种意义上说，这是悬而未决的老问题。当然，也许是一个没有终极答案的老问题，我们所要做的是，在具体的历史时空中思考问题的来源，探讨纷争背后的文学观念与具体现实因素之间的关系。

小说一定要讲故事、塑造人物这种观念似乎坚不可摧，如果从小说史的角度来考察，这个问题的答案就不会那么泾渭分明和铿锵有力了。有学者在考察小说史时发现："现代将人变成'唯一真正的主体'，变成一切的基础（套用海德格尔的说法）。而小说，是与现代一同诞生的。……只有小说将个体隔离，阐明个体的生平、想法、感觉，将之变成无可替代：将之变成一切的中心。"③ 目前各种各样的文学理论教材一般都将小说定义为讲述人物故事的文体。莫言就是那个擅长"讲故事的人"。当然，这种观念并非古已有之，无论是从小说的原初意义还是在今天的具体文学实践的使用当中，这种说法均不能囊括所有的文学现象、小说史。其实，这种小说观念直到19世纪以来才成为学术界的主流思想。我们在此不探讨本质意义层面上的小说概念，更不会试图给出一个肯定性答案。我们的思路是从词典体小说的写作和研究现状出发，将整个小说史、文学史作为我们探讨词典体小说的背景和参照物。加拿大著名批评家弗莱在考察整个欧洲文学发展轨迹之后，将人类历史上所有虚构型文学作品分成五种基本模式：其一，主人公在性质上优越于他人和他人所处的环境，这就是神，关于他的故事就是神话。其二，主人公在程度上优越于他人和所处的环

① 参看林小红《论中国当代部分新潮小说的情节淡化》，《文艺理论研究》1989年第5期。

② 参看贺仲明《论当前文学人物形象的弱化与变异趋向——以格非〈江南三部曲〉为中心》，《南方文坛》2014年第1期。

③ ［捷克］米兰·昆德拉：《相遇》，蔚迟秀译，上海译文出版社2010年版，第48页。

境，有超凡的勇气和忍耐力，这是传奇人物。神话移位到了传说、民间故事和民间童话等文学类型上。其三，主人公在一定程度上优越于他人，他有权威、激情和更强的表达力量，但他无法超越自身所处的自然和社会环境，这是领袖，关于他们的故事就是史诗和悲剧。其四，主人公既不比他人优越，也不比他人所处的环境优越，他们是和我们类似的普通人，关于他们的故事是戏剧和现实主义小说。其五，主人公在能力和智力上都比普通人低劣，从而使人对其受奴役、遭挫折和荒唐可笑的境况有一种轻蔑感，这属于文学“反讽”模式。[①] 尽管弗莱关于虚构文学的五种类型模式是按照欧洲文学发展的演变顺序而进行的逻辑推演和归纳，但以此来反观中国文学就会发现，中国文学（特别是中国小说）亦有着大致类似的演变规律。其实，无论故事的主角是神、传奇人物、英雄领袖还是普通人、低等人，他们的共同特征是以“人”为基础或作为基本的参照，且都具有“拟人性”。从目前文学史沉淀下来的经典叙事作品来看，“人物”似乎仍享有至高无上的荣耀。在很长一个时期里我们判断一部小说艺术成就高低的标准之一就是看作品是否塑造出了典型人物，所谓“人物画廊”已成为我们小说美学的核心要素。也许我们从一些世界名著的命名方式中就可以看出“人物”在作品中的地位，《堂吉诃德》《浮士德》《哈姆雷特》《安娜·卡列尼娜》《叶普盖尼·奥涅金》《简·爱》《卡门》《鲁滨孙历险记》《李尔王》《麦克白》《包法利夫人》《德伯家的苔丝》《高老头》《基度山伯爵》《卡拉马佐夫兄弟》《大卫·科波菲尔》《娜娜》《约翰·克里斯多夫》《洛丽塔》等等大都以人物名字直接作为小说标题，这样的名单我们还可以列出很多，中国现代经典小说《阿 Q 正传》《狂人日记》《骆驼祥子》《倪焕之》《莎菲女士的日记》《财主的儿女们》《金粉世家》《台北人》等等。当然，我们还可以举出很多标题中并未明确标识人物特征的名篇佳作，但不可否认的

① ［加］弗莱：《批评的解剖》，陈慧等译，百花文艺出版社 2006 年版，第 45—47 页。

是，即使是那些具有抽象意义的标题如《红楼梦》《废都》等，仍然重视人物塑造。同时，这并不是说现代文学仍是以人物为中心的小说叙事模式，其实，赵树理的《三里湾》就是一部缺乏中心人物的小说，所展示的是人物图谱和关联事件，“三里湾”这一空间是小说的中心。但到了20世纪后半期，特别是文学进入卡夫卡时代之后，小说的人物逐步丧失了主体性、自主性行为和性格特征，人物淡化，甚至消失了。有学者在论述经典现实主义小说向现代小说的演变过程时指出：

> 人物的真实世界退回到心理感受世界，通过一种激烈的心理经验（加缪、萨特发现了现实的荒谬与恶心经验），或者一种重新弥合经验的分裂的诗意化的心理过程（普鲁斯特、伍尔夫等人发现了世界与叙述或文体的意义），仍然保持着内在性和心理意义上的主体性，保持着自我统一性。小说人物在卡夫卡那里变得更加抽象化和“物化”，他们失去了反叛的心理冲动，只能被动地、恐怖地接受现实。这是从成问题的主人公寻找“真理”“真实”到寻找“法”的一个失败的历程。①

其实，我们关注一下文学批评界所使用的批评术语也能发现当下文学的改变以及文学批评标准的更迭。以前谈论小说时经常用的术语是人物、性格、环境、背景、典型、情节、主题等与人的命运及性格形成相关的社会、政治、经济、文化、信仰等外部问题，而今天批评界的热点术语是人物视角、人称问题、叙事时间、叙事动力、叙事节奏、结构模式等技巧层面的问题。很显然，人似乎已经不再是社会关系的总的体现者，似乎仅仅是叙事技巧的结果。南帆

---

① 耿占春：《叙事美学——探索一种百科全书式小说》，郑州大学出版社2002年版，第57—58页。

曾在《典型的谱系与总体论》[1] 一文中详细分析了“典型”概念的谱系与“典型”概念背后的“总体论”，从这个角度来看，整体性的溃散似乎已是普遍状态。今天重申现实主义的呼唤正是对这一问题的“纠偏”与“反驳”。

新世纪以来的词典体小说很显然延续了人物的弱化这一趋势，甚至走上了极端。在目前我们看到的词典体小说里，人物的消失似乎更为彻底。如果就文本命名方式来看，目前的词典体小说没有一部文本以人物名称命名，原来的人物变成了现在的“马桥”“花桥”“现代派文学”“地方”“花腔”“中医”“当票”“村庄”“疾病”“风物”“语词”“火鲤鱼”等物化甚至学术化的名称。传统意义上的小说（故事）主角无论是神、传奇英雄、王公贵族还是平民百姓等在我们所论述的词典体小说里已基本消失殆尽。这首先表现在故事人物的消失上，《马桥词典》《词典：南方工业生活》的主角是“方言”，《村庄疾病史》《日光流年》《受活》的主角是“疾病”，《太平风物：农具系列小说展览》的主角是“农具”，《木楼人家》的主角是“节气”，《地方性知识》的主角是汤厝，《毕兹卡族谱》的主角是“花桥”，《暗示》的主角是一个个具体的物象，等等。即使像在《人间》《花腔》《日光流年》《受活》这样的小说里还貌似有主要人物，但这些人物已经分裂化、碎片化，不再是一个完整的、确定的人，读完《花腔》我们仍然无法确定一个真实的“葛任”。“葛任”到底是谁？是民族英雄还是叛徒？所有的故事在通过作者的“考证”后不仅不得而知，反而令人更加糊涂，欧阳万彤到底是什么样的人，我们很难给出一个确切的结论。米沃什认为：“传记之所以作伪，是因为其中各章看似根据某个预设的架构串联成篇，但事实上，它们是以别的方式关联起来的，只是无人知道其中玄机而已。同样的作伪也影响到自传的写作，因为无论谁写出自己的生活，他都不得不僭用上帝视角来理

① 南帆：《五种形象》，复旦大学出版社 2007 年版，第 1 页。

解那些交叉的因果。”①

人物的消失不仅是指故事主角的消失和人物的碎片化倾向，还指叙述人的消失，或者说真正的叙事者是词典编纂者，“作家死了”。尽管“作家死了”的说法不免夸张，但不得不承认的是，在当下很多小说中，作者的“原创性”“权威地位”都受到了严重冲击和挑战，甚至可以说已经完全坍塌。比如我们前文论述过的文学出版在文学生产流程中的“定制”作用，比如元小说中的“身份暴露”和传统文本的“超文本拼贴”，比如网络文学世界中的“超文本小说”“互动小说”，这些文本当中的“作者”已经演变为某文学项目中的“写手”，或者分化为与读者平行的知识、素材提供者，作者和读者共同完成了小说文本的“生产”。讲故事的人已经消失，还会有典型人物和好看的故事吗？尽管《花腔》《马桥词典》《木楼人家》等文本中还有一个叙述人“我”来讲述故事，但这里的叙述人已经不再具有19世纪经典作品叙事人的权威性，《花腔》里的三个叙述人对寻找葛任一事形成了三个不同文本，这三个文本在互相阐释的同时更是相互消解的，“我”似乎只是变成了一个“聆听者”和“抄写者”。田中禾的《父亲和她们》也是如此，叙述人“我”成了一个简单的记录者，不做解释的记录者。传统意义上的作者似乎变成了机械的文字记录者。尽管如此，我们还能看到“作者”对故事的缝合和讲述，但这个叙述人已经不再具有确定性。我们前文所论述的“重述体”小说基本都是如此。在《马桥词典》中，“最初叙述人是作为一个知青，这是一个熟知当代革命话语谱系或官方普通话的青年人，来到一个在语言上相对古老的方言世界，在叙述人对这部方言词典进行编撰时，除了他的普通话背景，他还拥有西方语言的参照。在这部作品中，叙述人的语言是用来描写马桥人的语言的一个媒介，也是与马桥人的语言之间的

① ［波兰］米沃什：《米沃什词典：一部20世纪回忆录》，西川、北塔译，广西师范大学出版社2014年版，第96页。

一种对话。叙述人拥有这样一种杂语系统是他能够对一个方言世界进行叙述的必要条件，也是使不同的方言世界产生对话的基础。”[①] 显然，叙事人已经呈现出分裂化、碎片化倾向。其他词典体小说文本也大都如此，《村庄疾病史》中叙事视角的不断转换以及神魔视角的出现，《不必惊讶》中没有固定的叙事视角，事件的讲述人已经由一个变成了多个，甚至由“人”变成了世间万物。但在《现代派文学辞典》《地方性知识》等更加怪异的文本里，传统意义上的叙述人已经消失殆尽，甚至可以被看作标准的学术著作，只是“知识”的提供者或者说生产者，我们在这些作品中不仅看不到叙事人的身影，更看不到作者本人的情感体悟和价值判断，是真正的“零度”作品。《地方性知识》第一卷开宗明义（此前尚有一个“凡例”），作者将谷物、森林、风沙、海洋以及雨、火这些在神话、梦、语言以及歌谣中象征、代表的群众作为主体，作者声称，更关注那些不易的具有永恒性的事物（集团心理）。因此编织情节和塑造人物不再是小说的主要任务，而是彻底开放到一切事物上来，从而构成一个繁复的、不断生成的巨大文本家族。

这种转变意味着什么？是纯粹技巧的炫耀，还是表征着什么样的文化征兆呢？陶东风认为：“限制叙述是与现代社会的相对主义、个人主义和不可知论倾向相联系的。而反对作家介入故事作道德评价则正是这种相对主义和不可知论在道德判断领域的表现，反映了作者在价值问题上的迷惘和失落，他不能再以无所不知的道德教育者自居，因为他自己也已迷失在价值的混乱中。”[②] 实际上，词典的编纂方式已经最大限度地取消了“人物”“叙事者”的存在。

当然，上述我们显然是将“人物”作为小说的核心要素来思考

① 耿占春：《叙事美学——探索一种百科全书式小说》，郑州大学出版社 2002 年版，第 167 页。

② 陶东风：《文体演变及其文化意味》，云南人民出版社 1997 年版，第 139 页。

的。这种观念与中国强大的史传传统有关，也与五四以来的文学革命所“引进”的西方文学观念不无关系，甚至可以说与20世纪80年代以来的“纯文学”思潮有关。就西方而言，瓦特认为，“小说”真正兴起的时间是18世纪末。其时“一种用个人经验取代集体的传统作为现实的最权威的仲裁者的趋势也在日益增长，这种转变似乎构成了小说兴起的总体文化背景的一个重要组成部分”①。自从周作人等提出“人的文学”“平民的文学”等以来，近百年来新文学极大地拓展了“人”的文学空间，这个大写的“人”是一个现代意义上的“人”，这个世界是把人当作一般主体之后的世界，但这也意味着人的自我抛弃，从天人合一的世界中抛向人与世界的对立。其实，“人跟世界的关系不像主体跟客体、眼睛与画幅的关系，甚至都不像一个演员跟舞台布景的关系。人与世界连在一起，就像蜗牛与它的壳：世界是人的一部分，世界是人的状态。”② 在书写“人”的世界时又不免被阶级、权利、文化、集体、欲望，甚至说人性等关键词所束缚，都在人的世界打转，似乎忘记了人类只是自然的一部分。对此，刘再复、林岗谈到中国现代文学时非常有见地地指出了现代文学的几大缺陷：“一、缺乏与‘存在自身’对话的维度，即叩问人类存在意义的本体维度；二、缺乏与‘神’对话的维度，即叩问宗教以及与之相关的超验世界的本真维度；三、缺乏与‘自然’（包括人性自然与物性外自然）对话的维度。”③ 以这种文学观来看，“人物”的弱化和消失恰恰是文学正在扩容的表现，也许这就是一场慢慢启动的文学革命。

小说人物的消失随之带来的就是故事的没落，或者说人物的消失和故事的没落本身就是一个问题。当然，这里所指的故事仍是以“人”

① ［美］伊恩·P. 瓦特：《小说的兴起——笛福、查理逊、菲尔丁研究》，高原、董红钧译，生活·读书·新知三联书店1992年版，第7页。

② ［捷克］米兰·昆德拉：《小说的艺术》，董强译，上海译文出版社2004年版，第46页。

③ 刘再复、林岗：《罪与文学》，中信出版社2011年版，第244页。

为中心的故事，然而，即使有故事也不再是完整、确定的、可以透过现象看本质的故事。虽然《花腔》《马桥词典》还有“葛任”的故事，还有讲述民间偷情故事的“打车子”等故事可以放入传统小说的类型序列里，还有传统意义上的“故事”“人物”，但已经没有“宏大”故事，没有“中心”人物。如果说这种文体变革还显得有些犹豫，那么，上述文本中有一些走得更远。比如《马口铁注》，似乎从一开始就告诉我们，这仅仅是一个关于“叙事”本身的叙事技巧的展示平台，文本中的人物、故事似乎都是为了展示作者叙事技巧的工具和木偶。但到了贾勤的《现代派文学辞典》、藿香结的《地方性知识》等文本里已经没有故事，没有描写和抒情，甚至极端地直接走向了学术化。面对这一情况，竟然出现了论证《地方性知识》是一本关于“物”的小说的特殊现象。[①] 其实，他们的潜台词是，肯定有人认为这样的文本不能被称为小说，因而预先做出了回应。其心态可见一斑。

如果把这些“怪异文本”放到整个小说史中来看，也许就不觉得奇怪了。所谓中心人物、完整的故事情节等小说特征也是在漫长的小说发展史中逐渐形成的，特别是在中国小说发展史当中，这条线还是清晰可见的。当然，这和人与世界的根本性关系有关，艺术只是人类理解、把握这个世界的方式之一。在生产力不够发达的时代，当人类感觉不能把握这个世界时，神灵、志怪、传奇等便应运而生，大海、高山也不大可能成为人类的审美对象。当人类感觉能够把握这个世界，能把握世界的因果关系时，环环相扣的情节模式和中心人物便随之而来，宏大叙事也就产生了。环环相扣的情节模式的形成背后不能不追溯到一个事实：小说艺术在于激发人们的深刻审美情感以理解世界。南帆曾指出：“亚里士多德所以认为按照因果可能的叙述较之纯粹的历史记录更富于哲学意味，正是因为小说所产生的审美情感将提

① 周新民：《〈地方性知识〉：有关乡村“物性”的方志小说》，《文学教育》（上）2011年第8期。

示人们在新的高度重新关照一切。……因此，小说中情节模式的兴旺，毋宁视为人们审美情感把握世界的能力日益发达。”“从情节的意义上将人物性格视为形象体系的核心取代事件的传奇性，这是小说艺术的一个飞跃。”[①] 当然，我们也不能就此认为，这些“怪异”文本的出现就代表了人们从审美情感上把握世界的能力正日益降低和小说艺术的下滑。陈平原在考察小说史时指出，如果说真有什么“小说本性”的话，那恰好是如何尽量挣脱“故事性”的束缚。一千多年的中国小说史，一代代作家的努力，都试图“与原始的粗糙的故事性离婚。我所说的中国小说革新时常体现出来的主观化、文人化和书面化倾向，实际上都是直接背离‘故事性’”[②] 的。

但当下文坛的这些新变化确实值得我们思考，发展还是回归？也许只有远离这一段历史才能看得更清楚。但有一个事实，我们必须承认，《马桥词典》《受活》《词典：南方工业生活》《打工词典》《青藏辞典》《地方性知识》《毕兹卡族谱》等小说现象的形式探索与中国本土经验、当下经验结合的努力是值得肯定的。形式主义的极端往往是虚无主义，文体探索与中国本土经验、当下经验的结合是值得肯定的。借用华语传媒文学《大家》给予韩少功《暗示》的颁奖词：“韩少功把写作变成了一种高难度的自我较量，他用语言反抗语言，用具象反抗概念，背后却在寻找语言与内心焦虑之间的秘密通道。他的写作已经成了文体变革和精神探索的象征。”[③] 基于此，我们期待有更多的“怪异”文本出现，“怪异”的不一定是好的，但它正展示着新的变革与创造力。

如果要把词典体小说当作一个“标本”来研究，我们就必须思考，为什么在这样的时代会出现这样的作品，这可以通过具体的“证据”来考证其推出的结论，比如乌力波集团的影响，比如期刊的策划，比如

---

① 南帆：《小说艺术模式的革命》，福建教育出版社 2016 年版，第 30 页。

② 陈平原：《小说史：理论与实践》，北京大学出版社 2010 年版，第 119 页。

③ 孔见：《韩少功评传》，河南文艺出版社 2008 年版，第 188 页。

批评家的推动，比如作家个人的文体变革冲动，比如法国年鉴学派的影响，等等。顺着这些思路，我们可以继续思考，为什么在这个时代出现了这么多的“变革”？这些小说敢冒天下之大不韪，取消人物、取消故事，根本原因何在？关于这一问题，陈晓明在论述先锋文学的“我”时做过极为精妙的分析：在当代先锋小说的叙事中，“我”经常被作为叙述人直接在场，其实是被用来充当文本中“我”的本原性缺乏的补充形式。叙述人在把故事中人物的“自我”阉割掉之后，促使人物与自我的当下情境分离，“我”被分裂为双重的“他者”。写作者当然意识到这个空缺，企图用叙述人“我”来补充这个本原性的缺席。①

我们还得回到前文提到的主体性问题上。有学者认为，笛卡尔主体论的形成与透视主义观念不无关系，而今天主体性的坍塌与新媒体技术相关。

> 将世界看作一个由三维空间所组织的外在客体。在这样一个世界里，他们才能够找到自己的位置、才能够调控他们的生活并较为真切地感受到他们自己的力量，形成一个被中心化的主体。……请想象一下电子通讯所创造的现代生活空间吧！一个人在互联网上冲浪，能够以文本形式与一大群人对话……那种充盈于笛卡尔主体之理性的踌躇满志感，它源自于笛卡尔主体就在其内的身体总是处在空间中某一特定的位置这一事实，将会日渐削弱。这就是我说的主体在互联网中的消散。②

显然，焦点透视是适合宏大叙事的，在中国现代小说欧化过程中，这一叙事模式也随之成了现代文学的传统资源之一。实际上，中

① 陈晓明：《无边的挑战——中国先锋文学的后现代性》（修订版），中国人民大学出版社 2015 年版，第 86 页。

② 金慧敏：《媒介的后果：文学终结点上的文学理论》，人民出版社 2005 年版，第 175 页。

国的传统小说，比如笔记小说等，就有着较为明显的散点透视传统。韩少功在谈及这一问题时也是从这一角度出发的：

> 焦点结构特别适用于所谓“宏大叙事”……也许我比较低能，经常觉得这种框架特别拘束、僵硬、封闭、不顺手，有些想写的东西装不进去，有些能装进去的我又不想要……情节主线之外的很多东西，顶多就只能作为“闲笔”，点缀一下，没办法展开。这样，实际是小说在控制你，而不是你在控制小说。[①]

但同时韩少功还承认，人物与情节一直是小说的要件，将继续承担作家们对生活的感受和表现，但认知单元、叙事单元会大于“人物”。

我们是否可以想象如果一部作品没有人物、没有故事，那么这样的特殊作品还能否称之为小说？如果我们做出肯定性回答，那么紧接着就有下一个问题：小说可以为所欲为吗？作家能不能为所欲为？小说要不要纪律？（李建军语）如果我们给出否定性回答，那么也会面临一个问题：既然如此，为什么还要挂着小说的招牌招摇撞骗？本章第二节将就这些问题进行探讨和论述。

第二节　词典体小说的命名规律

没有人物、没有叙事、没有故事的作品还能不能称之为小说？还能不能称之为长篇小说？当然，这个问题本身就带有本质主义的思维方式，随便翻阅一下中外小说史，就会发现这是个伪问题。尽管问题本身有可能是个伪问题，但关于这一问题的思考与争论却真实地反映了当下文坛对于小说的认识问题、对于长篇小说与短篇小说的价值评判问题，等等。比如直到今天我们还在讨论鲁迅为什么不写长篇小说

① 韩少功：《大题小作》，人民文学出版社 2008 年版，第 135 页。

的问题。[①] 这关系着我们对于小说地位，特别是长篇小说在文学文体序列中的评价问题。如果我们将词典体小说放入20世纪90年代的跨文体思潮与类型化写作潮流当中去看，这一问题就显得更为清晰。既然选择了“跨”文体、“破”文体，那么这些文本以何种面貌出现在市场上呢？从小说原刊杂志来看，大都标注“凸凹文本”“跨文体”之类的栏目名称，但以单行本面世时，大多数都选择“小说”作为其存储抽屉。比如胡廷武曾在《十月》上陆续发表九篇系列散文：《听鸟》《听蝉》《听风》《听雨》《听书》《听戏》《听歌》《听鼾》《听吆喝》，它们各自独立，又相互关联。后结集成册以散文集《九听》（十月新散文丛书）的名义出版。但作者在《回到西双版纳》中认为《九听》是小说，是长篇小说。这其中是作者对于文体观念的“更正”，还是出版市场的“追利”？如果说这些特殊的文本介于小说与散文之间，那么，是什么原因促使出版社（或作者）将其变更为“小说”？我们现在要思考的问题是，既然是跨文体，那么，为什么最终选择“小说”作为它们的命名与归属。出版商、作者甚至批评家为什么要借“小说”之名？韩少功的《暗示》在台湾出版时就明确标注为长篇笔记小说。其内在规律和逻辑何在？其文学性（小说性）何在？当年《心灵史》《马桥词典》《妇女闲聊录》等作品在出版后就有很多学者从不同的角度对该书的小说属性提出了质疑，在此不再一一列举。而新世界出版社在推出所谓代表了中国小说发展方向的《地方性知识》《现代派文学辞典》《马口铁注》等“木铎文库”“小说前沿文库”系列文本后，也有学者从不同的角度论证其为小说的合法性。[②] 其实，这种论证本身似乎就是让人匪夷所思的事情，其论证的

① 参看郜元宝《鲁迅为何没多写小说》，《中国现代文学研究丛刊》2019年第6期；刘彬《也谈“鲁迅为何没多写小说”》，《中国现代文学研究丛刊》2020年第10期。

② 参看周新民《〈地方性知识〉：有关乡村“物性”的方志小说》，《文学教育》（上）2011年第8期；张诚若《语词的篝火——论贾勤〈现代派文学辞典〉》，《上海文化》2011年第3期，等等。

逻辑与潜台词也许就是对自己作品的小说属性不够自信。其实，小说属性的划界问题不是由几个作家、评论家的高谈阔论就能确定的，同样，也不会因个别评论家的指责而被小说开除属籍。也许在讨论这个问题之前，我们要明确这样一个前提或者就这一问题达成基本一致的意见，即小说是什么？很显然，我们无法回答这样涉及本体、具有本质主义思维方式概念的意义。我们之所以能在具体的文学批评当中对某一作品的文体归属与价值优劣做出判断，是因为我们在拿整个文学史，特别是经典作品作为背景和参照，而非哪个作家、理论家的断言。谁有权利给小说一个明确、永恒、放之四海而皆准的定义呢？答案肯定是否定性的。在小说属性的判决面前有真正发言权的是时间和读者。一个作家也无太大的必要论证自己的作品属于小说的序列，或者不属于某个文体。作为跨文体写作的词典体小说，特别是《心灵史》《地方性知识》《木楼人家》之类的作品，是否可以被看作文学作品？面对这一问题，我们主张坚持文学的开放性、包容性，从历史的角度来讲，文学本身就是一种建构，文学的历史表明从来就没有什么固定的、一劳永逸的文学观念。固守文学理论的教科书定义显然无法面对丰富多彩、日益更新的文学实践。黄子平曾指出：

> 世上本不存在万古不移的“小说本性”……绝大部分读者希望小说讲故事，或是说希望小说以情节为结构中心，大概古今中外都是如此。小说的娱乐功能主要来自于“故事性”，而情节曲折生动便不能不说是畅销小说的基本要求。什么时候文学界诚心诚意“面向大众”，什么时间小说就必须主要“讲故事”。……这跟什么“小说本性”挂不上钩。
>
> 如果说真有什么“小说本性”的话，那恰好是如何尽量挣脱“故事性”的束缚。[①]

① 陈平原：《小说史：理论与实践》，北京大学出版社 2010 年版，第 118—112 页。

也许黄子平的这番话能给我们以些许的安慰，世间并不存在固有的小说本性，原来这些作品也并非那样让人恼火，甚至在某种程度上与黄子平的判断是合拍的。确实，我们今天看到的这些词典体小说在让人物“消失”的同时也带走了故事，正在一步步地挣脱“故事性”的束缚。那么面对如此怪异而又不能轻易将其开除小说属籍的作品，我们应该如何应对呢？我们应该思考哪些问题呢？黄子平说：“我最感兴趣的是历史转折时期小说与各类文体之间的移位、互渗、挤压和吸引。”[①] 我们应该坚持开放的文学观念，我们应该努力追问的学术焦点是“为什么”，为什么出现了这样的小说，为什么要这样命名等等，而不是抱着一个本质主义的思维方式对当代文学实践加以盲目评判或赞美。

我们在用一个大的“文学”概念来指称古今中外的所有文学作品时，不仅会因此而抹杀传统文类在今天文学中的变体和因子，也会因当今文学的蓬勃发展而使“小说”在网络所谓的小说作品中出现“漏网之鱼”。我想，我们的学术研究焦点不能停留在小说与非小说的划界之间，无论承认与否，我们必须面对的事实是：这样的文本正在被很多出版社、作者以及读者批评家等以“文学”“小说”的名义出版、阅读、批评。我们没有理由忽视、忽略这些特殊文本的存在。既然不能确定无疑地拿一个放之四海而皆准的真理去衡量世间小说，那么我们关注的重点就应该是这些特殊的文本为什么要被称为小说？其实，很多学者早就从不同的角度论述过小说概念的起源及演变等问题，既然小说本没有性的问题早已是一个公认的常识，那么，为什么还有学者要“论证”某一部作品能否被划入小说家族呢？除了读者阅读习惯和期待视野的稳固性等原因造成了“越界”作品的归属困难之外，是否还有其他原因让我们对这些特殊文本的划界变得如此困

① 陈平原：《小说史：理论与实践》，第122页。

难呢？

陈平原在考察中国小说史时指出，中国古代文学形式在发展演变过程当中，边缘文体通常会借助主流文体（高等文体）求得生存的空间，中国文学的“史传”“诗骚”传统的形成，与其他文体的借力、攀附有着极大的关系。

> 中国古代没有留下篇幅巨大叙事曲折的史诗，在很长的时间里，“叙事”几乎成了史书的专利，以至于千古文人谈小说，没有不宗《史记》的。另一方面，中国作为一个诗歌的国度，任何一种文学形式，只要想挤入文学结构的中心，就不能不借鉴诗歌的抒情特征，否则很难得到读者的赏识。这就决定了“史传”传统与“诗骚”传统在中国小说的内在发展方面起着举足轻重的作用。①

很显然，小说在19世纪以后逐步成为文坛的权贵。在当下的中国，这种现象更为明显。这些跨文体文本大都想假借小说而“名正言顺”，而大富大贵、大红大紫。作为跨文体写作的类型之一，在当代词典体小说类型当中，词典体小说的命名常常是攀附于“小说”这一当代文体中的显贵。无论那些作家和批评家找到了多少理由来论证这些特殊文本可以被“认定”为小说，其实这些都不重要，因为文类概念本身就是一个临时性的“共创”概念。根本原因在于他们需要借助“小说”的期待视野给我们带来相应的市场回报和批评家的认可。以韩少功为例，尽管《马桥词典》已非传统意义上的小说，但毕竟有情节、有故事，而且有相互关联的人和事，如果我们按照“还原”法，可以大致整理出相对确切的故事和人物。但按照传统的小说观念，《暗示》能被称为“小说”的要素实在太少，有学者就做过详细统

① 陈平原：《小说史：理论与实践》，北京大学出版社2010年版，第165页。

计，在“全部113篇中，有小说因素的只有56篇，不到全书的一半。而且这56篇的绝大部分以理论性的阐释为主，人物和故事只是理论的形象化阐释和举例说明”①。对于《暗示》的文体属性，韩少功本人说：“《暗示》在中国内地出版时，出版社定义为‘小说’；在台湾出版时被出版社定性为‘笔记体小说’。我没有表示反对。有人指出这样的文体根本算不上小说，我同样没有表示反对。因为小说的概念本来就不曾统一。”② 根据韩少功的说法，因为小说概念本来就不曾统一，所以对于《暗示》的文体归属不置可否。但我们要思考的是，为什么要假借“小说”之名，为什么不借史诗、戏剧、散文、诗歌、小品之名？特别是散文，无论是从文体的发展历史，还是今天的阅读习惯而言，《暗示》划归散文、随笔似乎是更合适的。很显然，“小说”是当今文学文体中的显贵。文学出版界的“攀龙附凤”现象可见一斑。到了乌力波中国成员藿香结等人，已经不再靠“小说”文体的不确定性来为自己作品的小说属性辩护，而是直接提出了新的小说理论，并宣称他们的作品是中国小说的发展方向。“本文库所涉及各种形体的小说文本盖要呈现中国小说本土重建的自信。”“在纸质传播变得更加奢侈的今天，印刷出版纯文学作品尤显杌陧，然吾道不孤，丛书之旨在于集中厘清中国小说重建道路的岔口在何处，而可以称之为有所成就的又在何处。”③ 是否是唯一方向我们暂且不论，但不可否认的是，他们并没有理论上的自足和较为严密的逻辑推演。作者为了“证明”这是一种新的小说模式不仅在前言和后记里面一再论证作为小说的可能性，出版社还推出了同属乌力波集团的成员所撰写的大量学术评论，这些评论几乎都有一个潜在的目标——证明这是小说，且是一种新型的小说。当然，我们也不否认，乌力波成员的努力，就

① 龚政文：《从〈马桥词典〉到〈山南水北〉——90年代以来韩少功的文学世界》，博士学位论文，湖南师范大学，2010年。

② 韩少功：《大题小作》，人民文学出版社2008年版，第279页。

③ 藿香结：《地方性知识》，新世界出版社2010年版，第1—2页。

《地方性知识》而言，与“常规”的地方志还是有很大区别的。仅从目录来看，这似乎是一部标准的方志著作。但这里面又有一些细微的“疑点”。比如卷首目录标明卷一“疆域”，打开正文，卷一则变成了“汤厝——中国南部省的一个小山村”，目录中卷二为“语言”，正文卷二则是“意义的织体”，其他五卷也都是如此。这种错差的标题方式显然不是排版错误，应是作者有意为之，似乎表明作者在地方志、人类学与小说艺术之间调和的努力。当然，努力证明其为小说这种现象也和职业批评家有很大的关系，为了制造批评效果，很多批评家往往会拿概念、逻辑作为批评生产的机制，而不是靠文本细读来得出让人信服的结论。

确实，这些特殊的文本挑战了我们业已形成的文学观念，并引起了一些争论。但所有的挑战和争论几乎全部来自于两种错误的观点：一是将文学特征混同于文学本质；二是将文学特征看作文学的本质现象。① 我们在此不打算谈论这些宏大的问题，只是就这些具体问题提出自己的一点思考。目前很多学者以及普通读者关于文学、小说的一些看法主要依据文学的外在特征和形式而产生的。这些特殊的文本是不是小说？是不是长篇小说？就此，马悦然在谈到曹乃谦的《到黑夜想你没办法——温家窑风景》是短篇小说集还是一部长篇小说时曾非常有洞见地指出：“这个问题无关紧要。曹乃谦的著作跟李锐题名〈厚土〉的短篇小说集差别相当大。曹乃谦书中所描写的事件和情节相互关联得很紧，故事里头的人物和场景又相互交叉得很紧。我自己觉得曹乃谦的著作在文体上比较像李锐的长篇小说《万里无云》。”② 在马悦然看来无关紧要的事情我们却在此争论不已。其实，类似的作品还有很多，著名作家杨显惠的《夹边沟记事》《甘南纪事》《定西

---

① 余虹：《在事实与价值之间——文学本质论问题论纲》，《天津社会科学》2006 年第 5 期；《理解文学的三大路径——兼谈中国文艺学知识建构的“一体化”冲动》，《文艺研究》2006 年第 10 期；《文学理论的寄生性与学理性》，《文学评论》2007 年第 4 期。

② 曹乃谦：《到黑夜想你没办法——温家窑风景》，长江文艺出版社 2009 年版，第 2 页。

孤儿院纪事》等作品也具有类似特征。文本中的故事场域、故事场景、故事人物、故事情节要么相同，要么相互关联。作家本人也认为这是经过整体构思之后的作品。[①] 根据这些特点，潘年英的人类学笔记系列很显然也能划归长篇小说的属列进行研究，但这些文本又具有非线性阅读的特征，因而可以看作词典体小说。其实评判一部作品是不是长篇小说本没有什么具体的标准，长篇小说这种观念本身就是近百年的“新事物”。即使在目前约定俗成的评价标准里，我们也过于看重所谓的“有机结构”“完美结构”，19 世纪托尔斯泰在回应莫斯科大学的一位教授说《安娜·卡列尼娜》“没有建筑学”的指责十分相似。托尔斯泰说：“你对《安娜·卡列尼娜》的看法我觉得是不正确的。我恰巧就是为建筑学而感到自豪——圆拱衔接得使人觉察不出什么地方是拱顶。而这正是我所致力以求的东西。这所建筑物的连接不靠情节和人物之间的关系，而是靠一种内在的联系。”[②]

是不是小说，是短篇小说，还是长篇小说，这些不仅仅是由文本的外在形式决定的。其实，从第二章关于文学集团与词典体小说的论述中可知，很多小说并没有从艺术规律出发，而是从出版甚至纯粹商业利益的角度来进行命名的。当然，这种文学策略或者说文学出版策略已经不是第一次出现。吴承学在考察中国文体演变时曾指出：“在两种不同文体互相融合的过程中，通常是以某一文体为基础，借用吸收另一种文体的体制。”[③] 作为跨文体写作的新类型，词典体小说大都是以小说为基础，借鉴吸收其他文体，甚至非文学文体如民族志的撰写方法而进行的一种创作。吴承学在谈破体融合的规律时指出：“在创作近体时可参借古体，而古体却不宜借用近体；比较华丽的文体可借用古朴文体，古朴文体不宜融入华丽文体；骈体可兼散体，散体不

① 此观点来源于河西学院哈建军教授对杨显惠先生访谈对话录。

② 参看贝奇科夫《托尔斯泰评传》，人民文学出版社 1962 年版，第 358 页。

③ 吴承学：《中国古典文学风格学》，北京大学出版社 2011 年版，第 115 页。

可带骈气。”[①] 很显然，这种规律在今天词典体小说的创作当中已经失去了理论效力。词典体小说的超文本特征、人类学转向以及类型化特征等打破了精英文学与通俗文学的界限，这种小说类型融通了精英文学与大众文学，在作家队伍当中既有传统意义上的精英作家也有新媒体时代的网络作家。具体到这些文本，既有和传统文学相似的《人间》等，也有极端怪异的《地方性知识》等。

当然，这其中也不乏文学初学者（也包含成名作家）的投机取巧之嫌。由于长篇小说对叙事结构、技巧的把握以及语言的组织能力有很高的要求，“词典体小说”在某种程度上“降低”了长篇小说的叙事难度，无论是人物塑造还是结构策略，在此都变得简单易行，甚至不需要了。其实，在历史的转折期，这样的事情屡见不鲜。胡适在论述晚清小说时就指出，很多人认为晚清小说在学《儒林外史》，其原因有三：“《儒林外史》没有布局，全是一段一段的短篇小品连缀起来的，拆开来，每段自成一篇，斗拢来，可长至无穷。这个体裁最容易学，又最方便。”[②] 关于词典体小说的创作（编撰）大概也不排除这种可能。

有了这种认识之后我们再来审视词典体小说，就应该镇定自若，既不必大声赞美，也不必大惊小怪。面对特殊的文学现象，虽然说理论上的溯源和界定是非常必要的，但更为重要的是，我们要思考词典体小说的跨越和类型给中国文学带来了什么，而不是“它”属于什么。这也是我们在下一节将要讨论的主要问题。

第三节　文体与文学接受

虽然说当代文学垃圾论并不是文学界的一种共识，虽然说莫言获

① 吴承学：《中国古典文学风格学》，北京大学出版社2011年版，第119页。

② 阿英：《晚清小说史》，江苏文艺出版社2009年版，第5页。

得诺贝尔文学奖给了当代中国文学界一种极大的肯定和鼓励，但我们仍然无法否认大多数学者和读者对当代文学的失望和不满。作为一种新的文学类型，这些特殊的词典体小说给我们带来了什么？是否能够重塑当代文学在我们心目中的形象和地位？我们是否需要当代文学的这些改变？什么样的小说才能代表中国小说发展的方向？文学是否需要一个固定的方向？但可以肯定的一点是，文学并不存在类似于GDP的具体目标和走向，文学创作也并非“单项比赛”，而是“五项全能”，是综合艺术。人物的“消失”、故事的“没落”、情节的“淡化”、技巧的“娴熟”、语言的“优美”等等，都是文学的一部分，不能单凭某一要素的淡化或加强，来判断文学创作水准的高低优劣。但同时还得承认一个事实，即面对不同的文体，我们有不同的期待视野和接受习惯。比如面对一首诗歌，我们的期待视野可能是抒情，面对一部小说则很可能是渴望进入那种跌宕起伏的故事当中。而文体又是有“等级”的，诗歌的高贵，小说的通俗，等等，在很多人眼中是根深蒂固的。

但文体的变革永远是一个未完成的事件，永远是进行时。刘勰讲：文变染乎世情，兴废系乎时序。王国维指出：“四言敝而有《楚辞》，《楚辞》敝而有五言，五言敝而有律绝，律绝敝而有词。盖文体通行既久，染指遂多，自成习套。豪杰之士，亦难于其中自出新意，故遁而作他体，以自解脱。”（见《人间词话》）文体的更迭不仅是文学自身演变的结果，而且与其所身处时代有着密不可分的关系，无论文学书写的主题，还是文学结构及精神追求都携带着时代的DNA，韩少功本人也讲过文体与时代的精神分裂主义等问题。①

新的文学类型背后是文学观念、文学创作方法、文学思维方式的更新以及时代风尚的改变。长久以来，“文学是虚构”的观念几乎统治着所有的作者和读者，这种观念给作者带来了极大的解放和自由，

① 韩少功：《文体与精神分裂主义》，《天涯》2003年第3期。

但也带来了很多的弊端，有的作家把虚构理解成为所欲为，天马行空。在没有“真实”的基础上进行的肆意虚构不仅伤害了文学，而且伤害了读者。于是有作者认为“那种纯粹想依靠讲故事获得小说成就的时代已经一去不复返了”[①]。“小说和学术一样，开始走向实证性，这意味着小说的根本精神在发生改变，小说写作者必须有足够的精力和定力去学习新的东西，做田野考察。”[②]无论这种说法有多少偏颇之处，无论这种“学术化”小说能否代表或指引未来小说的发展方向，我们不得不承认这些作品正悄悄地改变着文坛的格局和文学的精神。尽管这些作品还稍显稚嫩和“怪异”，但也许正是这些新的变化推动着当代文学的革新与自我拯救。近百年来，我们经历了太多的“文学革命”，但以往的文学革命大多是思想革命、政治革命、社会革命的附庸，或是为思想革命、政治革命、社会革命而进行的非自觉的文学革命。从这一意义上讲，词典体小说的这种转向和追求是一种新的文学革新和自我拯救，可以说是一场真正的文学革命。特别是在当代文学“类型化”“模式化”现象日益严重的今天，这种小说观念的转变、特殊的写作方式不仅提供了独特的“地方性”知识来满足读者的猎奇心理，而且民族志式的写作方式不失为解决当代文学原创力匮乏问题的有效途径之一，习惯于在书房里“虚构”的作家已经很少踏上真正的泥土地。《人民文学》倡导的“非虚构”写作就是一次文学观念和文学创作方法的改变，而《中国在梁庄》《梁庄在中国》《生死十日谈》等作品就是在这个项目的推动之下产生的一系列重要作品。从文学地理学的层面来讲，词典体小说的人类学转向在其独特的地方性知识的书写方面也有着积极的建设性意义，“地方性”是针对知识的生成和解释过程而言的，并不仅仅是指地理层面的地域性。中国地域文化小说已取得了丰硕的成果，但在地方性经验的表述方面并没有

① 藿香结：《地方性知识》，新世界出版社2010年版，第1页。

② 藿香结：《地方性知识》，第482页。

取得巨大进展，地方经验要么成为作家启蒙、批判的对象，要么就是作家情感的寄托和想象。从人类学“写文化”的角度来看，“地方”与“地方性知识”并没有成为真正的书写对象。其实地方性知识和文学价值的人类学追求并不矛盾，在强调“地方性”的同时，如果我们能在民族志“地方性知识”的书写中发掘具有普世价值的人类学经验、因素，不仅能展示、保护地方文化，对于反抗全球文化霸权也有着积极意义。尽管这些小说给我们的阅读带来了挑战，甚至给专业批评家的阅读带来了极大的困难，文学与大众的脱节是一个不可否认的事实，但是我们必须承认，“这种脱节也许有文学自身的必要性。艺术家面对的是一个无名的领域，与大众的关心不同，他的贡献在于对人类某种可能性的探讨，其意义可以在历史中被肯定”①。

不得不强调的是，我们所探讨的词典体小说的所有的“意义”和“价值”都是理论层面的逻辑推演，从读者接受的角度来看，如果没有人阅读，那么所有的意义、价值只不过是“纸上谈兵”。词典体小说的非线性叙事特征、后现代主义转向与人类学转向，从文化思潮、文学变革的角度来讲，肯定有其价值。但这些价值必须以文学接受为前提。程金城先生在谈到文学价值论时曾指出：“人对文学的需要及其意识，是构成文学价值观念的一个重要方面，也是进行文学价值评价的‘内在尺度’。”② “中国现代社会人对文学的需要问题，只有置于中国现代社会历史进程的总体背景之下，与中国现代人的全面发展的历史具体实践过程相联系，才能说得清楚。”③ 就今天的中国社会而言，特别是在消费主义盛行的今天，思考我们到底需要什么样的文学产品更显得尤为重要。有学者把文艺消费品总结为三种形态：一是独立形态的文艺消费品，如文学作品等；二是与具体生活用品结合在一起的文艺消费品，如

① 曲春景、耿占春：《叙事与价值》，学林出版社2005年版，第6页。
② 程金城：《中国20世纪文学价值论》，读者出版集团2008年版，第42页。
③ 程金城：《中国20世纪文学价值论》，第44页。

日用工艺品等；三是以劳务形态存在的文艺消费品，如各种文艺表演等。以此分类来看，在当今社会，独立形态的文艺消费品所占比重正在下降，而且这三类文艺消费品的界限日趋模糊，它们正相互渗透，彼此融合。[①] 前些年学术界热议的日常生活审美化问题与此不无关系。大到房车，小到日常用品，莫不将实用与“文学性”结合起来。如果我们把词典体小说作为一种文艺消费品来看，显然，它既具有独立形态文艺消费品的特征，又具有第二类与生活用品结合在一起的特征，《马桥词典》《毕兹卡族谱》《日光流年》《受活》《词典：南方工业生活》《打工词典》《地方性知识》《太平风物——农具系列小说展览》等文本本身就具有很高的语言学、民俗学研究价值，而这些文本所具有的超文本转向特征又使其具有了“视觉”的冲击力。从这一理论逻辑出发，这些特殊的词典体小说应该获得很大的成功，但实际上并非如此，对于很多作品我们甚至难以卒读，因为有些文本在跨文体的同时，“跨度”问题并没有被拿捏准确，《地方性知识》就是这样一本难读的作品，它不仅让人物和故事消失，其中很多地方涉及了专业的语言学理论和方言知识，对于没有受过语言学专业训练的读者来说，是无法读懂这些篇章的。其他词典体小说也大致类似。

小说需要基本的“纪律”[②]。文无定法并不是没有法则。但其根本原因是对“故事”的跨度过大，甚至是无视普通读者的心理需求。人类是喜欢故事的动物，这是无须证明的事实，“如果我们能够从尼安特尔人的颅骨形状来判断的话，显然他们生前已经在听故事了。”[③] 甚至有学者从生理学的角度提出了人类大脑位于额下回的一块脑部组织是“故事叙述部位”[④]。词典体小说的后现代主义转向和人类学转

---

① 邓晓成：《文学泛化及其文体意义》，《当代文坛》2005 年第 1 期。

② 李建军：《小说的纪律——基本理念与当代经验》，江苏文艺出版社 2009 年版，序言。

③ ［英］福斯特：《小说面面观》，朱乃长译，中国对外出版翻译公司 2002 年版，第 71 页。

④ ［美］杰克·哈特：《故事技巧》，叶青、曾轶峰译，中国人民大学出版社 2012 年版，第 4 页。

向过程中出现的叙事结构、叙事视角、美学追求等方面的新质对于丰富当代文学品类及中国作家叙事艺术的提高甚至传统文学观念的改变都有着极大的推动作用，但当这种后现代转向和人类学转向发展到一种极端化的“民族志”书写并毅然地抛弃人物和故事时，这种极端的书写方式必定会因这种民族志书写的非线性叙事特征、反故事特征、学术化特征等而丧失更多的读者。我们对于个别出版商、作家、批评家声称的所谓代表中国小说的未来趋势的言论也不必过于惊讶。

除了现实的角度之外，我们还要思考人类需要什么样的文学，需要什么样的故事。很显然，除了人类自身对无名、未知领域的探索之外，从哲学人类学的角度来考虑，人类更需要有“秩序”的故事。人类需要创造符号来理解世界、把握世界，并以此获得秩序感，生活在符号建构的有序世界里。中国古老的阴阳哲学观念就是最简单的文化符号分类。傅修延曾指出：“天空中的太阳为世间的万物之源与万物之始，地球上一切生命活动都仰仗于万古如斯的阳光照耀，叙事活动既为人类行为之一，它的初始形态、深层结构与基本冲突就必然与这颗星球的辉映有密切关系。”① 而人类学家所探讨的“仪式”大多是根据自然界的节律形成的。加拿大学者弗莱从神话的移位来论述文学的演变是从另一个角度说明了文学与神话与自然节律的对应关系。“无论是在叙事作品和生活中，还是在语词中，意义都取决于连贯性，取决于一连串同质成分组成的一根完美无缺的线条。由于人们对连贯性有着极为强烈的需求，因此无论先后出现的东西多么杂乱无章，人们都会在其中找到某种秩序。”② 传统小说以对时间的有序安排来呈现共存的空间关系，在这种共存的时空关系当中，作家对外部世界进行深度阐发有了更好的立足点，读者也可以依线性时间的发展而不断产生新的“期待视野”，并使读者在思考文本的纵深结构的同时洞察文

---

① 赵宪章、南帆主编：《文学与形式》，南京大学出版社 2011 年版，第 34 页。

② ［美］J. 希利斯·米勒：《解读叙事》，申丹译，北京大学出版社 2002 年版，第 59 页。

本背后的复杂世界。尽管这种文学观念因带有强烈的总体化色彩而遭人诟病，但不可否认的是，人类需要“秩序”。还有什么比“需要”更值得重视的呢？在新媒体艺术全面侵袭传统纸质文化的今天，甚至《今日说法》《非诚勿扰》等所谓严肃的电视节目和娱乐节目都转向“故事化”成为大趋势之时，在美国大片、韩剧靠“故事”不断“俘获”大量中国观众的今天，词典体小说这种极端的后现代主义转向与人类学转向以及对于人物、故事的放弃具有极大的危险性。显然，他们正在“抛弃”更多的读者。有学者在论述全球化时代中国文化安全现状及其治理向度时指出，我国文化产业发展面临的突出问题之一就是“文化产品不能满足人们的需求，文化的国际竞争力不足”①，词典体小说的后现代主义转向和人类学转向以及“形式”的独立意义和价值都是建立在理论假设和逻辑推演基础上的，如果不能在读者接受层面实现“人类学”转向，那么所有的理论假设和逻辑推演终将只是一句空话。尽管词典体小说（在某种意义上也可以说是新世纪文学）在追求写作对象的特殊化、地方化时所呈现出的“地方性知识”特征，及其文体形式的怪异化、无文体追求等特征都给当代中国文学带来了新的特点和新的发展可能，甚至是短暂的辉煌，但这些都不是问题的核心。“重要的是我们的经验如何在语言的上下语境中和复杂的文化系统中得到确认、留下印记并产生特定的意义，这才是当代写作需要面对的迫切问题。”②

---

① 张兴华、雷琳：《全球化时代中国文化安全现状及其治理向度》，《湖南师范社会科学学报》2012 年第 5 期。

② 格非：《文学的邀约》，清华大学出版社 2010 年版，第 41 页。

结　语

词典体小说既不是一个“新”事物，也不是一个“大”问题，但也决不是一个形成了基本共识的话题。如果从20世纪90年代以来跨文体写作与类型化写作的潮流、趋势来看，词典体小说在一定程度上兼具二者特征。特别是词典体小说所具有的“超文本”转向等特征，在一定程度上具有了沟通、弥合传统印刷文学与网络文学研究鸿沟的可能性，这使我们的研究对象具有了一定的“典型性”，具有“标本”的意义。我们的研究背景与思路都基于此。

从新世纪文学生态的宏阔背景来看，新媒介时代人类时空意识变革与情感表达方式变化以及作家的文体“焦虑”等是词典体小说产生的根本性原因之一；同时，词典体小说在文体变革“自主”与当代社会“他律”之间，文学期刊、乌力波集团等“转企”“自救”以及所倡导的各种“宣言”等，都极大地解放了传统文体规范，也在缓慢地革新着小说精神和小说创作，在一定程度上催生了更多的词典体小说或部分具有词典体小说特征的亚词典体小说文本。比如注释体元小说、注释体小说、人类学笔记、新纪传体小说等。当然，这四种类型的划分也是权宜之计，新的小说类型也许正在生长中，也许已经出现但还未进入我们的研究视野。

小说家在书写变革时代的时空想象、情感体验、审美需求以及文化表达时也在寻找新的结构方式。当下长篇小说繁荣的背后也出现了“危机”，形式主义（技术主义）钻入文学“内部”操练，“现实”

“历史”“人物”都“模糊”了，甚至被丢掉了。这是形式主义遭人诟病的最主要原因，也是当下文学的根本性危机之一，重新反思形式主义（技术主义）问题不仅是总结新中国以来长篇小说文体发展史经验的重要支点和组成部分，也是当下学者必须面对的问题。就词典体小说而言，我们总结归纳出如下亚词典体小说类型：注释体小说、重述体小说、人类学笔记、新纪传体小说等。以往学术界往往用“先锋”一词囊括这些“创新”（有时也可谓是“回归”），但其中包含的具体问题以及有可能存在的具有普遍性的重要问题常常没有得到足够重视。当我们将其纳入词典体小说序列进行研究时，常有新发现，同时也提示我们思考一些重要问题：词典体小说的后现代主义转向和人类学转向。在这种转向中，“质疑”历史是否跌入了历史虚无主义的泥潭？超文本转向是“拼贴”还是“融创”？民族志与小说的界限在哪里？等等。这些问题不仅仅是词典体小说的问题，也是当下小说创作、批评所要面对的重要问题。尽管我们一时难以给出一个确切性结论，也许这本身就是没有答案的问题，但这些问题是必须思考和警惕的。

作为一种特殊的文体（文体类型），我们不禁要问，词典体小说给当下中国文学到底带来了什么？这种形式是否有着独立的意义？作为一种艺术符号体系，词典体小说与人类的哪些本质属性和追求有着内在的联系？作为文体的“词典”与小说之间的碰撞组合是否产生了新的美学意义？我们主要从形式美学的角度出发，论述作为文体的“词典”与小说之间的碰撞组合所可能产生的新的美学意义：词典的“大”与“实”和小说的“小”与“虚”之间的张力，是词典体小说文体意义的主要原因之一；文体的散文化倾向和文本内容的边缘性书写具有同构性；读者的“展演”是词典体小说文本重构性和再创造性的深层原因。当然，所有的价值与意义必须以真正的文学接受为前提，否则都是“纸上谈兵”。

大部分词典体小说极端化地使用非线性结构，弱化甚至放弃人物塑造和故事情节，这很难拥有大量的读者群。尽管文学的高低优劣不能以读者的多寡为判断标准，但我们也很难相信那些宣称只是写给少数人阅读的作品能有多少真正的意义，漠视读者“智商”的作品也往往会被读者所抛弃。从实际的“文学生产”流程来看，很多词典体小说在命名、出版时也常假小说之名，其背后原因恐怕还是借小说为当下最“畅销”文体之机，行“文学推销”之实。人是需要故事的动物，而且是需要完整故事、线性故事的动物，这是人的根本性情感需求。最近几年，有学者提出了“新‘小说革命’”，大概还是包含着解放小说的渴望与意愿，如何解放？解放到哪里去？恐怕都要以人类根本性情感需要为核心，为基础。

当下，小说是时代的重要文体，但从文学史、文体的演化变革来看，一切“坚固”的文体都有可能“烟消云散”，或化入“他体”，或“点石成金”“夺胎换骨”“化腐朽为神奇”。也许正如钱谦益在《复李叔则书》中所言：“夫文章者，天地变化之所为也。天地变化与人心之精华交相击发，而文章之变不可胜穷。”小说还有更多的未知与可能性。

参考文献

一 中文著作

阿英:《晚清小说史》,江苏文艺出版社 2009 年版。

艾多斯·阿曼泰:《艾多斯 舒立凡》,新疆青少年出版社 2013 年版。

白烨:《中国文情报告(2008—2009)》,社会科学文献出版社 2009 年版。

白烨:《中国文情报告(2011—2012)》,社会科学文献出版社 2012 年版。

半夏:《铅红暗灰》,时代华文书局出版社 2017 年版。

贝奇科夫:《托尔斯泰评传》,人民文学出版社 1962 年版。

曹乃谦:《到黑夜想你没办法——温家窑风景》,长江文艺出版社 2009 年版。

曹乃谦:《温家窑风景三地书》,湖南文艺出版社 2012 年版。

陈平原:《文学的周边》,新世界出版社 2004 年版。

陈平原:《小说史:理论与实践》,北京大学出版社 2010 年版。

陈思和:《中国文学中的世界性因素》,复旦大学出版社 2011 年版。

陈晓明:《后现代主义》,河南大学出版社 2004 年版。

陈晓明:《无边的挑战——中国先锋文学的后现代性》(修订版),中国人民大学出版社 2015 年版。

程金城:《中国 20 世纪文学价值论》,读者出版集团 2008 年版。

董启章:《安卓珍尼》,台湾:联合文学出版社股份有限公司 2010

年版。
恶鸟：《马口铁注》，新世界出版社 2011 年版。
复旦大学文史研究院编：《民族认同与历史意识》，中华书局 2013 年版。
傅修延：《先秦叙事研究——关于中国叙事传统的形成》，东方出版社 1999 年版。
高小康：《中国古代叙事观念与意识形态》，北京大学出版社 2005 年版。
高行健：《有只鸽子叫红唇儿》，北京十月文艺出版社 1984 年版。
郜元宝：《汉语别史》，山东教育出版社 2010 年版。
格非：《文学的邀约》，清华大学出版社 2010 年版。
葛红兵：《小说类型学的基础理论问题》，上海大学出版社 2012 年版。
耿占春：《退藏于密》，陕西人民教育出版社 2015 年版。
耿占春：《叙事美学——探索一种百科全书式小说》，郑州大学出版社 2002 年版。
管林、钟贤培主编：《中国近代文学发展史》，科学出版社 2009 年版。
郭绍虞：《中国文学批评史》，上海古籍出版社 1979 年版。
郭英德：《中国古代文体学论稿》，北京大学出版社 2005 年版。
韩东：《扎根》，花城出版社 2010 年版。
韩少功：《大题小作》，人民文学出版社 2008 年版。
韩少功：《马桥词典》，作家出版社 2009 年版。
胡适：《胡适文集》（第一卷），北京大学出版社 2013 年版。
黄鸣奋：《超文本诗学》，厦门大学出版社 2002 年版。
黄青松：《毕兹卡族谱》，花城出版社 2017 年版。
藿香结：《地方性知识》，新世界出版社 2011 年版。
纪德君：《明清历史演义小说艺术论》，北京师范大学出版社 2000 年版。
贾平凹：《病相报告》，漓江出版社 2012 年版。

金惠敏：《媒介的后果》，人民出版社 2005 年版。
金慧敏：《媒介的后果：文学终结点上的文学理论》，人民出版社 2005 年版。
孔见：《韩少功评传》，河南文艺出版社 2008 年版。
［芬兰］莱恩·考斯基马：《数字文学：从文本到超文本及其超越》，单小曦等译，广西师范大学出版社 2011 年版。
李洱：《光与影——李洱文学作品自选集》，华东师范大学出版社 2009 年版。
李洱：《花腔》，人民文学出版社 2002 年版。
李建军：《是大象，还是甲虫——莫言及当代中国作家作品析疑》，山西出版集团 2013 年版。
李建军：《小说的纪律——基本理念与当代经验》，江苏文艺出版社 2009 年版。
李敬泽：《为文学申辩》，作家出版社 2009 年版。
李敬泽：《致理想读者》，中国人民大学出版社 2014 年版。
李锐、蒋韵：《人间》，长江文艺出版社 2011 年版。
李锐：《太平风物——农具系列小说展览》，生活·读书·新知三联书店 2006 年版。
李锐：《万里无云》，人民文学出版社 2008 年版。
李锐：《无风之树》，春风文艺出版社 2003 年版。
李亦园：《李亦园自选集》，上海教育出版社 2002 年版。
梁鸿：《神圣家族》，中信出版集团 2016 年版。
梁鸿：《中国在梁庄》，江苏人民出版社 2010 年版。
廖述务编：《韩少功研究资料》（增补本），天津人民出版社 2017 年版。
林白：《妇女闲聊录》，新星出版社 2005 年版。
刘恪：《先锋小说技巧讲堂》（增订版），百花文艺出版社 2012 年版。
刘文英：《中国古代的时空观念》，南开大学出版社 2000 年版。

刘再复、林岗：《罪与文学》，中信出版社 2011 年版。
罗伟章：《不必惊讶》，四川文艺出版社 2011 年版。
马笑泉：《银行档案》，中国青年出版社 2008 年版。
孟华：《汉字：汉语和华夏文明的内在形式》，中国社会科学出版社 2004 年版。
南帆：《文学的维度》，中国人民大学出版社 2009 年版。
南帆：《五种形象》，复旦大学出版社 2007 年版。
南帆：《小说艺术模式的革命》，福建教育出版社 2016 年版。
宁肯：《三个三重奏》，北京十月文艺出版社 2014 年版。
潘年英：《故乡信札》，上海文艺出版社 2001 年版。
潘年英：《木楼人家》，上海文艺出版社 2001 年版。
潘年英：《伤心篱笆》，上海文艺出版社 2001 年版。
乔叶：《拆楼记》，河南文艺出版社 2012 年版。
曲春景、耿占春：《叙事与价值》，学林出版社 2005 年版。
孙方友：《小镇人物》，河南文艺出版社 2009 年版。
陶东风：《文体演变的文化意味》，云南人民出版社 1997 年版。
汪民安：《身体、空间与后现代性》，江苏人民出版社 2005 年版。
王德威：《想象中国的方法》，百花文艺出版社 2016 年版。
王明珂：《华夏边缘：历史记忆与族群认同》，浙江人民出版社 2013 年版。
王瑶：《中古文学史论》，商务印书馆 2011 年版。
王一川：《中国现代学引论》，北京大学出版社 2009 年版。
乌力波中国编：《乌力波》，新世界出版社 2011 年版。
吴承学：《中国古典文学风格学》，北京大学出版社 2011 年版。
许江、吴美纯：《非线性叙事》，中国美术学院出版社 2003 年版。
叶舒宪：《文学人类学教程》，中国社会科学出版社 2010 年版。
叶舒宪：《中国神话哲学》，陕西人民出版社 2005 年版。
余虹：《革命·审美·结构——20 世纪中国文学理论的现代性与后现

代性》，广西师范大学出版社 2001 年版。
张丽华：《现代中国“短篇小说”的兴起》，北京大学出版社 2011 年版。
张清华：《存在之境与智慧之灯——中国当代小说叙事及美学研究》，福建教育出版社 2010 年版。
张绍民：《村庄疾病史》，新世界出版社 2010 年版。
赵宪章、南帆等主编：《文学与形式》，南京大学出版社 2011 年版。
赵毅衡：《当说者被说的时候：比较叙述学导论》，四川文艺出版社 2013 年版。
赵毅衡：《反讽时代：形式论与文化批评》，复旦大学出版社 2011 年版。
中国乌力波编：《乌力波 2》，新世界出版社 2014 年版。
周宪：《中国文学与文化的认同》，北京大学出版社 2008 年版。
周作人：《雨天的书》，岳麓书社 2019 年版。
［苏］巴赫金：《巴赫金全集》（第二、三、五卷），白春仁等译，河北教育出版社 2009 年版。
［波兰］米沃什：《米沃什词典：一部 20 世纪回忆录》，西川、北塔译，广西师范大学出版社 2014 年版。
［丹麦］克斯汀·海斯翠普编：《他者的历史》，贾士蘅译，中国人民大学出版社 2010 年版。
［德］卡西尔：《人论》，甘阳译，上海世纪出版集团 2003 年版。
［法］R. 舍普等：《技术帝国》，刘莉译，生活·读书·新知三联书店 1999 年版。
［法］列维—斯特劳斯：《野性的思维》，李幼蒸译，中国人民大学出版社 2006 年版。
［加］弗莱：《批评的解剖》，陈慧等译，百花文艺出版社 2006 年版。
［加］帕米拉·麦考勒姆：《后现代主义质疑历史》，蓝仁哲、韩启群译，中国社会科学出版社 2008 年版。

［捷克］米兰·昆德拉：《相遇》，蔚迟秀译，上海译文出版社 2010 年版。

［捷克］米兰·昆德拉：《小说的艺术》，董强译，上海译文出版社 2004 年版。

［美］J. 希利斯·米勒：《解读叙事》，申丹译，北京大学出版社 2002 年版。

［美］阿兰·邓迪斯：《民俗解析》，户晓辉编译，广西师范大学出版社 2005 年版。

［美］艾布拉姆斯：《欧美文学术语词典》，朱金鹏、朱荔译，北京大学出版社 1990 年版。

［美］安东尼·格拉夫敦：《脚注趣史》，张弢、王春华译，北京大学出版社 2014 年版。

［美］杰克·哈特：《故事技巧》，叶青、曾轶峰译，中国人民大学出版社 2012 年版。

［美］罗杰·费德勒：《媒介形态变化：认识新媒介》，明安香译，华夏出版社 2000 年版。

［美］托马斯·弗里德曼：《世界是平的：一部二十一世纪简史》，何帆、肖莹莹、郝正非译，湖南科学技术出版社 2006 年版。

［美］韦恩·布斯：《小说修辞学》，华明、周宪等译，北京大学出版社 1987 年版。

［美］韦勒克、沃伦：《文学理论》，刘象愚等译，文化艺术出版社 2011 年版。

［美］伊恩·P. 瓦特：《小说的兴起——笛福、查理逊、菲尔丁研究》，高原、董红钧译，生活·读书·新知三联书店 1992 年版。

［美］伊万·布莱迪：《人类学诗学》，徐鲁亚等译，中国人民大学出版社 2010 年版。

［意］卡尔维诺：《美国讲稿》，萧天佑译，译林出版社 2008 年版。

［意］卡尔维诺：《未来千年备忘录》，杨德友译，辽宁教育出版社

1997 年版。
［英］福斯特：《小说面面观》，朱乃长译，中国对外出版翻译公司 2002 年版。
［英］哈登：《人类学史》，山东人民出版社 1988 年版。
［英］凯蒂·加德纳、大卫·刘易斯：《人类学、发展与后现代挑战》，张有春译，中国人民大学出版社 2008 年版。
［英］马克·柯里：《后现代叙事理论》，宁一中译，北京大学出版社 2003 年版。
［英］迈克·费瑟斯通：《消费文化与后现代主义》，刘精明译，译林出版社 2005 年版。
［英］伊格尔顿：《马克思主义与文学批评》，文宝译，生活·读书·新知三联书店 1989 年版。

二 学术论文

陈军：《“跨文类写作”现象批判》，《江苏社会科学》2008 年第 3 期。
陈思和：《〈马桥词典〉：中国当代文学的世界性因素》，《当代作家评论》1997 年第 2 期。
陈晓明：《后历史的焦虑——李洱的〈遗忘〉解读》，《大家》1999 年第 4 期。
邓晓成：《文学泛化及其文体意义》，《当代文坛》2005 年第 1 期。
樊义红：《当代少数民族小说中的文体与民族认同建构》，《西北民族大学学报》2011 年第 6 期。
芬雷：《辞典写作的筹划》，《延河》2010 年第 12 期。
傅修延：《元叙事与太阳神话》，傅修延主编：《叙事丛刊》（第四辑），中国社会科学出版社 2012 年版。
顾学文：《乡土书写里的温情与陷阱》，《解放日报》2016 年 3 月 7 日。

桂杰、褚凰羽：《〈太平风物：拒绝对农村诗意化的描写〉》，《中国青年报》2006 年 11 月 20 日。

韩斌：《从〈哈扎尔词典〉看后现代小说的阅读》，《长城》2010 年第 8 期。

韩少功：《文体与精神分裂主义》，《天涯》2003 年第 3 期。

洪罡：《元小说、现实主义与现代主义小说传统》，《学术月刊》2012 年第 6 期。

贾勤：《陕北方言录》，《延安文学》2003 年第 1、2、3、4 期。

柯云路：《黑山堡纲鉴》，《花城》2000 年第 6 期。

匡文立：《〈无文体写作〉开栏语》，《中华文学选刊》2000 年第 1 期。

雷达：《影响文学生态的三大因素》，《文艺报》2010 年 3 月 12 日。

雷达：《原创力的匮乏、焦虑，以及拯救》，《文艺争鸣》2008 年第 10 期。

李巍：《凸凹：文学的怪物》，《文学自由谈》1999 年第 2 期。

李晓禺：《文学批评理应回归“文学”的批评》，《中国社会科学报》2015 年 4 月 11 日。

李彦文：《形式的意义——评李锐〈太平风物——农具系列小说展览〉》，《文艺争鸣》2007 年第 10 期。

刘大先：《记忆与故事，现实与梦想——2013 年少数民族文学综述》，《文艺报》2014 年 1 月 6 日。

刘海燕：《词典体小说的编撰与阅读方式》，《中州大学学报》1998 年第 4 期。

刘霞云：《论新时期以来长篇小说的注释叙事——以〈三个三重奏〉为中心》，《宁夏社会科学》2015 年第 4 期。

蝼冢：《章回之外的中国笔记体小说》，《花城》2009 年第 3 期。

罗先海：《跨媒介叙事的互动与裂隙——以〈活着〉的电影改编、小说修改为考察中心》，《文学评论》2020 年第 4 期。

马金瑜：《曹乃谦：到黑夜想你没办法》，《南方人物周刊》2006 年第 20 期。

南帆：《〈哈扎尔辞典〉与〈马桥词典〉》，《花城》1997 年第 2 期。

潘盛之：《传统侗族历法钩稽》，《贵州民族研究》1993 年第 3 期。

田原：《〈马桥词典〉纷争要览》，《天涯》1997 年第 3 期。

W. J. T. 米彻尔：《论批评的黄金时代》，杨国斌译，《外国文学》1989 年第 2 期。

汪跃华：《复写之书：韩东〈扎根〉论》，《文学评论》2004 年第 3 期。

汪曾祺：《认识到的和没有认识的自己》，《北京文学》1989 年第 1 期。

王春林：《当下乡村世界的精神列传：论〈陌上〉》，《小说评论》2017 年第 4 期。

王春林：《"身份认同"与生命悲情——评李锐、蒋韵长篇小说〈人间〉》，《南方文坛》2008 年第 3 期。

王鸿生：《反乌托邦的乌托邦叙事——读〈受活〉》，《郑州大学学报》2002 年第 1 期。

王蒙：《道是词典还是小说》，《读书》1997 年第 1 期。

王一川：《我所期待的跨文体文学》，《大家》1999 年第 2 期。

吴义勤：《可疑的文体》，《大家》1999 年第 2 期。

夏烈：《格非"江南三部曲"的历史意识与精神延异》，《中国现代文学研究丛刊》2016 年第 2 期。

《现代派文学辞典》，《延安文学》2009 年第 1、2、3、4、5、6 期。

辛颖：《昆德拉与当代中国的词典体小说叙事》，《平顶山学院学报》2007 年第 3 期。

叶舒宪：《神话如何重述》，《长江大学学报》（社会科学版）2006 年第 1 期。

叶舒宪：《文学与人类学的相遇——后现代文化研究与〈马桥词典〉

的认知价值》,《文艺争鸣》1997 年第 5 期。

叶舒宪:《文学与人类学相遇——后现代文化研究与〈马桥词典〉》,《文艺研究》1997 年第 5 期。

殷国明:《“通而不同”:关于世界文学史建构与叙述的叩问与思考》,《励耘学刊》2017 年第 1 期。

余岱宗:《百科辞典式的创作意识与现代小说的文体变革》,《福建师范大学学报》2019 年第 6 期。

余虹:《理解文学的三大路径——兼谈中国文艺学知识建构的“一体化”冲动》,《文艺研究》2006 年第 10 期。

余虹:《文学理论的寄生性与学理性》,《文学评论》2007 年第 4 期。

余虹:《在事实与价值之间——文学本质论问题论纲》,《天津社会科学》2006 年第 5 期。

余中先:《OULIPO 的文学实验》,《读书》2001 年第 4 期。

於可训:《新世纪文学的困境和蜕变》,《江汉论坛》2009 年第 9 期。

於可训:《新世纪文学研究断想》,《文艺争鸣》2010 年第 2 期。

袁复生:《梅山文化、小城与文学:马笑泉访谈录》,《创作与评论》2013 年第 21 期。

曾念长:《“断裂”诗人韩东“扎根”》,《南方日报》2003 年 8 月 22 日。

张诚若:《语词的篝火——贾勤〈现代派文学辞典〉》,《上海文化》2011 年第 3 期。

张海燕、陈融:《口述民族志:人类学的另一种探索》,《文化学刊》2009 年第 1 期。

张贺:《中国出版,站在新起点》,《人民日报》2011 年 1 月 11 日。

张末民:《新世纪文学的发展特征》,《作家》2006 年第 3 期。

张胜友、安波舜、阿正:《畅销书的内涵与运作》(上),《出版广角》1999 年第 2 期。

张兴华、雷琳:《全球化时代中国文化安全现状及其治理向度》,《湖南师范社会科学学报》2012 年第 5 期。

张宇：《理性的康乃馨——“〈莽原〉周末”散记之一》，《莽原》1999 年第 1 期。

张中复：《历史民族志、宗教认同与文学意境的汇通——张承志〈心灵史〉中关于“哲合忍耶门宦”历史论述的解析》，《青海民族研究》2011 年第 1 期。

赵宪章：《词典体小说的形式分析》，《南京大学学报》（哲学·人文科学·社会科学）2002 年第 3 期。

赵勇：《反思跨文体》，《文艺争鸣》2005 年第 1 期。

周大新：《关于〈曲终人在〉》，《许昌学院学报》2015 年第 6 期。

周大新：《漫说故事》，《文学评论》1992 年第 1 期。

三　学位论文

宫爱玲：《现代中国文学疾病叙事研究》，博士学位论文，山东师范大学，2007 年。

龚政文：《从〈马桥词典〉到〈山南水北〉——90 年代以来韩少功的文学世界》，博士学位论文，湖南师范大学，2010 年。

李晓禺：《中国文学人类学发展轨迹研究》，硕士学位论文，兰州大学，2007 年。

沈意：《南朝文学集团与南朝文学》，博士学位论文，陕西师范大学，2007 年。

后　记

终于到了写后记的时候了。

本书是在我博士学位论文的基础上修改、完善而成的。书稿完成后一直不满意，想在正式出版前再完善一下，修修补补，拖拖拉拉，一直到今天。这常常让我自问：我热爱文学吗？我喜欢文学研究吗？在今天，这似乎是一个秘密，不敢示人，只是偶尔写在日记里。今天翻了翻，现摘录两则：

> 汪曾祺在《礼俗大全》里写孙筱波得了一种怪病，两脚不能下地，一着地疼得不得了。内科外科，切脉服药，都不见效。吕虎臣叫他把袜子脱了，看了看，嗨，原来是平常不洗脚，洗脚也不剪趾甲，趾甲反屈弯曲，抠进了脚心。怎能不疼。后来找了个修脚的，三下五除二，洗洗剪剪，好了。第一次读，感觉有点怪，甚至有点搞笑。那位孙先生几乎以为要一命呜呼了。
>
> 最近几年，我的生活重心之一就是看医生。家人，自己，寻医问药。就我而言，实在是难以启齿，四体不勤，五谷不分，竟然颈肩腰腿疼。别人都著作等身，至少半身的，有点颈椎病之类的，算是学者标配吧。我这算怎么回事呢！每年科研考核几乎都是空白。反反复复的，折腾了五六年不见好转。从江湖郎中到医学博士、博导，甚至国家级名中医，从社区门诊到三甲医院，可谓是阅医无数。难啊！直到最近，在一个偏僻的区医院里，寻到

了一位大夫，职称不高，水平不低，态度极好。每天推拿，复位，啪啪啪，几声响，然后针灸，烤电。看了十几天，大有好转。现在似乎可以看点书，写点东西了。也可以像启功一样，幽默地来一句：一命鸟呼！（2019 年 4 月 6 日）

大约十八年前，读过少咏老师的一本集子《没有人看见草生长》，很喜欢，特别是书的名字：没有人看见草生长。对于一个小城市里的小专科的文艺小青年来说，这似乎是一种鼓励、支持。后来又读到毛尖老师的散文《没有人看见草生长》，写八十年代丽娃河畔的诗和诗人的故事。文中的小青年，今日都是中国文坛很有分量的人物。近读张楚，小县城里的文学青年，只听见《野草在歌唱》，只听见他《秘密呼喊自己的名字》。这是最让我感动的两篇。少咏老师的文章是文学评论集，对于当时的我来说，看得似懂非懂。毛尖老师的文章才华毕现，文中所提人和事，在今天看来大致是才子们的趣事，当然，也是文学的趣事。但对于我等底层、愚钝者，总有些隔阂。张楚的最让我感动，小县城，小青年，小忧伤，当时我们班、我们系这样的文学小青年不在少数。不知道当年的文学小青年是否演变为文艺中青年，还是像老周一样，开个厂子，秘密地写诗，秘密地呼喊自己的名字。（2019 年 5 月 7 日）

我是喜欢文学的。也好像是在为自己的拖延和无能找借口。好在终于完稿了。

在此需要说明的是，本书部分章节内容已在《民族文学研究》《兰州大学学报》《甘肃社会科学》《海南大学学报》《中国社会科学报》等刊物上发表。感谢各位编辑老师的肯定和鼓励！

感谢我的导师程金城先生、殷国明先生！无论是在学业上，还是在工作、生活上，我都因自己的愚钝、莽撞、不谙世事而给两位先生制造了很多麻烦。但两位先生对我始终爱护有加，尽其所能地帮助我、鼓励我。感谢我的恩师！这里还可以列出长长的名单：周口师范学院的樊文红博士、付静副教授，洛阳师范学院的李少咏教授、王文参教授、王泽博士……

感谢西北师范大学韩高年副校长、马世年院长一直以来的鼓励和支持！本书的出版也得到了学院著作出版资金的支持。感谢西北师范[illegible]

[illegible]

了一位大夫，职称不高，水平不低，态度极好。每天推拿，复位，啪啪啪，几声响，然后针灸，烤电。看了十几天，大有好转。现在似乎可以看点书，写点东西了。也可以像启功一样，幽默地来一句：一命鸟呼！（2019 年 4 月 6 日）

大约十八年前，读过少咏老师的一本集子《没有人看见草生长》，很喜欢，特别是书的名字：没有人看见草生长。对于一个小城市里的小专科的文艺小青年来说，这似乎是一种鼓励、支持。后来又读到毛尖老师的散文《没有人看见草生长》，写八十年代丽娃河畔的诗和诗人的故事。文中的小青年，今日都是中国文坛很有分量的人物。近读张楚，小县城里的文学青年，只听见《野草在歌唱》，只听见他《秘密呼喊自己的名字》。这是最让我感动的两篇。少咏老师的文章是文学评论集，对于当时的我来说，看得似懂非懂。毛尖老师的文章才华毕现，文中所提人和事，在今天看来大致是才子们的趣事，当然，也是文学的趣事。但对于我等底层、愚钝者，总有些隔阂。张楚的最让我感动，小县城，小青年，小忧伤，当时我们班、我们系这样的文学小青年不在少数。不知道当年的文学小青年是否演变为文艺中青年，还是像老周一样，开个厂子，秘密地写诗，秘密地呼喊自己的名字。（2019 年 5 月 7 日）

我是喜欢文学的。也好像是在为自己的拖延和无能找借口。好在终于完稿了。

在此需要说明的是，本书部分章节内容已在《民族文学研究》《兰州大学学报》《甘肃社会科学》《海南大学学报》《中国社会科学报》等刊物上发表。感谢各位编辑老师的肯定和鼓励！

感谢我的导师程金城先生、殷国明先生！无论是在学业上，还是在工作、生活上，我都因自己的愚钝、莽撞、不谙世事而给两位先生制造了很多麻烦。但两位先生对我始终爱护有加，尽其所能地帮助我、鼓励我。感谢我的恩师！这里还可以列出长长的名单：周口师范学院的樊义红博士、付静副教授，洛阳师范学院的李少咏教授、王文参教授、王萍博士……

感谢西北师范大学韩高年副校长、马世年院长一直以来的鼓励和支持！本书的出版也到得了学院著作出版资金的支持。感谢西北师范大学文学院，在这样一个优秀的学科平台上，我的知识结构得到很大改善，学术视野也有所开阔，这都是我前行的基础和动力。

感谢我的家人！多年来，一直支持我、鼓励我，凡事以我的读书、学习为中心。感谢他们的理解和支持！

李晓禺

二〇二一年三月二十二日